이웃집 퀴어 이반지하

일러두기

이 책에는 이반지하의 글과 말이 실려 있다. 일부 어휘는 일반 사전에 등록되어 있지 않지만, 이반지하의 입말과 특수한 사정에 따라 그대로 살려 썼다.

이웃집 퀴어 이반지하

이반지하
에세이

문학동네

차 례

PART
1

퀴어 이반지하

"근데 너도 알잖아, 우린 이미 망가졌어"

PART 2

노동자 이반지하

예술하고자 한 죄

PART 3

생존자 이반지하

그저 생존하라

PART 4

유머리스트 이반지하

괜찮아, 웃기면 돼

PART
5

예술가 이반지하

가난하고 행복하냐?

PART 1

퀴어 이반지하

"근데 너도 알잖아, 우린 이미 망가졌어"

생존자

"But you know, we are broken."

근데 너도 알잖아. 우린 이미 망가졌어.

미국 드라마 시리즈 〈로 앤 오더 성범죄 전담반Law&Order: Special Victims Unit〉에는 아주 어릴 때 소아성애자 집단에 납치되어 성인이 될 때까지 붙잡혀 있던 아이 둘이 은신처에 출동한 경찰의 도움으로 절체절명의 상황에서 빠져나올 기회를 얻는 장면이 있다. 망설일 이유가 없을 것 같은 그 순간, 그들은 그 지옥을 빠져나오고 싶었지만, 지옥 이후의 삶을 알 수 없음에 두려워한다. 지옥을 빠져나온 그들이 과연 지옥을 모르는 사람들과 사회에서 함께 살아갈 수 있을까 두려워한다. 그리고 힘을 내어 도망칠지 아니면 포기할지를 결정해야 하는 마지막 순간, 성인이 된 소년의 입에서 체념하듯 울음 섞인 저 말이 나온다.

정확한 복기는 아닐 수 있다. 다만 나는 저 대사를 오랫동안 기억해왔다. 소리내어 혼자 읊조려본 적도 많다. 이미 망가졌는데, 이미 망쳐졌는데, 이다음에 뭐가 있겠어, 라는 말. 이미 망가졌는데, 처음부터 근본부터 다 망가졌는데. 나는 이미 그들 밑에서 너무 오래 살았고, 그들의 사고방식을 몸으로 세월로 체화하고 말았는데. 어디까지가 나이고 그들인지조차 구분할 수 없을 텐데. You know, I'm broken.

넷플릭스에서 〈퀸스 갬빗Queen's Gambit〉을 보았다. 엘리자베스 하먼이라는 천재 체스플레이어의 성장드라마다. 드라마에는 주인공이 통과해야 할 마지막 관문, 당대 최고의 러시아 출신 체스마스터 보르고프가 등장한다. 그리고 그의 주변인들이 곧 그와 경기를 치를 주인공 하먼에 대해, 잔재주 좀 피우는 어린 여자애에 대해, 뭐 별게 있겠냐는 식으로 가볍게 험담을 늘어놓는 장면이 나온다. 보르고프는 그들에게 그녀를 우습게 봐서는 안 된다고, 긴장을 놓아서는 안 된다는 투로 이런 대사를 뱉는다.

"She is an orphan. A survivor."

그애는 고아야. 생존자라는 말이지.

나는 저 대사가 참 좋았다. 어린 여자 체스 상대에 대해 당대 최고의 마스터가 긴장해야 하는데, 그 이유가 '생존자'이기 때문이라는 게. 그 말을 듣는 순간 몸이 훅 흔들렸다.

피해자에서 생존자가 되는 것은 무척 존엄하게 느껴지지만, 이 사회가 실제로 생존했다고 해서 눈에 보이고 손에 잡히는 어떤 보상을 주지는 않는지라, 그 생존의 의미가 무엇인지 헷갈릴 때가 많았다. 피해자를 생존자라는 단어로 대치하는 것이 도리어 '정말 생존했는가'를 되묻게만 하는 것 같을 때도 많았다. 하지만 그 말을 〈퀸스 갬빗〉에서 저런 맥락으로 들으니, '생존자'라는 말이 가슴 중간에 팍 꽂혀, 가슴을 펴고 어깨를 으쓱하게 하는 구석이 있었다. 또 생존자라는 말이 상대방을 이토록 위협할 수 있는 요소라는 것에 아주 천진한 쾌감을 느꼈다. 근원조차 알 수 없는 특유의 끈질긴 생명력 그 자체로 살아남았다, 그 사람은 생존자야—라는 쓰임이 나에게 새삼 낯선 울림을 주었다.

세상아, 너는 두려워해야 할 거야. 나는 생존자거든—그런 태도.

그럼에도 〈퀸스 갬빗〉을 보는 내내 나는 주인공이 강간당할까봐 걱정했다. 미디어 시청자로 살아온 경험적 통계로 미루어보아 몇 번의 강간 모먼트가 있었기 때문에, 악— 이제 나온다 하며 그만 볼 준비를 하다가 말다 했다. 여러 명의 남성 체스 전문가 동료들이 주인공을 '돕고 싶다'고 말하는 것이, 정말로 얘를 '실력자로 성장시켜주려는 의도'였다는 게 놀라웠다. 재능 있는 여자를 진심으로 도우려고 하는, 재능 있는 우리 남성 친구들이 있다는 것이 판타지임을 알면서도, 화면에서 그것이 구현되는 장면을 본다는 건 딱 구태의연한 만큼 큰 의미가 있었다. 그리고 새삼 잊고 있었던 오랜 장롱 속 페미니즘의 먼지를 털며, 이렇게 강간당하지 않는 잘난 여자 주인공이 나오는 픽션/논픽션을 계속 보는 삶을, 도무지 나로서는 상상할 수 없음을 다시금 깨달으며.

주인공이 자신의 섹슈얼리티를 계속 실험해나가는 걸 보는 것도 좋았다. 성욕을 느끼고 표현하고 거절하고 이용하고 등등. 강간당하지 않고 그럴 수 있다는 게 신기했다. 보통 이러면

세상아, 너는 두려워해야 할 거야. 나는 생존자거든.

사회로부터 성性적으로 크게 혼나곤 하는데, 이 시리즈에는 그런 것이 나오지 않아서 좋았다.

그러니까 잘난 여자를 감히 혼내지 말자. 제발 좀 그르지 말자.

버릇이 나쁘다 싶어도 제발 좀 내버려두자. 구린 구석 없이 정정당당하게 도와도 주자.

이토록 심플한 메시지를 전해본다.

그리고 무엇보다 생존자가 얼마나 무서운지 빨리 깨닫도록 하자.

생존자는 살아남은 자다.

그들은 무엇이든 할 수 있는 사람들이다.

"She is an orphan. A survivor.
Losing is not an option for her."
그애는 생존자야. 애초에 질 생각이 없어.

아니, 러시아 체스마스터 보르고프도 무서워한다고, 이 양반들아.

생존자 조심해라.

이반 지하의 말

“감히 너희가 나를 기억하기보다는 너네는 그냥 나를 외워야 할 거야. 모든 역사적 사건처럼.”

_〈이반지하 최초마지막단독인권콘서트〉

이반지하는 누구인가

이반지하라면 어떻게 했을까, 생각하곤 했다. 김소윤으로 살면서, 김소윤에 갇혀 살면서, 나는 이반지하라면 이 순간 어떻게 생각했을까, 어떤 결정을 했을까 떠올리려고 했다. 이반지하라면 좀더 이 지면에 발붙이지 않은 결정을 할 것 같았고, 그것은 분명 좀더 나다울 것이라고 생각했다.

오랫동안 관객이 생각하는 이반지하는 내가 아니었고, 나는 이반지하의 시공간을 한정했다. 이반지하는 병리였을까 하는 생각이 들 때도 있었다. 이반지하가 나의 통합되지 못한, 혹은 억압된 페르소나였다면, 나는 일종의 인격장애를 예술로 만들었고 사람들이 그것에 열광했다면, 우리 모두는 각자의 사유로 괴상하고 혼란스럽고 통합될 수 없는 인격들이었던 게 아닐까.

이반지하는 어떤 사람인가.

무엇보다 단호하다. 위에서 아래로 본다. 거침없다. 진지하게 설명하고 가르친다. 그는 일종의 강사 같기도 하다. 도식화하기 쉬운 아이콘이기도 하다. 말도 안 되는데 말이 된다. 계산 없이 계산되어 있는 쇼를 만든다. 이반지하는 존재하기도 하고 존재하지 않기도 한다. 너와 나 같은 사람이다가 아니었다가 한다. 결국 그냥 자신을 표현하고 드러내려고 한다.

이반지하는 혼돈이다. 이반지하는 간단명료하게 정의되지 않는다. 이반지하는 정의할 수 없고 어떤 카테고리 하나에 들어가고 싶지 않은 모든 사람들의 마음을 대변하는 것은 아닐까. 아무렇게나 이랬다저랬다 하는 그런 마음들이 만나는 곳이 이반지하인 것은 아닐까.

이반지하는 나에게 아웃팅의 이름이기도 하다. 내가 이반지하라는 것은 내가 퀴어라는 의미이고, 뒤에서 이상한 짓을 하고 다닌다는 의미이기도 하다. 인터넷에 반라에 가까운 나의 사진이 떠돈다는 의미이기도 하다. 그것은 수치일까 멋일까. 이반지하는 의미일까, 삶일까.

나는 아마 당신들이 말하는 모든 것일 테고, 동시에 그 무엇도 아닐 것이다. 그러니 나에게 어떤 이름이든 자유롭게 붙여도 좋다. 당신들이 내가 무엇이라고 이름 붙인 바로 그다음 순간, 나는 더이상 그것이 아닐 테니까.

이반 지하의 말

“기억해라, 너희들이 광대를 볼 때 광대도 너희를 보고 있다.”

_〈월간 이반지하〉 5호

이반지하의 탄생

이반지하와 김소윤의 관계에 대해 자주 질문받곤 한다. 어떤 사람은 소위 말하는 '캐릭터'로 각각을 이해하고, 상황에 따른 예명 정도로 이해하기도 한다. 나도 지금까지 이것에 대해 확실한 답을 사람들에게 준 적은 없다. 때마다 청자에 맞게 대충 말했던 것도 같다. 왜냐면 이것은 대단한 장기 기획을 가지고 만들어진 프로젝트가 아니라, 그냥 삶이었기 때문이다.

나에게는 이반지하 외에도 다양한 예명과 별명이 있었다. 페미니즘 운동이 지향하는 수평적 소통의 판타지를 닉네임으로 녹여보려는 시도의 한가운데에서 대학 시절을 보냈기 때문이다. 또한 내가 끊임없이 나의 존재와 내가 딛고 있는 지반, 내가 태어난 곳 사이를 헤매며 떠다니고 있었기 때문이기도 하다. '김소윤'이기에는 그저 태어났다는 이유로 강제로 부여받은 것들을 견딜 수 없었고, 그 외의 다양한 '닉네임'들은 계속해서 그저 김소윤이 아니고자 하는 시도 같아서 오래 배겨내질 못했다. '비非김소윤'은 김소윤에 기대지 않고는 유지될 수 없는 것이기에 어떤 의미에서는 계속된 순환일 뿐이었다.

계속해서 이름을 바꿔대며 작품활동을 하는 것에 대해 대체 '커리어'나 '인생'에 대한 개념이 있긴 하냐는 질문을 하는 사람도 있었다. 나는 그때 '그래, 계속 그럴 수는 없겠지'라고 수긍하는 척했지만, 속으로는 그 질문이 몹시 부당하다고 느끼고 있었다. 그렇다고 그에 대한 적절한 설명을 해낼 수 있었던 것은 아니었다. 내가 김소윤이고자 하지 않는 이유, 그 이름에서 벗어나고자 하는 이유, 수많은 닉네임을 거치고 거치는 이유, 그렇게 나를 분절시키고 이름을 바꿔대야만 하는 이유에 대해 나 자신과 남들을 이해시켜줄 설명 말이다. 나는 그 누구도 원해서 그렇게 살고 있지는 않다는 얘기를 속으로 주워섬겼다.

나의 이런 행위는 '이반지하'라는 이름이, 존재가 탄생하면서 정점을 찍었다. 나는 어쿠스틱기타 하나를 들고 반지하 작업실 겸 생활공간에서 뚱가뚱가 하다가 〈비운의 비투비〉라는 노래를 만들었다. 이어서 〈우리 가족 LGBT〉도, 〈나는 이반 그녀는 일반〉도 만들었다. 그걸 주변에 들려주다가 공연을 하게 되었고, 그것이 이반지하의 시작이었다. 그때는 그냥 내가 새로운 닉네임 하나를 더 지었다고 생각했다. 어떤 심사숙고도 없이 막 지은 이름이었다. 한 번 쓰고 말 이름이라고 생각했다. 하지만 그 이름은 내가 만든 이름 중에 가장 오래 쓰이는 이름이 되었다. 이반지하는 앞으로도 아마 김소윤을 제외하고, 가장 많은 사람들이 나를 칭하여 부르게 될 이름일 것이다.

이반지하가 데뷔했던 2004년, 그러니까 그 이름을 지었던 때의 나는 커밍아웃에 대한 두려움을 가지고 있었다. 그 당시에는 커밍아웃한 활동가도 드물었고, 퀴어문화축제 때도 모두 가면을 쓰거나 기자들의 사진촬영을 단속하는 분위기였다. 이반지하로 레즈비언바에서 공연을 하고 나서 아웃팅이 무섭지 않냐는 질문을 많이 받았다. 나는 레즈비언바에서 공연하는 것이 대사회 커밍아웃을 의미하는 것은 아니라고 대충 대답했다. 그러면서 이 공간 밖에서 누가 나를 이반지하로 알아보지 않기를 어렴풋이 바라기도 했다. 비록 많은 퀴어 활동가들은 내가 누군지 알고 있더라도 말이다. 그리고 나는 내가 두려워하는 '커밍아웃'이 대체 무엇인지 모르겠어서 더 두려웠다. 그것은 나도 내가 누군지 모르겠는 상태인데, 더욱 알 수 없는 무언가로 보일까에 대한 두려움이기도 했다. 정말 두려웠던 것은 무엇이 드러나는 것이었을까. 내가 나인 것? 내가 그들과 같은 것? 또다른 그들이 원하는 걔가 내가 아니라는 것?

이반지하 활동을 시작했던 초기에는 좀 멋있어 보이고 싶었다. 여기서 '멋있게'라는 것은 나의 관객들이 보기에 멀끔하고 공연을 위해 적절히 차려입었다는 느낌이 드는 스타일을 말한다. 주로 흰 남방에 검은 바지, 검은 넥타이 차림 같은 댄디하고 보이시한 느낌을 지향했다. 그렇게 하면 누군가의 대시를 받을 수도 있지 않을까 하는 음습한 욕망도 가지고 있었다.

하지만 얼마 지나지 않아 이반지하가 가야 하는 길은 이것이 아니라는 사실을 알게 되었다. 내가 창조한 '이반지하'라는 존재는 이미 자신의 지향점을 빠르게 드러내고 있었다. 그러니까 생각보다 훨씬 빠른 속도로 홀로 서기 시작했다는 뜻이다. 나는 이반지하로서 무대에 설 때가 오면 철저히 '이반지하'로 생각하고 행동하는 것에 익숙해지기 시작했다. 갑자기 공연 제안을 받거나 제대로 된 대기실이 없는 공간에서 공연을 많이 했음에도 불구하고, 그런 일들에 익숙해지지 않고 매번 너무 힘들었던 이유 중에 하나가 이 부분이었다. 나는 매 공연마다 이반지하가 될 충분한 시간이 필요했다.

이반지하라면 이 공연에서, 이 노래에서
어떤 말을 할까,
어떤 옷을 입을까,
어떻게 움직일까.

이반지하가 오롯이 혼자 설 수 있는 존재가 된 순간부터 나는 이반지하가 이끄는 대로 이반지하의 무대를 했다. '왜'라는 질문은 유효하지 않았다. 영하의 날씨에 시스루를 입어야 할 것 같았다. 가슴털은 있으되 겨드랑이는 말끔해야 할 것 같았다. 이반지하라면 그랬을 것 같아서. 이반지하에게 몸이란 다른 사람들이 몸에 대해 갖는 관념과 완전히 다를 것 같았다. 이반지하라면 이 단어를 쓸 것이다. 이반지하라면 여기서 말을 얼버무릴 것이다. 왜냐면 이반지하라서. 그러니까

'나'라는 사람은 이반지하인 동시에 이반지하를 수행하고 있었던 것이다.

그 시절 일상의 김소윤은 이반지하처럼 살고 싶었을까.

아마 그랬을 것 같다. 그래서 이반지하를 입고 무대에 서면서 어떻게든 김소윤의 삶을 버텨내지 않았을까. 통합되지 않은 내 안의 존재이면서 독립된 존재인 이반지하를 잊다가 인식하다 하면서, 나 자신으로 살아남으려 버텼던 것이 아닐까, 버틸 수 있었던 것이 아닐까.

2000년대 중후반 그 무렵의 나는 하루에 열 시간씩 주 6일을 일하는 학원강사였다가, 주민센터 청년 알바였다가, 부모의 폭력과 돈을 맞교환했고, 그럼에도 그림을 계속 그리려 했고, 그러면서도 이반지하라면 지금 이 상황에서 어떻게 했을까 생각하며 살고 있었다.

하지만 이후 이반지하는 몇 년간 주로 '기억'이었다. 나는 그동안 '김소윤으로서의 삶'을 받아들이는 시간을 가졌다. 이반지하 얘기를 할 때는 '마무리' '마지막' 같은 말을 엮어서 했다. 그만큼 이 활동은 어떤 설계를 할 수 없는 불안정한 활동이었다. 매니지먼트도 연습실도 정기적인 행사도 없는 활동이었지만, 그렇다고 아무렇게나 하고 싶지도 않았기 때문에 아무리 생각해도 지속 가능한 방법이 떠오르지 않았다. 활동을 이어나가기엔 대중성도, 자금력도, 공간도, 비전을 나눌 동료도 찾지 못했다. 2013년 퀴어커뮤니티에서 이반지하의 첫번째 앨범을 CD로 발매했고, 나는 그게 이 활동의 마지막이라고 생각했다.

나는 이반지하를 잠시 잊고, 현대미술가로 살아남으려고 노력했다. 이반지하와 현대미술이 다른 말인지, 다르다면 얼마나 다른지는 지금도 명확히 설명할 수 없지만, 어쨌든 나는 이때 이반지하를 내려놓기로 했다. 미술은 계속 하고 싶었다. 내가 추구하는 아름다움이 무엇인지 계속 탐구하고 싶었다. 하지만 나의 미술은 나를 반영할 수밖에 없다는 그 당연함이 무척 버거웠다. 여러 닉네임을 거치고 거치다, 2014년 첫 애니메이션 작품을 영화제에 출품하기 직전, 나는 결국 '김소윤'이기로 했다.

A film by Soyoon Kim

그렇게 나는 김소윤의 이름을 엔딩크레디트 화면에 넣고 적응하려 애썼다. 주민등록의 이름 석 자를 쓰는 것이 뭐가 그렇게 대단한 일이었는지 설명하라고 하면, '나에게는 그랬다'라고밖에 설명할 수가 없다. 김소윤으로부터의 방어막 혹

<Summer>, 실험애니메이션, 2분 50초, 2014

은 거리감이 필요했다. 김소윤에는 '나'에 대한 여러 층위의 수치심이 자리잡고 있었다. 대학 때부터 젠더/퀴어 이슈에 관심을 가지고 작업을 하는 (여성) 작가가 어떻게 취급되는지는 충분히 보고 경험했고, 그런 일에 '본명'을 쓴다는 것이 두려웠다. 또한 김소윤으로 태어나 저절로 맺어져버린 관계들을 나는 절실히 외면하고 싶었다.

2010년대 중반에는 퀴어커뮤니티도 세상도 이반지하가 데뷔했던 2004년과는 많이 달라져 있었다. 2015년 갤러리 합정지구의 〈리드 마이 립스Read My Lips〉 전시에서 이반지하는 아주 오랜만에 예술가로서, 퍼포머로서 공연을 했다. 이때부터 헤드피스(팬들은 콕cock도리라고 부르며, 일부 몰지각한 사람들은 '좆모자'라고 부르는 이반지하의 시그니처 모자)를 쓰기 시작했고, 악기(기타)에서 해방된 신체를 더 적극적으로 활용하기 시작했다. 음반을 만들 때는 음반 제작이 그저 기록과 팬서비스 차원이라 생각했는데, 반주 음원이 생기자 이반지하는 신체를 전보다 더 본격적인 퍼포먼스의 도구로 활용할 수 있게 되었다.

2019년 디지털 음원을 발매했다. 그리고 '이반지하'로서 진짜 진짜 마지막 활동이라고 생각하며 단독콘서트 〈최초마지막단독인권콘서트〉를 치렀다. 그리고 이반지하는 아마도 그 날 이후 새롭게 태어났다. 다양한 연령과 정체성을 아우르는 새로운 팬들이 생겼고, '다음'을 얘기할 수 있는 상황들이 만들어졌다. 이맘때쯤 김소윤은 김소윤대로 인생을 적당히 포기하게 되면서, 이 모든 김소윤과 이반지하의 혼란을 혼자 떠안기보다, 세상에 내놓고 세상이 고민하게 만들기로 했다. 그렇게 김소윤과 이반지하는 하나였다가 둘이었다 마구 섞였다 하며, 그 자체로 괴상하고 별스러운, 언어가 언제나 못 미치는 '퀴어의 삶'이 되었다고 나는 지금 생각한다.

이것은 삶이었다.

그냥 삶이었을 뿐이다.

닉네임이나 부캐 같은 게 아니라, 한국에서 퀴어예술가로 산다는 것 자체였을 뿐이다.

이반 지하의 말

"이반지하는 되는 게 아닙니다.

태어나는 겁니다.

날 때부터 많은 갈등과 트러블을 안고
이 땅에 태어나는 겁니다.

폭탄처럼 탁 떨어지는 거예요."

_〈월간 이반지하〉 5호

부동산과 예술하고저

회화 작업을 한창 하던 2000년대에는 영상을 만드는 작가들만큼 부러운 이들이 없었다. 그들의 작품에는 부피나 무게 같은 것이 없었다. 아무리 작업해도 땅을 내놓으라고 하지 않는 겸양을 영상미디어 작업들은 가지고 있었다. 그에 반해 회화 및 드로잉 같은 애들은 그리는 족족 보란듯이 위협적으로 나의 대여 부동산을 채워가며, '어디까지 버틸 수 있겠나, 앙?' 하는 느낌으로 시시각각 예술하고저 하는 나의 마음을 심란케 했다.

여자 꼴을 하고서 혼자 집을 구해 살려는 것 하나만으로 당연히 각종 참견과 예산 외 지출, 다채로운 폭력과 스토킹 피해의 연속이었지만, 그에 못지않게 근본적으로 내 주거의 질은 예술가로 살아가려는 나의 의지로 인해 자꾸만 더 낮은 곳으로 향해왔다. 필연적으로 작업실과 주거라는 두 집 살림을 해야 한다는 것은 두 배의 노동을 해야 한다는 것을 의미했고, 그 말인즉슨 두 배만큼 한국인으로 살아야 한다는 것이었으며, 애초부터 그것은 작업과 생활이 주거공간을 둘러싼 끝없는 영토전쟁을 벌일 수밖에 없다는 얘기였다.

집과 분리된 작업실을 따로 갖는 것은 몇 번의 단체 작업실 경험을 통해 말끔히 포기할 수 있었다. 일단 집 보증금을 쪼개 작업실용 보증금을 따로 마련해야 했던데다가, 작업실 월세 역시 웬만한 집세에 버금갈 정도였고, 공과금마저 질세라 뒤통수를 치며 내 뒤를 쫓았다. 물론 아주 거친 황야에 선 예술가의 마음으로 뒤지고 뒤지면 저렴한 곳을 찾을 수는 있었는데, 그런 곳은 작품과 인간이 함께 곰팡이가 되거나, 작업실을 들고 나는 길에서는 물론이고 그림을 그리는 중간에도 멈칫거리며 뒤를 확인하게 했다.

어쨌든 생활공간보다는 조금 못해도 되지 않을까 하는 심정으로 작업실을 보고 다녔지만, 결국 집을 구할 때와 마찬가지로 외진 곳은 외져서, 번화가는 번화가여서 강간당할 것 같은 기분을 떨칠 수가 없었다. 그 기분을 완전히 떨칠 수 있을 만한 곳도 물론 있었는데, 그런 곳은 분명 월세를 벌려고 알바만 하다가 작업실에 갈 시간을 영원히 내지 못할 것 같았다. 딱 한 번 모든 조건이 나쁘지 않은, 작업실을 같이 쓰는 작가 한 명이 건물주인 작업실에 입주한 적이 있었는데, 그곳은 한파가 몰아치는 겨울밤 내내 한 작가와 그의 연인이 서로의 육체로 야간작업을 하며 가스비 폭탄을 제조했다. 마침내 그것이 공과금 N분의 1로 폭발했을 때 나는 짐을 싸서 황망히 그곳을 나왔다.

이런 연유들로, 어느 순간 작업실을 외부에 따로 갖는다는 것은 지금 내가 할 선택이 못 된다는 것을 깨달았다. 월세 30만 원짜리 후진 집과 후진 작업실을 각각 유지할 바에야, 월세 60만 원을 내며 좀더 나은 조건의 집에서 작업까지 해버리는 것이 여러모로 합리적으로 느껴졌다. 물론 예술 같은 걸 안 하고 살면 인생 참 심플하고 좋을 거란 생각은 나도 언제나 하고 있었다. 이사할 때마다 거대하고 예민한 이삿짐에 이 말 저 말을 얹는 사람들과 도돌이표 같은 월세의 압박에 인생이 쫄릴 때마다, 예술을 계속 해먹으려고 하는 나 자신에게 젤 기막혀했던 사람이 여기 이 사람, 바로 나다.

작업실과 집을 합치기로 한 이후로는 무조건 방이 2개인

집들을 보러 다녔다. 하지만 투룸이라고 해서 가보면 거실과 부엌과 현관이 합쳐진 곳을 방1로 치는 경우가 많았고, 그게 아니어도 보통 방 하나가 진짜 말도 안 되게 작아서, 이거 뭐 벽은 왜 쳐놨나 싶을 때가 많았다. 또 두 방 중 한 방의 상태가 매우 안 좋아서 작업이나 생활 중에 어떤 것을 포기할 것인지 결정해야 할 때도 비일비재했다. 비장한 예술가일 때는 작업실을 크고 햇빛이 잘 드는 방으로, 잠자는 방을 어둡고 벽이 삐뚤어진 방으로 정했다. 그러다 또, 아니 근데 인마 사람이 살고 봐야지 싶어질 때는 삶보다 중한 예술이 있냐고 나불대며 혼자 가구를 이리저리 옮겨 생활과 작업의 우선순위를 재조정했다.

하지만 결국, 어쨌든 어떤 방법으로도 '서울 월셋집 구조'라는 것을 극복할 수 없다는 사실을 가슴 깊이 깨닫게 되었다. 그러니까 애초에 집 구조에 맞게 가구며 살림을 딱 맞춰 들어가는 게 아닌 이상 생각처럼 깔끔하게 한 방은 작업실, 다른 한 방은 생활공간 그렇게 나뉘지가 않았던 것이다. 그래서 유튜브에 나오는 성공한 사람들이 절대 섞지 말라고 당부하던 일과 생활은, 갈라진 적이 있기는 했냐는 듯 한 번 경계가 흐려지자 곧장 하나의 거대한 슬라임이 되어 엎치락뒤치락 제멋대로 뒤엉키기 시작했다.

그렇게 마침내 나의 집이라는 곳은 작업할 때는 생활의 향기에 돌아버릴 것 같고, 집에서 쉬려고 할 때는 일의 향기에 헛구역질나는 곳이 되었다. 집에 작품이 차올라서 발에 차이기 시작하고, 벽에 붙여놓은 종이그림에 계란후라이 기름이 튀기 시작하자, 이 모든 예술작품이라는 놈들이 너무 징그러운 마음과 모든 것을 하나하나 소중히 관리하지 못하는 데 대한 죄책감이 하루에도 몇 번씩 널뛰듯이 번갈아 올라와 나를 괴롭혔다. 침대에 누우면 정확히 옷장과 천장 틈에 먼지만큼 가득 쌓여 있는 그림들에 눈이 꽂혔고, 매일 '아, 저걸 버려 말어' 생각했다. 그럴 때마다 나는 비운의 예술가성에 잔뜩 취해, 유사 고흐가 되어 으, 내 테오 새끼 어딨나 하며 굵은 눈물을 뚝뚝 흘렸다.

2010년대에 들어 영상 작업을 시작하면서는 컴퓨터 파일 작업 특유의 콤팩트함에, 그 단출한 아름다움에 진심으로 몸을 떨었다. 작업물이 물리적 공간을 차지하거나 무게를 갖지 않는다는 것이 믿을 수 없이 짜릿했다. 물론 시간이 더 지나면서는, 아니 쓰벌 이제 온라인 월세까지 내야 한단 말인가! 개탄하며 각종 클라우드 선생들에 기막혀했지만, 어쨌든 영상 작업이 안겨준 물성의 해방은 너무도 강렬한 것이었다. 국내외 영화제에 애니메이션 작업을 출품할 때는, 이게 캔버스 그림을 출품하는 것이었으면 배송비며 포장이며 얼마나 그 절차가 징했을까를 상상하면서 혼자 진저리를 치기도 했다. 내가 드디어 내 형편에 맞는 장르(미디어)를 찾은 것만 같아서, 이제 내가 진짜로 정신 차리고, 똑똑하고 세련된 현대미술가가 된 것만 같아서 내심 되도 않게 우쭐한 마음도 들었다.

특히 영상은 평소에는 그냥 조신한 한 줄짜리 파일명이었다가, 두 번 클릭하면 빵! 하고 온 세상이 눈앞에 펼쳐진다는 점에서 사람을 미치게 했다. VR영상 제작에 몰두하던 시절에는 이렇게 볼품없이 작고 꽉 차 있는 나의 집 겸 작업실에서 그게 가상일지언정, 완전히 새로운 입체적 시공간을 내가 창조해낼 수 있다는 것이 너무 짜릿했다. 나는 내게 주어진 물리적 공간의 한계가 내 예술의 그릇을 한정짓게 될까봐 항상 두려웠는데, 영상 작업들은 그 불안을 시원하게 잠재워주는 구석이 있었다.

2018년 겨울에는 용인에 있는 '벗이미술관'의 4제곱미터 크기 벽에 그림을 그릴 기회가 있었다. 나는 내 양팔을 다 뻗어도 사방이 남는 그 거대한 캔버스에 눈물이 날 것 같았다. 그리고 한 명의 작가로서 그 공간을 완전히 감당해냈을 때,

그렇게 내가 벽화를 완성했을 때, 그 아름다움과 벅참만큼 그것이 한 달 남짓한 시간 후에 사라져버릴 것이라는 사실이 한없이 슬퍼졌다. 하지만 동시에 그것은 꽤나 온당한 처사라고 느껴지기도 했다. 그런 공간이 계속 이 시대의 나에게 영속적으로 존재하길 바란다는 것은 터무니없는 욕망이었다. 그것은 VR과 마찬가지로 잠깐 서 있다가 사라져버리는, 그러나 내 몸의 어떤 감각에서나 항상 살아 있을 공간이었던 것이다. 애초에 딱 그 정도가 나에게 허락되었을 뿐이다.

시간은 또다시 속절없이 흘러 흘러, 2021년 현재의 나는 지독한 역풍을 맞은 양, 물성과 탈물성을 동시에 탐하는 더욱더 세상물정 나 몰라라 하는 예술가가 되고 말았다. 온라인 월세를 내며 파일을 쌓는 것과 오프라인 월세를 내며 그림을 쌓는 것 모두를 병행하며 극도의 사치스러운 삶을 영위하고 있다고도 할 수 있겠다. 부동산을 내놓으라고 하지 않았던 컴퓨터 파일들도 온라인 클라우드 서비스나 외장하드 구입이 이어지면서 스멀스멀 자신만의 부피와 무게를 뽐내기 시작했다. 그 외의 미술작품들과 악기는 이제 보면 그냥 웃음만 나온다.

현재 내가 물리적으로 거주하고 있는 집 겸 작업실은, 한마디로 모든 것이 모든 곳에 있는 형국이다. 하지만 적어도 그간의 경험으로 최선을 다해 공간을 영역으로 구분해서 각종 장르가 숨쉴 수 있게는 했다고 자부할 수 있다. 그림 존zone, 컴퓨터 존, 글 존, 밥 존, 운동 존, 잠 존 등. 실상은 대부분 겹겹이 교집합된 겸용의 겸용이 난무하는 공간이긴 하지만, 그냥 이 생활에 적응해버리는 게 그나마 내가 이 사회에서 가장 적은 비용으로 생존할 수 있는 길이라는 걸 나는 경험으로 배웠고, 현재 배운 대로 실천중이다. 코로나 팬데믹을 겪으면서는 간간이 카페에서 일하던 버릇도 본의 아니게 거의 없어졌고, 그야말로 집에서 거의 모든 일과 생활을 하게 되었다. 그림을 그리다가 돌연 침대에 몸을 던질 수 있고, 영상을 렌더링하면서 빨래를 돌릴 수 있고, 글을 쓰다 화장실에 가서 갑자기 미친듯이 타일을 닦을 수도 있다. 사실 이제는 이게 좋은 건지 나쁜 건지도 잘 모르겠다.

하지만 지금도 가끔은 작업실이 따로 있으면 어떨까 생각해보긴 한다. 벽 두 개 정도는 큰 그림을 그릴 수 있게 비워주고, 그 옆에는 영상 작업을 할 수 있게 데스크톱 컴퓨터와 모니터링 스피커를 놔주고, 한가운데에는 아주 크고 길쭉한 테이블을 둬서 글을 쓰거나 작은 드로잉을 그리고, 또 한쪽의 큰 벽은 거울로 싹 도배를 해서 춤추고 동작연구도 하고, 그러니까 당연히 전체 바닥은 무용을 할 수 있는 바닥이어야 한다. 아, 그리고 무엇보다 그동안 만든 작품들과 앞으로 만들 작품들을 수납할 수 있는, 더도 말고 덜도 말고 딱 그 작업실만한 창고가 있어야 할 것이다. 내가 봐도 아주 야무지고 옹골찬 요구사항이다. 하지만 앞으로도 이런 요구를, 욕망을 멈출 생각은 없다. 절대로 겸소한 태도를 갖지 않을 예정이다. 머리끝부터 발끝까지를 모두 쫙 펼칠 수 있는 순간과 공간을 감히 계속 꿈꾸면서, 에라 한번 사는 것이다.

물론 이런 당찬 마음과 무관하게 바로 지금 이 순간에도, 예술을 사랑한 죄, 예술을 보기만 하거나 평하기만 하지 않고 굳이 꼭 내 손으로 직접 하고자 한 죄, 그것은 그대로 온오프라인 월세에 빈틈없이 반영되어 매달 국내외의 집주인 친구들을 쉴 틈 없이 부양하고 있다는 소식이다.

이반 지하의 말

"남들은 다들 '때'라는 게 있죠. 특히 회사 다니는 분들. 회사 들어가서 언제쯤 결혼하고 대출받아서 집 사고, 이런 시나리오가 쭉 있단 말이에요. 특히 회사 다니는 사람들끼리는 어디 부동산이 어떻고 어느 아파트가 좋고, 그런 얘길 하는데, 나는 그런 대화에 한 번도 끼질 못했어요. 우리는 노가리나 까고 헛소리나 하고, 이럴 때…… 이야, 세상은 요런 얘기를 하고 있었더라고. 내가 소외된 줄도 몰랐을 때가 진짜 소외거든요."

_〈월간 이반지하〉 8호

최후의 심사

나는 사냥을 하기로 했다. 내 주변의 가장 미친 여자들만 모아, 그녀들과 함께 세상의 모든 좆과 좆스러운 것들이 제거될 때까지 사냥을 하고 싶었다. 그리고 나는 그 사냥에 분명히 끝이 있을 거라고 믿고 싶었다. 우리의 사냥이 끝났다고. 그것이 너무나 성공적이었다고. 우리의 수고를 스스로 칭찬해주기 위한 성대한 파티가 있을 것이라고. 그동안 잡아들인 것들을 하나하나 모두 먹어 없애버릴 파티.

_2004년 〈최후의 만찬〉 작가노트 중에서

나는 그림을 빠르게 그린다. 오래도록 그리는 것을 별로 믿지 않는다. 가끔 스스로 재확인하려고 오래 그려보기도 하는데, 매번 그저 의심이었군 하면서 원래대로 돌아온다. 그림을 빠르게 그리기 시작한 것은 분명 입시미술의 영향이다. 하지만 그것이 그저 시험 시간 내에 그림 한 장을 심사위원에게 완성도 있게 보이려는 노력이라면, 내가 그 이후 필연적으로 선택하여 습관이 된 이 그림 작업의 속도는 직관 그 자체에 다가가려는 것에 가깝다. 종이와 연필 사이에 뭔가가 개입하기 전에 재빨리 그어버리는, 너의 개입을 망쳐버리겠어, 라는 선언과도 같다. 이런 형태의 그림 그리기를 택하게 된 이유는 완벽주의의 환상이 걷히면서 에라— 하는 마음으로 그림을 시작해버리는 태도를 갖게 된데다, 내가 대학 시절 내내 경험했던 여러 형태의 검열을 이겨내보기 위해서였다.

나는 서울대병에 걸려 서울대에 입학했다. 서울대에 들어가면 정말로 모든 것이 다 좋아질 거라고 믿었는데, 지금 생각해보면 달리 믿을 것이 없어서 그랬던 것 같다. 좋아져야 할 '모든 것'은 그야말로 모든 것이었다. 나의 행복, 부모의 행복 뭐 그런 거. 서울대에만 가면 어딜 가나 당당할 것이고 어떤 부조리는 말끔히 해결될 것이라는 그런 거. 그리고 그것은 대학에 입학하자마자 개강도 하기 전, 새내기 환영 행사들에서 이미 다 끝장나버렸다. 하지만 나는 내 대학 생활이 끝장

나고 있는 중이란 걸 알지 못했고, 남들도 내가 그렇다는 걸 눈치채지 못했다. 나는 누구보다 열심히 각종 복학생과 유사 복학생을 도와 행사에 참여했고, 때로는 나도 그들의 일부가 된 양 굴었으며, 누군가에게 매력을 들키고 간택되어 헤테로 연애를 하고 싶은 욕망도 컸다. 아마도 나는 정말 사랑받고 싶었다.

고등학교 시절 자정 넘어 가족 모두가 잠든 시간에 교복을 입고 집을 나가 온라인에서 알게 된 아저씨들을 만날 때도 그랬다. 나는 그 사람들이 나를 욕망한다는 것이 어쨌든 좋았다. 그 사람들은 적어도 내 머리부터 발끝까지에 감탄해주었다. 그것이 착취고 성폭력이고 불법이라는 것은 '지금' 돌아보면 중요했다. 그중 한 명은 내가 부잣집 애라는 것을 알아보고 돈을 뜯어가기도 했다. 그건 아마도 내 절박함에 대한 죗값 같은 것이었다. 그렇게 그 아저씨들의 집이나 모텔에서 자고 아침에 등교하면 나는 내가 특별하고도 퇴폐적으로 느껴졌다. 학교에서는 서울대 갈 아이라고 선생들이 좋은 문제집을 주었다.

나는 몰래 섹스를 하고 다녀서 그랬는지 대학에 떨어졌고, 재수를 시작했다. 재수학원에 들어가는 것은 도저히 못하겠어서 독서실을 등록했고, 화실에 다니며 주요 과목은 따로 과외받거나 학원을 다니면서 준비했다.

어렵게 들어간 대학은 어려웠던 만큼 좆같았다. 분명 찾고 있는 게 있었는데 그게 뭔지도 모르겠고, 대학엔 그냥 아무것도 없었다. 그 긴 공교육이 끝나고 나서야 처음으로, 내가 학교에 맞지 않는 인간이었구나, 라는 걸 깨달았다. 그래서 그렇게 어려웠구나, 그래서 그렇게 힘들었구나. 그걸 서울대까지 기를 쓰고 와서 깨닫는다는 것이 참 좆같았다.

대학교의 기억은 억지로 해냈던 과제들과 페미니즘 미술을 가르쳐주지 않는다고 되도 않게 항의했던 일, 기쁨과 성폭력이 있던 노래패 활동, 학교 밖에서 만난 페미니즘 활동가들, 어떻게 미술가로서 페미니즘을 할까 생각하면서 공들인 각종 프로파간다 창작활동 등으로 채워졌고…… 그러다 졸업을 했다.

미대 학부 졸업은 대단치도 않았다. 원래 학기마다 여는 전시를 한번 더 거창하게 하는 느낌이었는데, 나한테는 그 졸업 전시가 그리 수월하게 풀리지 않았다.

그때 나는 〈최후의 만찬〉이라는 작업을 했다. 그런 상상을 했다. 여자들이 세상의 모든 좆과 좆같음을 사냥하러 나가서 그것들로 요리해 먹는 만찬. 마지막으로 좆을 먹어 없애는 최후의 만찬. 나는 동대문에서 솜과 천을 끊어다가 모형 좆을 잔뜩 만들어 벽에 박제했다. 그리고 브이자로 놓인 테이블 한쪽에는 도마와 가위, 칼 등의 조리도구를, 다른 한쪽에는 그 결과물을 전시할 수 있는 접시들을 배치했다. 관객들이 직접 최후의 만찬을 만들어낼 수 있는 관객참여형 설치작업이었다.

하지만 이 작업은 3회에 걸친 졸업심사를 거쳐 떨어졌고, 나는 학점을 다 채웠음에도 한 학기 후에 졸업작품을 다시 만들어내라는 결정을 전달받았다. 교수들은 다른 학생들의 완성되지 않은 그림을 보고도 "어, 전시날까지 완성해"라는 식으로 심사를 봤지만 내 작업에 대해서는 갑자기 아주 엄격한 태도를 취했다. 몇몇은 얼굴이 벌게져 뭔가에 엄청나게 화가 나 있었다. 나는 '설마'라고 생각했던 것 같다. 그러니까, 정말 당신들이 그런 이유로 이 작업을 거절하고 있다고 믿을 수가 없었다. 내 안의 모범생은 교수들이 그렇게 구릴 수 있다는 가설을 믿으려 하지 않았다. 그들이 그런 이유라고 말해주지 않았기 때문이기도 했다.

나는 그때까지만 해도 '검열'에는 '검열의 언어'를 따로 쓸 거라 생각하고 있었다. 듣는 순간 바로 '이건 검열이다!'라고 눈치챌 수 있을 만한 언어 말이다. 나는 내가 그 정도는 알아볼

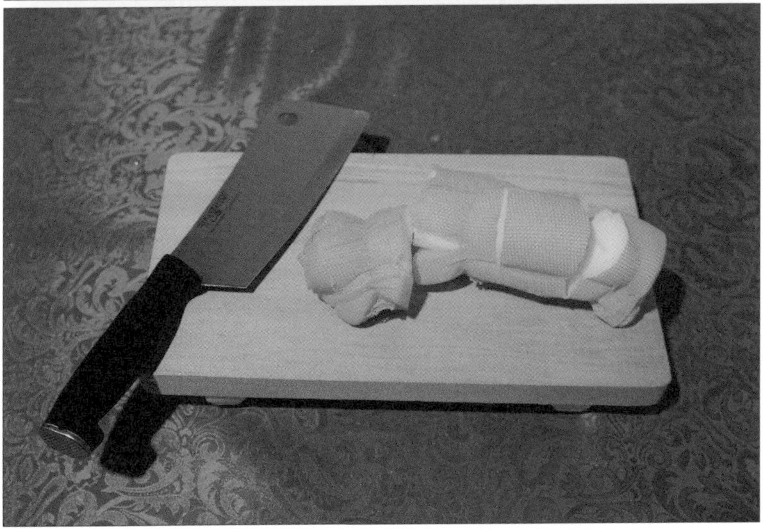

<최후의 만찬>(부분)

(위) **캔버스에 유채, 100×165cm, 2005**

(아래) **복합재료(스폰지, 천, 나무도마, 칼), 가변크기, 관객참여형 설치, 2005**

수 있을 만큼 똑똑하다고 생각했다. 하지만 검열의 언어는 그런 것이 아니었다. 그것이 나의 대단한 착각이었다. 나는 졸업심사 기간중 도저히 참지 못하고 교수 한 명을 찾아가서 이유를 물었다. 왜 자꾸 내 작품은 심사에서 탈락하는지.

그는 분명 아주 곤혹스러워했다. 그리고 자신의 서가에서 해외 유명 미술가들의 작품이 그득한 영어 원서를 하나 꺼냈다. 그는 내 앞에서 그 책을 한장 한장 넘기면서 "자, 여기 이 작업들에 있는 것이 김소윤 학생의 작업엔 없어요"라고 했다. 나는 미쳐버릴 것 같았다. 시발, 대체 그게 뭐냐고. 또 많이 들었던 얘기는 작업의 '완성도'가 부족하다는 얘기였다. 나는 완성도가 대체 뭔지 여기저기에 묻고 다녔다. 나는 정말로 그게 내가 졸업심사에 탈락한 이유라고 생각했던 것이다.

나중에 졸업이 거절되고 나서 들었던 뒷이야기가 있었다. 동창 중 한 명이 사은회에서 한 교수에게 김소윤은 왜 졸업이 안 되었냐고 물었다고 한다. 그러자 그 교수는 졸업전시에 부모님들이랑 다 오시는데 '그런' 작품을 내놓는 게 부적절하다고 생각하신 교수님들이 계셨다고, 그래도 본인은 찬성했는데, 라며 그 와중에도 스스로를 보호하는 것을 잊지 않았다는 이야기.

하지만 이것은 다 지금이라서 하는 이야기이다. 당시의 나는 내가 정말로 미술 작업의 완성도조차 판별할 줄 모르는 걸까, 나의 미술적 재능과 판단이 그렇게 부족한가 하는 의문에 쉴새없이 시달렸다. 또한 앞으로의 커리어에 매우 큰 영향을 미칠 것이라고 믿었던 당시 교수들의 눈에, 그럼에도 불구하고 너무나 들고 싶었던 그 복잡한 마음, 그런 것들 속에 계속 내면이 무너져내리는 듯한 고통을 느꼈다. 그림도 창작도 다 무서웠다. 교수들에 대한 분노에 몸을 떨면서도, 그들에게 인정받고 싶은 마음이 함께해서 너무 괴로웠다.

검열을 당한다는 것은 생각이 많아진다는 것을 의미한다. 여기서 생각이라는 것은 대단히 생산적이거나 발전적인 무엇이 아니라, 나 자신의 머리부터 발끝까지, 그 속의 장기와 세포 하나하나까지를 양말 까뒤집듯이 의심하는 것을 의미한다. 그래서 검열은 잔인하다. 검열하는 쪽은 간편하되 당하는 쪽에서는 정말로 내가 당당한 피해자인지를, 내 쪽에 정말로 한 점의 원인 제공도 없었는지를 지속적으로 생각하게 하는 것, 이것이 잔인함의 핵심이다. 검열은 저쪽에서 시작되었으나, 결국 그걸 지속하는 것은 이쪽, 나 자신이 된다는 것 말이다.

<최후의 만찬>(전체)

<최후의 만찬>(부분), 복합재료, 가변크기, 관객참여형 설치, 2005

'설마?'

'진짜?'

'확실해?'

이런 말들이 매일 귀에 대고 울려퍼지는 듯했고, 나는 이런 얘기를 누가 믿어주기나 할까 생각했다. 그 대단한 교수님들이 그랬다는 것을 말이다.

한 학기, 그러니까 6개월 뒤 나는 레즈비언 관계를 주제로 한 작업을 졸업심사에 냈고, 아무도 레즈비언 얘기인지 몰라서 무사통과되었다. 그렇게 나는 대학을 졸업했고, 니미 시팔 다시는 학교 같은 건 다니지 말자고 다짐했다.

이반 지하의 말

"행사하려고 섭외가 거의 다 성사된 장소가 있었어요. 그런데 거기서 갑자기 거절했어요. 퀴어행사 안 된다고. 다음엔 퀴어 이런 거 빼요. 나 괜찮아. 다 맞춰줄 수 있어. 저는 열려 있어요. 다 수용해드려. 심지어 이반이란 말도 빼고, "지하입니다~" 이렇게도 할 수 있다고.

나는 다 가능해!

그래, 뭐 결국엔 그 친구들도 후회하겠죠!"

_〈월간 이반지하〉 6호

정상이라 미안한 친구들에게

2019년 이반지하 단독콘서트를 계기로, 팟캐스트 <영혼의 노숙자>에서 다달이 <월간 이반지하> 방송을 하게 되었다. 퀴어커뮤니티 내의 활동에 한계를 느낀 지는 이미 오래였다. 하지만 어디로 뻗어나가야 할지는 알지 못했다. 내 미래가 퀴어 딱지가 전혀 붙지 않은 일반 팟캐스트에 있을 거라는 상상은 더더욱 하지 못했다.

이반지하는 퀴어커뮤니티에 기반하고 있지만, 그렇다고 그 안에서 전혀 불협화음이 없는 존재는 아니었다. 누군가는 이반지하의 직설적이거나 뻔뻔한 코미디와 노래를 너무 진지하지 못하다고 여겼다. 그리고 대놓고 정치적이지도 않고, 확실하게 대중예술도 아닌 이반지하는 운신의 폭이 점점 더 좁아지는 기분을 느낄 수밖에 없었다. 게다가 운신의 폭을 약간만 넓히려 해도 내 예술의 특성상 결국 일반 대중에 대한 '커밍아웃'까지를 각오해야 해서 어떤 결정도 쉽게 내릴 수가 없었다. 어떤 사회적 안전망도 갖고 있지 않은 예술가 개인으로서, 어디까지 각오하고 도박 같은 결정을 해도 되는 것인지 갈피가 잡히지 않았다. 하지만 결국 나는 인생을 좀 포기하면서 낙하산 없는 도약을 해버리고 말았고, 콘서트도 팟캐스트도 겁 없는 척 다 해버렸다.

〈월간 이반지하〉가 인기를 얻자, 가까운 친구들은 이렇게 말했다. 내가 어디에선가 이 말발과 끼를 더 펼치길 바랐는데, 그게 일반 세상 팟캐일 줄은 꿈에도 몰랐다고. 몰랐던 건 나도 마찬가지였다. 2019년 연말 무렵 〈영혼의 노숙자〉 뒤풀이에서 (자칭) 이성애자 기혼 예술가 한 분이 내가 2004년에 데뷔했다는 것이 너무 충격적이라면서 이렇게 말했다.

"이렇게 재밌는 걸 그동안 퀴어들만 보고 있었단 말이에요?"

그래요, 저도 그럴 줄은 몰랐습니다. 퀴어 어쩌고가 아닌 곳에서도 내 끼와 유머가 먹힐 줄이야. 네, 그것도 이제 와서요.

팟캐스트 〈영혼의 노숙자〉에서 〈월간 이반지하〉를 진행하면서, 기존 퀴어커뮤니티 밖에 있는 새로운 팬들이 많이 생겼다. 그리고 그 팬들 중에 많은 이들이 자신을 이성애자(헤테로섹슈얼)라고 고백하며 미안한 기색을 드러내곤 한다. 퀴어가 아닌데 이반지하를 좋아한다는 것에 조금 머쓱해하는 것 같달까. 하지만 나는 그들이 말하는 '퀴어'가 그들과 그리 다른 인간들이라고 생각하지 않는다.

공연할 때마다 나는 관객이 모두 퀴어라고 상정하고 퍼포먼스를 한다. 왜냐면 내가 그렇게 느끼기 때문이다. 물론 세상에는 성정체성에 관한 여러 가지 구분과 분류가 있고, 그것이 인권운동적인 측면에서나 사회 담론의 측면에서는 엄청나게 유효할 수 있지만, '사람 간의 개별적 관계'의 맥락으로 들어왔을 때는 그게 그렇게 확고한 경계를 지을 수 있는 것인지 잘 모르겠다. 오히려 나는 개개인의 개별성과 저마다의 다양한 관계 맺음을 훨씬 더 피부에 와닿게 경험한다. 나는 그런 면에서 퀴어와 헤테로를 대립구도로 보지 않는다. 그냥 우리는 다 '퀴어'라고, 실상은 헤테로가 퀴어의 하위범주라고 인지한다. 우리는 모두 개별적으로 이상한 변태들일 뿐이고, 그것은 헤테로 역시 마찬가지다. 세상에는 얼마나 다양한 변태 헤테로들이 많은가. 그들의 헤테로 실천은 얼마나 다 각각 별스럽게 다양하고 잡스럽고 문란한가. 헤테로는 충분히 퀴어하다. 예나 지금이나.

근데 또 그렇다고 헤테로들이 대거 '나도 퀴어'라고 말하면 좀 비위에 거슬릴 것 같긴 하다. 뭔가 얄밉달까. 누릴 거 다 누리고 요거까지 해먹으려고 하냐 그런 마음이 들긴 한다. 그러니까 적당히 하길 바란다. 너무 정상인 척 혹은 비정상인 척 뽐내지 않았으면 한다. 조용히 개인의 성적 실천에 최선을 다하길 바란다.

이반 지하의 말

"자녀가 동성애자 혹은 퀴어인데,
어머니가 기독교 그쪽인 거예요.

그럼 엄마가 뭐라고 그러냐면

"내가 사탄을 낳았어……"

이럴 때 이렇게 받아야죠.

"아니, 엄마 그렇게
대단한 사람 아니야!"

사탄도 아무나 낳는 게 아니잖아요,
그쵸?"

_〈영혼의 노숙자〉 139화

24절기, 가볍게 짤라서 hit it

〈월간 이반지하〉에는 우울증이나 자살충동을 가진 이들의 사연이 꾸준히 온다. 성소수자, 혹은 성소수자임이 가려진 성소수자의 자살률은 아주 오래전부터 나에게 무시할 수 없는 수치이자 경험이었다. 지금 내가 바로 떠올릴 수 있는, 잘 알거나 건너 건너 알던 퀴어들의 죽음도 적은 숫자가 아니다. 이것이 그나마 내가 아는 퀴어커뮤니티 내의 숫자라면, 그 범위 바깥의 죽음들은 두말할 필요 없이 어마어마한 숫자일 것이다.

한번은 자살충동으로 힘들어하는 사연을 보낸 이에게 나는 내 경험을 바탕으로 삶을 잘라서 살자는 이야기를 했다.

평생 살 생각 하면 너무 힘드니까, 5년, 3년, 1년, 6개월, 한 달, 일주일, 하루, 열두 시간, 한 시간 이런 식으로 쪼개서 생각하고, 일단 딱 거기까지만 살아내보기로 결심하는 것은 내가 나의 심리와 정신건강을 챙기면서 배우게 된 생각법이었고, 그것이 진심으로 사연자에게 가닿기를 바랐다. 퀴어들에게 삶의 구심점이 되어줄 우리만의 관혼상제를 챙기는 일 역시 너무나 중요하다. 비단 퀴어뿐만 아니라 기존의 이성애로 생성된 정상가족의 틀에서 삐져나와 있는 모든 이들에게 해당되는 이야기일 것이다. 제사처럼 특정 성별의 노동력을 착취하는 방식이 아닌, 얼굴 마주하고 같이 기뻐하고 슬퍼하며 서로를 챙기는 만남으로서의 파티는 개인을 넘어 커뮤니티의 건강을 위해 절대적으로 중요하다.

원해서 태어난 적 없는 우리가 이 삶을 산다는 것, 버텨낸다는 것은 그 자체로 큰 위로가 필요한 활동이라서, 주기적으로 "이야! 우리 여기까지 살아냈다!" 하면서 구심점을 잡아주고 축하하는 것이 나는 정말로 필요하다고 생각했다. 그래서 이 생각과 몇 가지 계기, 또 우연이 만나 '이반지하 24절기 유튜브 라이브'가 탄생했다.

첫 방송을 하던 날은 유명인들의 성폭력과 디지털 포르노 범죄, 그리고 이와 관련된 가해자들이 법적으로 가벼운 처벌을 받으면서 많은 사람들이 경악과 무기력 사이에서 싸우던 즈음이었다. 언젠가는 유튜브 라이브 방송을 해야겠다고 생각은 했지만, 그게 그날이 될 줄은 몰랐다.

제법 즉흥적으로 방송을 하기로 결심했다. 나부터도 작금의 사회적 상황에 짓눌림을 느꼈고, 이 느낌을 공유하는 것만으로 의미가 있을 거라는 대범한 마음이 솟구쳤다. 언제 뭘 해야 할지 때를 고르고 준비하는 것도 중요하지만, 나는 꼭 '아, 몰라. 해버려!' 하고 대뜸 시작할 때가 삶에서 더 중요한 포인트가 되곤 했다.

그날의 첫 방송도 그런 식이었다. 그냥 카메라 켜고 뭐라도 시작하면, '아니 내가 뭐 어떻게 알아서 하지 않겠어? 그 정도 감당은 하지 않겠어?' 뭐 그런 배짱이 제법 두둑해지던 무렵이었다. 나는 전에 없이 나에 대한 믿음이 합당하게 컸고, 내가 어떻게든 할 수 있으리라는 것을 어렴풋이 알았다. 이것은 순발력과 즉흥의 무대였다. 그리고 나는 그것을 잘해냈다.

비록 첫 방송부터 유튜브로부터 별 이유를 알 수 없는 제재를 당해, 중간에 방송을 인스타그램 라이브로 옮기는 사태가 벌어지긴 했지만, 억압에는 익숙해서 그것도 대수롭지 않게 잘 넘겼다.

어쨌든 시작하고 나니, 그다음부터는 이어가면 되었다. 24

절기 라이브는 절기마다 고유의 풍습이나 재밌는 이야기 등을 민속박물관 자료를 바탕으로 들려준다. 라이브 방송 전에 시청자가 미리 참여할 수 있는 사생대회나 백일장을 열 때도 있지만, 대부분은 보통 그날의 채팅 참여자와 나의 순발력으로 방송 시간을 채워간다. 이러한 큰 틀 말고는 계획이 없기 때문에, 그만큼 더 재밌고 스릴 넘치고 매 방송이 새로운 도전으로 가득하다. 그래서 또 하고 나면 엄청 피로하다.

유튜브 방송은 사람들이 채팅창에 'ㅋㅋㅋㅋ'를 찍어주지 않으면, 지금 내 말에 어떤 반응이 있는지 전혀 알 수 없어서 무척 외로울 때도 있다. 시청자 입장에서는 보고 들을 것이 화면을 가득 채우고 있지만, 방송을 하는 입장에서는 적막 속에 혼자 원맨쇼를 하고 있는 것이기 때문이다. 그래서 방송 중에는 'ㅋㅋㅋㅋㅋㅋ'가 세상에서 제일 반갑다.

아, 또 한 가지, 내 유튜브 방송에서 매우 중요한 게 있다. 바로 '문화혜택비'라는 개념이다. 처음엔 그저 내가 제작하는 문화 콘텐츠에 정당한 값을 매기고 싶은데, 흔히 쓰는 '후원'이라는 말이 너무 싫어서 새로운 말을 만들어내본 것이었다. 나는 소비자 선생들께 후원을 호소하는 것이 아니라, 내가 만드는 이 문화에 대해, 나라는 존재가 생존하고 있고 그것을 보고 즐길 수 있음에 대해, 이 존재에 대한 비용을 치러달라고 당당히 요청하고 싶었다. 그러나 사실상 이것은 수많은 유튜버들이 방송중에 받는 후원과 별다를 게 없는 돈일 수도 있었다. 하지만 내가 이 돈을 내 계좌로 입금받고, 라이브 화면에 실시간으로 입금자와 금액을 타자로 쳐서 공개함으로써 생각지도 못한 새로운 '장르'가 되었다. 나는 독수리 타법을 쓰는 사람이었던 것이다. 나의 타자는 보통 사람들보다 느리고 오타가 많아서 자주 고쳐야 했고, 본의 아니게 그 장면까지 실시간으로 중계되면서, 문화혜택비 납입자들의 재치 있는 통장 편지(입금자명)와 금액, 나의 느린 타자, 그에 대해 계속 '썰'을 푸는 모습이 내 방송의 장르가 되었다.

하지만 진짜 핵심은 이거다. 나는 내 24절기 라이브 방송이 힘들어하는 누군가에게는 웃을 수 있는 '주기'가 되길 바란다. 적어도 "아, 벌써 입춘이네" "오늘이 동지야?" 할 수 있는 구분선이 되어, 밑도 끝도 없는 삶의 혼란 속에 숨 한번 돌리는 순간이 되길 진심으로 바란다. 더불어 또 중요한 것, 자신이 좋아하는 특별한 광대를 계속 보기 위해서는 특별한 응원이 필요하다는 메시지가 전달되었으면 한다. 나는 더 보여주고 싶고, 더 웃기고 싶고, 더 말하고 싶고, 더 생존하려 한다. 당신은 당당히 문화혜택비를 내고 그 모든 걸 정당하게 즐길 수 있다.

이반
지하의
말

“잘라서 생각하는 게 중요합니다.
평생 살려고 하면 너무 힘들잖아요.
일 년만 살아보자,
한 달만 더 살아보자,
일주일만 더 살아보자.
하루만, 한 시간만, 십 분만, 일 분만……
그렇게 가는 겁니다.”

_〈월간 이반지하〉 4호

이반지하, 당신 괜찮아요?

최근 코코아톡 오픈채팅방 '이반지하가 좋다'에 있는 팬들 몇 명이 계정 정지 처분을 받았다. 이 처분을 받으면 열흘 정도 오픈채팅방을 이용할 수 없게 된다. 팬들 사이에서는 이를 두고 '빵(감방)에 갔다' '수감됐다'라는 표현이 쓰이기 시작했다. 원래 '그러다 빵 간다'는 표현은 한국에서 퀴어성을 드러내는 일이 얼마나 불법적인 일인가를 풍자하기 위해 내가 쓰기 시작한 표현이었다. 그러다 코코아톡에서 한두 명씩 정학을 먹듯이 계정 정지 처분을 받았다가 고지된 기간을 채우고 돌아오는 팬들이 생기면서, 팬들 사이에서 '빵'은 코톡의 검열을 뜻하는 말이 되었다.

도대체 왜 이들은 '빵'에 가는가. 무엇을 했길래 코코아톡 같은 대중적인 메신저 서비스에서 정지 처분까지를 받느냐 이 말이다. 나는 소위 '빵'에 다녀와본, 코코아톡으로부터 계정 정지를 당해본 팬들에게, 그들의 무엇이 문제가 되었는지를 물었다.

기본적으로 이들은 자신들이 왜 빵에 갔는지, 계정 정지를 당해야 했는지 몰랐다. 그러니까 이것은 처분을 당한 쪽에서 문의를 넣고 기다려야 알려주는 식이지, 처분을 내리는 쪽에서 상세히 이유를 들어 징계 사유를 설명하는 방식이 전혀 아니었던 것이다. 즉, 검열을 당한 입장에서는 경고도 없이 갑자기 이용정지를 당하고는 오만 가지 상상을 하며 자신의 행동을 되돌아보게 되지만, 검열을 하는 입장에서는 그냥 '처리'할 뿐 그에 대해 최소한의 설명을 한다거나 책임을 지는 귀찮은 일은 절대 하지 않는 것이다.

당연히 처분당한 팬 중 몇몇은 바로 코코아톡에 징계 사유를 문의했다. 그랬더니 그들이 마지못해 들려준 징계 사유란, 주로 이반지하 팬아트가 '청소년 유해매체'이거나 '선정적'이라고 판단됐기 때문이었다. 팬들은 이반지하를 너무 사랑해서 그를 저마다의 그림체로 뽐내며 이미지로 즐겼던 것뿐인데, 이것이 전 국민이 사용해 마지않는 메신저의 입장에서는 꽤

나 마땅한 징계사유가 되었다는 이야기다. 제법 흥미롭고도 '엥'스러운 일이기에 썰을 좀 풀고저 한다.

나도 이런 글 쓰지 않으려 했는데, 팬아트를 그리거나 무슨 말을 하기 전에 미리 '빵'에 갈 걱정을 하거나, 자신의 프로필 이미지에서 팬아트를 지우는 팬들을 보면서, 나의 보살 같은 마음의 '삔또'가 조금 나가고 말았다.

네이버에서 검색한 뉴스에 따르면, 코코아톡은 절대! 대화방을 무차별적으로 엿보거나 검열하지 않으며, 기본적으로 코톡방 내의 누군가가 '신고'를 하고 코코아톡에서도 그것이 '문제'라고 판단할 시에만 처분을 내린다고 한다. 긍까 어쨌든 최종판단은 우리 코톡 친구가 하는 거네.

이반지하는 2004년에 데뷔하여, 대략 2017년경부터 노출이 많은 무대 퍼포먼스를 해왔다. 하지만 이 '노출'이라는 것은 어떤 성애적 함의를 갖는다기보다, 이반지하 자신의 젠더가 갇혀 있는 물적 신체를 마구 드러내어 세상에 내보여버린다는 의도를 갖고 있다. 무대 위에서 이반지하의 신체는 사회에서 소비되는 여자 같은 몸을 넘어, 무대의 소품으로 쓰이고자 하는 것이다.

하지만 그럼에도 이 가부장제+성별이분법 사회에서 겁나

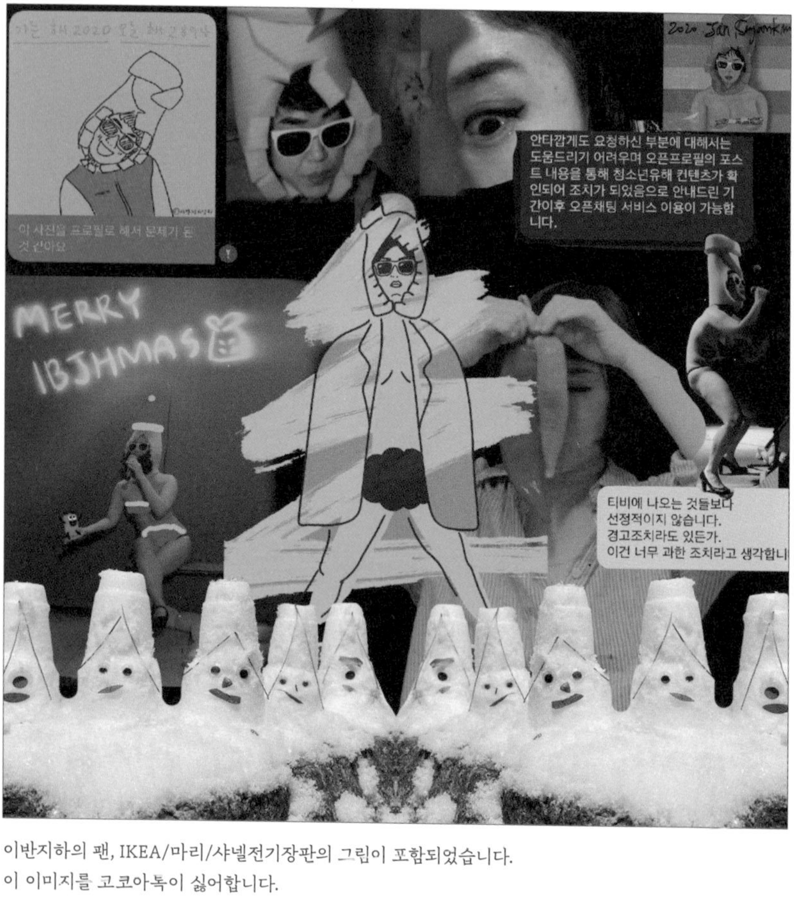

이반지하의 팬, IKEA/마리/샤넬전기장판의 그림이 포함되었습니다.
이 이미지를 고코아톡이 싫어합니다.

학습된 우리 같은 사람들이 여자같이 생긴 몸의 이미지와 그것이 노출되었을 때의 효과를 모른 척할 수는 없다. 이것은 이 퍼포먼스를 행하는 사회인 1인, 이반지하의 입장에서도 마찬가지이다. 어떻게 이 사회를 살면서 그것을 잊겠는가. 그럼에도, 그 방식을 택해야 하는 것이 이반지하라는 아티스트이다. 어떻게든 이 문제적인 몸을 이 세상에 뿌리고 말겠다는 각오를 이반지하는 노출하고 있는 것이다. 이 몸과 움직임과 노래와 소리 등이 뒤엉켜, 지금까지 그의 무대가 만들어져왔다.

하지만 이 무대를 현장에서 즐기는 것과 이것이 기록되어 유통, 재가공, 배포되는 것은 좀 다른 문제가 된다. 그래서 이반지하는 오랜 세월 동안 기록되지 않으려 했다. 기존 사회의 기록 매체와 그 매체들이 유통되는 방식을 신뢰하지 못했기 때문이다. 그러나 '기록되지 않은 것'은 쉬이 '존재하지 않았던 것'이 되어서, 이것은 아티스트와 그 작업의 존립, 퀴어 예술사의 기록이라는 측면에서도 위협이 되었다. 이에 이반지하는 2017년 〈리드 마이 립스READ MY LIPS〉 전시의 퍼포먼스를 기점으로, 촬영과 기록을 더이상 거부하지 않고 받아들이기로 했다. 하지만 여전히 고민한다. 그의 퍼포먼스가 사진이나 영상으로 이 사회에서 기록된다는 것은 정말로 괜찮을까.

내 팬들의 활동은 주로 이반지하가 직접 유통한 공연사진을 합성하거나 각자의 개성대로 그림을 그리면서 2차 창작을 하여 함께 공유하고 즐거워하는 일이었다. 그것도 이반지하가 속해 있고 직접 피드백을 줄 수 있는 오픈채팅방에서, 말하자면 아티스트 본인의 암묵적인 용인하에 창작활동을 한 것이었다. 특히 이반지하는 팬들이 본인의 존재나 작업을 가지고 2차 창작물을 만드는 것을 독려하는 사람이다. 이반지하의 팬들은 이반지하를 귀여운 캐릭터처럼 소비하기도 하고, 기존 사회에서 받아들여지지 않을 법한 퀴어성을 극대화시켜 2차 창작물의 창작자가 팬인지 혐오세력인지 모호한 영역으로까지 재창조하여 소비하기도 하고, 또 가볍게 이반지하의 공연 모습을 그리거나 변형하는 식으로 소비하기도 했다. 그리고 이것들이 지금 코코아톡에서 '처벌'되고 있는 것이다.

이반지하의 홈페이지에, 그리고 한국 현대미술가들의 포트폴리오가 모여 있는 사이트에도 이반지하의 공연 모습은 사진으로 업로드되어 있다. 그것은 그 사이트의 맥락 속에서 예술일 수 있기에, 혹은 별로 대중적인 사이트가 아니기에 처벌을 피하고 있는 것인가? 이 얘기를 하다보면 항시 골치 아픈 '표현의 자유' 이슈로 넘어갈 수밖에 없는데, 이것이 '창작자'의 자유를 보장하기 위한 것이라면, 지금 누가 어떻게 누구의 권리를 우선순위로 보호하고 있는 걸까?

아니, 쉽게 말해서 나랑 내 팬은 왜 보호 안 해주냐?

내 예술이, 내 팬들의 2차 창작이 표현의 자유를 누리지 못함에 나는 분노한다. 이토록 쉽게 불법적인 신체와 이미지가 되어 불쾌하다. 진짜 나쁜 짓 하는 애들의 자유는 막 더 복잡하게 보호받고, 우리들의 자유는 단순하고 명쾌하게 침해당하는 것 같은 느낌이 드는데, 웅, 설마 아니겠지? 혹시 '성'이랑 관련되면 다 복잡하니께, 우선 때려잡고 생각해보자, 그러는 거 아니겠지? 근데 이게 님들이 말하는 우리 피해의식인 건 맞죠?

그러고 보니 여기서 또 궁금해지는 지점이 있다. 어느 순간 내 팬들의 이반지하 2차 창작과 혐오세력의 이반지하 2차 창작을 구분할 수 없는 시점이 오는 것은 아닐까. 누가 이반지하의 무대 신체를 기존 사회의 맥락과 언어로 재창작해서 딥페이크와 같이 디지털 포르노화한다면, 이반지하의 권리는 과연 보호받을 수 있을까? 이반지하의 여자 같은 신체는 이미 세상에 자발적으로 '선공개'되었으므로, 그가 피해자로 인정받기는 아무래도 힘들지 않을까? 그렇게 섬세하게 맥락을 읽어주는 사회가 아닐 텐데?

아니, 오히려 이반지하는 매우 성공한 아티스트가 되는 것일까? 결국 예술과 외설을 구분해내지 못한 이 사회를 폭로하며? 혹은 사회가 퀴어성을 여성으로 수렴시켜 착취함을 폭로하여? 하지만 그렇게 폭로에 성공했을 경우, 이반지하라는 아티스트 개인은 그 상황을 견딜 수 있을까? 그게 정말로 아무렇지 않을 수 있을까?

이반지하, 당신 괜찮아요?

항상 건강하세요!

이반 지하의 말

“자, 이제 진지하고 첨예한 논의는 진짜 논객분들께 부탁드림.”

얼굴들, 이름들, 말들

언제더라. 작년이었나 올해였나.

친구가 자신의 장례식에서는 비건 육개장을 내달라는 유언을 하고 싶다고 했다. 나는 이 얘기를 듣자마자 으악! 하고 비명을 질렀다. 왜냐면 그것은 너무나 성소수스러운 생각이기 때문이었다. 죽음까지 올바른 그 플랜에 경악한 나를 보며 친구는 억울하다는 듯 손사래를 치며 빠르게 덧붙였다.

“아니 아니 그런 게 아니라(뭐가?), 비건식이 아니면 장례식에서 먹을 게 없는 친구들이 있단 말야. 나는 걔네가 내 장례식에 와서 아무것도 못 먹고 가는 게 싫어서 그래.”

물론 납득할 만한 이유였다. 그래도 그것이 성소수자들이

나 할 법한 생각이라는 사실이 달라지는 것은 아니었다. 이르고 인위적인 죽음들이 도처에 깔려 있는 삶 속에서 장례식과 조문객, 대접할 음식까지를 생각하는 데 걸맞은 나이나 때는 우리에게 없는 것 같았다.

운동을 마치고 노곤한 상태로 핸드폰을 보는데, 머리를 깨뜨리며 죽음이 쏟아졌다. 핸드폰 속 화면이 즉각적으로 내 시야 전체를 압도하면서, 나는 나도 모르게 소리를 질렀고, 몸을 감싼 피부의 바깥쪽과 안쪽이 순식간에 바싹 굳었다.

언제부터였을까. 미디어에 등장한 누군가를 보며 '저 사람, 저 정도 상황이면 죽고 싶겠다'라고 생각하면, 별안간 그 사람이 정말로 죽은 채 떠올랐다. '죽을 만큼 괴롭겠다' 혹은 '힘들겠다'는 생각이 들면, 며칠 혹은 몇 달 후, 그는 정말로 죽음이 되어버리곤 했다. '어, 맞아'라고 답하듯 곧 맥없이 죽어버리는 것이었다.

'죽을 만한 일에 실제로 죽어버리는 것'을 이렇게 계속 목격해도 되는 걸까. 죽을 법한 일 다음에 죽음이 이어지는 것은, 왜 이토록 그럴 법하게 여겨지지 않는 걸까. 왜 이토록 그 인과가 부당하다 느껴지는 것일까. 죽을 법한 일들은 왜 계속 생기며, 왜 끝끝내 죽음까지 봐야 속이 시원한 듯 구는 것

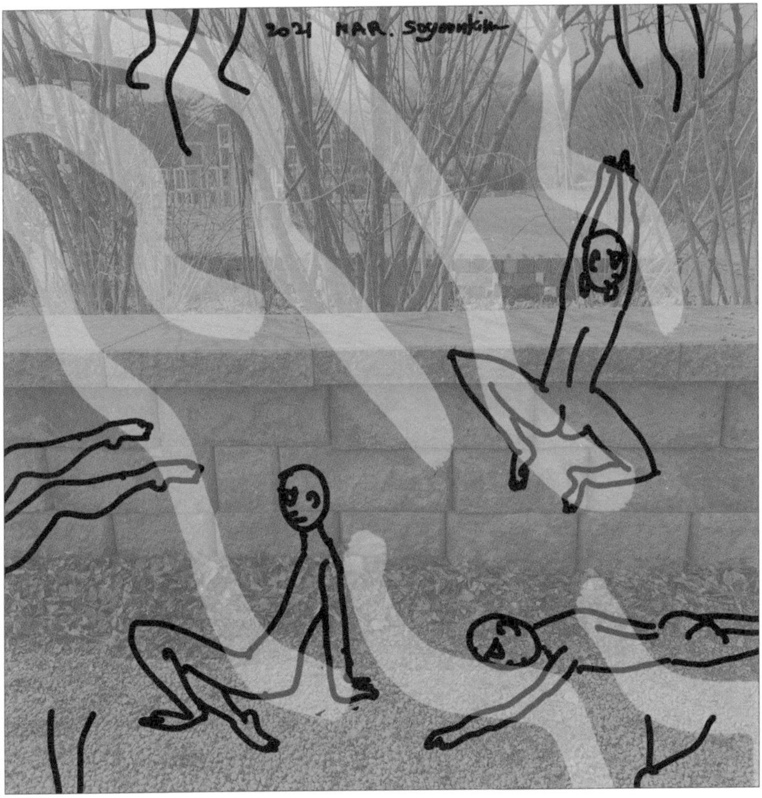

언제부터였을까.
미디어에 등장한 누군가를 보며 '저 사람, 저 정도 상황이면 죽고 싶겠다'라고 생각하면,
별안간 그 사람이 정말로 죽은 채 떠올랐다.
'죽을 만큼 괴롭겠다' 혹은 '힘들겠다'는 생각이 들면,
며칠 혹은 몇 달 후, 그는 정말로 죽음이 되어버리곤 했다.

일까.

애도, 삼가 고인의 명복.
나는 이제 그런 걸 하기가 싫어졌다면.
고인, 죽음, 의미.
나는 이제 그런 걸 찾기도 싫어졌다면.

누가 꼭 하라고 시킨 것도 아닌데, 끝끝내 저 말들을 하기가 싫었다.

#TransRightsAreHumanRights

그나마 외국어가 주는 특유의 떨떠름한 거리감 덕분에 이 정도를 SNS에 타박타박 쓰고, 핸드폰을 껐다가 켰다가 다시 껐다. 그리고 또 켰다.

괜찮아요?

괜찮아요?

괜찮아요?

몇몇의 문자메시지가 도착하는데,

참나,

괜찮아요? 라니.

뭐 그런 말을 주고받고 난리.

근데 나도 할 말은 그것밖에 없는 난리.

어떡해어떡해어떡해어떡하지?

아니 대체 뭘 어떡해.

식당에서 같이 밥을 먹다가 친구가 눈앞에서 손가락으로 딱 소리를 냈다. 내가 멍하니 감자튀김을 기계적으로 집어먹고 있었다고 했다. 그냥 배가 고파서 그랬어. 내가 감자튀김 정도는 멍하니 막 집어먹을 수도 있는 거잖아, 하며 나는 괜히 짜증을 냈다.

빨리 걸을 수가 없었다. 왜냐면 운동을 엄청 해서 온몸이 근육통 범벅이었으니까. 신경질이 났다. 뜬금없이 어떤 사람 욕을 엄청 흥분하면서 했다. 그냥 속에서 뭐가 막 끓어나왔다.

집에 와서 누우니 기다리던 바닥이 날 빨아들여주었다.

아마도, 얼굴들이 생각나서 그랬다.

얼굴들, 이름들, 말들— 그런 게 생각나서 자꾸만 멍해진다.

이반
지하의
말

"퀴어 친구들은 일단 '살기'부터 했으면 하는 생각이 들어요.

어떻게 살았으면, 행복하게 살았으면, 이런 생각보다

일단 우리 생명 유지부터 하자고 말씀드리고 싶습니다."

_〈월간 이반지하〉 1호

PART 2

노동자 이반지하

예술하고자 한 죄

인구와 주택과 총조사

2005년 인구주택총조사(인구센서스)가 있었다. 겨우 학부 졸업을 승낙받은 후 어떤 쓸모도 인정받지 못한 채 이리저리 떠돌던 나는 인구주택총조사의 조사원으로 지원했다. 국가에서 하는 사업들은 그나마 다른 알바보다 급여가 나았고 적어도 임금을 떼일 일은 없었기 때문에, 당시 주변 친구들은 서울시 홈페이지의 구인 게시판을 열심히 보라고 했고, 그 결실로서 나는 그 일을 할 수 있었다. 당시 인구주택총조사는 온오프라인 조사를 병행하는 방식이었기 때문에, 나는 할당받은 구역의 집들을 일일이 방문해서 거주자에게 설문을 하듯이 조사서(가구명부)를 채우면 되었다. 이상한 사람으로 의심받을 수 있으니, 오리엔테이션에서 나눠준 샛노란색 인구주택총조사 가방을 반드시 메고 가라는 지침이 있었던 것이 기억난다. 벌써 15년도 더 전의 일이다.

지금 인구주택총조사 홈페이지에 가보니 2005년에는 11월에 조사가 시행되었던 것으로 자료가 남아 있다. 나는 겨울이었다고만 기억하고 있다. 꽤 추워지고 있었던 날씨에 내가 좋아하던 검정색 롱코트를 입고, '인구주택총조사'라는 큰 글씨가 새겨진 그 샛노란 가방을 메어야 함을 힘들어했던 기억이 난다. 그래서 백팩 하나를 메고 그 안에 노란 가방을 넣고는, 방문한 가정의 초인종을 누르기 전에만 그 노랑이를 꺼내는 수고를 했다. 그때 나는 그런 사람이었다.

당연히 일은 고됐다. 낮에는 집에 사람이 없거나 대꾸하지 않았고, 사람들이 돌아오는 저녁 시간에 방문해도 그냥 내가 이 사람의 고된 하루에 또 한 점 피로를 보태고 있을 뿐이라는 느낌을 지울 수가 없었다. 센서스는 조사 대상자가 작성하면서 '뻥'을 칠 수 있기 때문에, 되도록 조사항목을 직접 질문해서 대답을 듣고 조사원이 명부를 작성하는 것이 원칙이었다. 여기서 질문이라는 것들은 학력, 가족구성원, 수입과 같이 필연적으로 사생활 침해적인 것이어서 나는 처음부터 끝까지 환영받지 못해 마땅했다. 나는 메라는 노란 가방은 제대로 안 메고 다니면서, 이런 원칙은 엄격하게 지키는 인간이었다. 나의 질문들에 고개를 숙이거나 시선을 피하며 어떤 정상성에 미달되었다는 수치심을 되새김질당하는 사람들을 여러 번 봐야 했고, 거의 한 대 맞을 뻔하거나 위협을 당한 적도 있었다.

그 일을 하던 어느 날이었다. 아마도 작은 규모의 임대주택이 아니었을까 싶은데, 입구부터 계단까지 각종 전단지와 낙엽, 먼지 등이 뒤엉켜 사람들이 살고는 있으되 사느라 바쁜 것이 명백한 곳이었다. 몇 번 방문했는데 무응답이어서 재방문한 것이었는지, 그 구역이 처음이었는지 자세한 것은 기억나지 않는다. 그냥 문을 두드렸고, 안에서 누군지를 묻는 몇 번의 소리침이 있었고, 내가 '인구주택총조사'란 말을 크게 몇 번 하자, 문이 갑자기 벌컥 열렸던 기억이 난다.

노인이 안에서 불쑥 나왔다. 그는 양손에 물이 든 바가지 같은 것을 들고 있는 상태에서, 일단 문을 먼저 열고 잠깐 기다리라 하고는, 그 바가지를 어딘가로 가져다두러 급히 다시 안으로 들어갔다. 활짝 열린 현관문으로 좁은 거실이 한눈에 펼쳐졌고, 내 두 눈과 그곳에 있던 그 노인의 어머니, 노인의 노모의 두 눈이 정확히 만났다. 그와 나는 한참 동안 서로를 멍하니 쳐다보았다. 나는 한쪽 팔에 정부에서 나눠준 노란색 가방을 대충 끼워넣고, 이 가구에 해당하는 명부를 꺼내 받아쓸 준비를 하는 모습이었을 것이다. 노인의 노모는 얼굴을 내 쪽으로 돌린 상태로 몸은 옆모습을 보인 채 앉아 있었는데, 그 모습이 너무 자연스러워서 나는 한참이 지나고서야 그가 변기 위에 앉아 있다는 것을 알아챘다. 그의 속옷과 바지는 무릎과 발목 사이에 대충 뭉쳐져 있었고, 그의 허벅지와 엉덩이는 변기와 만나 몸의 무게에 눌려 옆으로 삐져나오는 듯했다.

내가 그 현관에서 조사원으로서 펜과 조사지를 들고 서 있었던 것처럼, 노인의 노모 역시 노인의 노모로서 거실 한가운데에서 용변을 보고 있었다. 그 장면에는 어떤 생각 같은 게 끼어들 틈이 없었고, 그냥 서로 존재하고 있을 뿐이었다. 우리는 어떤 감정도 느끼고 있지 않았다. 그리고 그 아무 감정도 없다는 것이 전체 공기를 꽉 채우고 있어서, 아무것도 끼어들 수가 없었다. 아마 냄새가 났던 것 같은데, 방문했던 집집마다 다른 냄새가 나고 있었으므로 나는 그것에 별로 의미를 두지 않았을까, 그 부분은 기억나지 않는다. 곧 노인이 물에 젖은 손을 대충 털털 털며 현관으로 와서, 모두가 불쾌해하는 질문들에 겸연쩍게 답을 했고, 나는 그렇게 조사 명부 하나를 또 채웠다. 그리고 그 집 문은 닫혔다.

나는 오래도록 그 장면을 아주 세세하게 기억하고 있었다. 파마가 많이 풀린 회색의 머리칼과 동그스름했던 얼굴의 노모, 아들 노인의 노모, 그것은 누런 기억이다. 그 장면은 누렇다. 정부에서 나눠준 그 가방이 개나리 같은 노랑이라면, 그날 그 집의 거실은 전체적으로 톤다운된 노리끼리한 색감이었다. 빛이 많이 안 드는 집에서 형광등을 켜지 않았을 때의 겨울 낮시간 같은 그런 색. 그것을 기억하고 있다. 아들 노인의 늘어난 하얀 난닝구와 무늬가 잘 기억나지 않는 사각팬티, 그 역시 갖고 있던 회색 머리칼. 나는 그날 무얼 봤다고 할 수 있을까.

인구조사가 끝날 무렵, 우리 구역 팀장은 위에서 새로운 지침이 내려왔다고 조사원들을 불러모았다. 그는 방문조사로 충분한 양의 가구 명부가 채워지지 않았다며, 지난 인구센서스 자료를 가져와서 그 숫자에 비슷하게 인구수를 맞추라고 지시했다. 나는 '헉'스러웠고 미친 건가 하는 생각도 했지만, 여기서 어떤 불의와 싸우는 열정을 발휘할 정도로 스스로 대단한 일을 하고 있다고 생각하지도 않았고, 팀장이고 뭐고 하는 지시자들이 그런 말이 통할 사람으로 보이지도 않았다.

나는 아직 채워지지 않은 명부에 가짜 가족들을 만들어 지난 인구주택총조사 자료와 숫자를 엇비슷하게 맞추기 시작했다. 유명 여자 연예인들의 이름으로 비정상 가족을 만들어 가구 명부를 채워갔다. 팀장은 내 글씨가 너무 개발새발이라고 뭐라 하다가, 나를 머리부터 발끝까지 훑어보고는 고개를 절레절레 흔들며 얼른 가버리라고 했다. 나는 그의 뜻에 따라 얼른 그곳을 떠났고, 조사원 업무도 그렇게 끝이 났다.

이반 지하의 말

“얇고 길게 하면 됩니다. 저는 남들한테는 이반지하지만 여러 가지 직업을 거쳐왔고요. 학원 선생부터 시작해서 지금도 미술 작가로도 활동하고 있고, 영어 번역도 하고, 모 복권사 홍보 제안도 쓰고 있고요. 동사무소에서도 근무를 했었고…… 사회 전반의 많은 일을 하고 있어요.

원래 남들 잘되는 건 단순하고 심플하게 한결같이 잘되는 것 같고, 나는 복잡하게 안 되는 것 같잖아요. 실은 그게 아닌데.”

_〈월간 이반지하〉 2호

아래로 아래로 위로 위로

지체 없이 한 번에 일어나야 지각하지 않고 제시간에 조식 뷔페 입구에 딱 설 수가 있었다. 알람이 울리면 즉시 일어나, 딱딱딱 세수-화장-옷 입기를 거쳐 거의 눈을 감다시피 하고 버스정류장까지 어두운 새벽길을 휘적휘적 걸어갔다. 호텔 가는 버스를 타는 정류장까지 15분 정도를 빠르게 걸어야 했고, 내린 정류장에서도 호텔까지 그 정도를 빠르게 걸어야 했다.

환한 로비에서 엘리베이터를 타고 아래로 아래로 내려가면, 언제나 매연이 미처 다 빠져나가지 못하는 지하주차장에 직원휴게실이 있었다. 매연을 실컷 다 먹고 여자휴게실에 들어가면 바닥이 뜨끈했다. 그래도 여기 휴게실은 샤워기도 2개 있고 바닥도 뜨끈해서 좋은 거라고 중년 여자 직원들이 말하곤 했다. 그들은 사람의 마음을 코너로 몰아 사생활을 캐내는 전문가였고 눈으로 온몸을 수색했고 권모술수에 능했지만, 같잖은 남자들 밑에서 일하며 많은 굴욕을 견디는 이들이었다.

나는 하얗고 까만 유니폼으로 갈아입고, 새벽부터 쨍하게 하고 나온 화장을 점검하고, 손에는 장기투숙객을 빨리 알아보기 위한 메모로 그득한 수첩을 들고 위로 위로 올라간다. 오픈 준비를 마치고 조식 뷔페 입구에 서면 정말 뭐라도 된 것 같은 기분이 들었다. 최저시급을 받고 있어도 영어로 뭐라고 씨불인다는 것만으로 나는 내가 뭐라도 되는 것 같았나보다.

아니 사실 나는 그렇게 새벽에 일을 끝내고 오후에는 내 작업을 할 것이라는 포부가 있었다. 그 징글징글한 포부 말이다. 그렇게 신물나게 겪어놓고도 한국 노동시장이 내게 생계 이외의 에너지나 시간을 허락할 것이라는 기대를 갖고 있었다. 기대 아니면 절망밖에 없었기 때문에, 기대하는 수밖에 도리가 없었다. 어쨌든 목숨값은 벌어야 뭐라도 하니까.

장기투숙객이 오면 방번호를 묻지 않는 것이 서비스였다. 그렇게 일일이 매일매일 물어서는 안 된다는 지침을 지키고 있었다. 그래서 수첩에는 몇몇 장기투숙객의 방번호와 그 투숙객의 특징이 간략하게 메모되어 있었다. 그 메모는 100퍼센트 외모에 대한 것이었다. '7011호 말 많음' 이렇게 적어서는 한 번에 알아볼 수 없다. 손님들이 엘리베이터에서 내려 조식뷔페로 걸어들어오는 복도는 딱 한 번 꺾인다. 그렇게 꺾인 지점, 즉 내 기준에서 손님의 모습이 보이는 지점부터 뷔페 입구까지 약 10미터를 그가 걸어오는 동안 나는 수첩을 보지 않는 척 보면서, 지금 조식을 먹으러 다가오는 자의 정체를 체크해야 한다.

손님한테는 굿모닝만 한다. 그 손님은 자기 호수를 알아준다는 사실에 기분좋게 하루를 시작한다. 그렇게 나의 뇌는 새벽부터 불타기 시작한다. 500여 명의 손님을 주 6일 동안 상대하다보면 되게 열심히 살고 있다는 환영에 사로잡힌다. 그리고 그 시기가 지나면 이 착취에 대해 악이 받치기 시작한다. 그러고는 이 착취를 견디고 있는 자신에 대한 혐오가 올라오고, 그 이후는 체념, 또 체념. 작아지고 작아진다. "여기 나가면 어디 갈 데 있어?"라는 말을 듣고 나도 그렇게 말하게 된다. 여기 오기 전에 이미 알바를 하기에는 매니저들이 나보다 어려서 안 된다는 거절을 여러 번 받았다. 아, 이게 바로 예술한다고 나댄 벌인가보다 그런 생각을 했다. 사회는 예술을 용서하지 않아!

장기투숙객이 잔뜩 몰리는 여름 성수기에는 일을 끝내고 휴게실에 내려오면, 한참을 자리에서 일어나지 못했다. 겨우 유니폼을 벗더라도 온몸이 두드려맞은 듯이 아파서 집에 가지 못하고 누워 있을 수밖에 없었다. 그런 날은 그렇게 하루가 갔다. 그대로 침을 질질 흘리면서 두루마리 휴지를 목 뒤에 베개 삼아 받치고 자다가, 늦은 오후가 되어서야 겨우 떨쳐지지 않는 잠에 엉긴 상태로 집에 돌아오는 버스를 탈 수 있었다.

#1 최상층 노인

"아이고, 그렇게 멍청해서 어떡해."

그가 웃으면서 말했고, 나도 멋쩍다는 듯이 웃어주었다. 비록 '멍청'이란 말을 면전에 하는 사람이 있다는 것에 대한 충격은 오래갔지만, 그 순간만은 나는 나의 비非손님 역할에 충실했다. 그렇다고 내가 손님이 아닌 주인이었냐면 뭐 그렇지도 않았으니까 나는 그냥 그렇게 있었던 것이다.

그는 호텔 최상층에 살고 있는 부자 노인이었다. 조식을 먹으러 오는 그에게 방번호를 물어서는 안 되는 것이 호텔의 규칙이었다. 그것은 대단한 무례라고 했다. 장기투숙객이 많은 호텔 특성 때문인지, 그런 무례에 속하는 일이 참 많았다. 조식을 먹었는지 체크해야 하는데, 그 많은 투숙객의 네 자리나 되는 각각의 방번호를 외우라는 것이 지금 생각하면 참 어이없지만, 세상의 많은 일은 그런 식으로 굴러간다.

대부분의 장기투숙객이 조식비를 호텔에 선결제해놓는 데 반해, 그 노인은 특이하게도 조식권을 직접 가지고 다니면서 내는 인물이었다. 은행에 돈을 안 맡기고 꼭 현금을 자기 집 구들장에 넣어놓는 부류였을까. 그는 방번호로도 부족해서 조식권을 언제 몇 장 주었는지까지 기억하게 만들었다. 조식권을 가지고 다닐 거면 매일 한 장씩 주면 좋을 텐데, 그런 식으로 쉽게 일하게 놔두질 않았다. 그저께 그가 세 장을 주었다면, 오늘까지 그가 조식뷔페에 입장할 때 절대 딴지 거는 흉내조차 내면 안 되었다. 물론 이 사람이 잘못 기억할 때도 있겠지만, 그는 기본적으로 '옳은' 사람이고 나는 '틀린' 사람이라는 걸 잊어서는 안 된다. 설사 실수가 생겼다 해도 앞에서는 절대 모른 척하고, 나중에 매니저랑 뒤에서 처리해야 했다.

참 이상한 시스템이었다. 하지만 이해가 아예 안 가는 건 아니다. 이 호텔은 머물다 가는 손님만큼 이곳에서 아예 살고 있는 손님들이 많다. 그러다보니 손님들은 제집처럼 여기저기를 드나드는데, 직원들이 자꾸 뭐라 토를 달면 그래, 짜증날 수도 있겠다. 하지만 그건 직원이, 정확히 말하면 알바가 그토록 빨리 교체되지 않을 때의 이야기이다. 손님은 안 바뀌어도 엄청난 노동강도에 찌든 알바들은 수시로 바뀌었고, 또 새로 오는 알바들은 그만큼 단시간에 많은 정보와 일거리를 소화해서 서비스를 균질하게 만들어내라는 요구를 받았다. 좆같았다는 이야기다.

하지만 나는 그곳을 선택했다. 서른이 넘어가고부터, 아니 솔직히 말하면 스물여섯 살 정도부터 단순 알바 자리도 나이에서 먼저 잘리기 시작했다. 단순노동이 아닌 곳들은 노동착취가 더 어마어마했고 무조건 아침부터 저녁까지 종일근무를 해야 해서, 그에 따르는 시발 비용에 시발 시간까지 고려하면 내 시간을 전혀 가질 수가 없었다.

그렇게 하루일을 마치고 돌아와도 내 '열정'과 '의지력'으로 창작 작업을 할 수 있다고 믿은 적도 있었다. 하지만 노동강도는 단 한 번도 약하지 않았고, 단 한순간도 일 이외에 다른 창조적인 일을 할 만큼의 에너지는커녕, 무려 돈마저도 제대로 만들어주지 않았다. 정신? 그것은 철저하게 무너져내렸다. 그래서 나는 차라리 새벽일을 나가길 택했다. 새벽부터 정오까지 주 6일 조식뷔페 일을 마치고 집에 오면 무척 피곤했지만, 그래도 해가 있을 때 집에 오는 게 좋았고, 마치 나에게 시간이 더 생긴 것 같은 최면을 진짜라 믿고 싶었다.

무거운 접시와 쉴새없이 밀려드는 손님들, 다른 직원들과의 (왜 없겠나) 각종 트러블, 화장실에 가서야 잠시 앉아 있는 것이 허락되었던 그 지독한 입식 노동, 입식 노동! 사람들은 왜 노동자가 앉아 있는 것에 그렇게 미치는 걸까. 나는 매일 일이 끝날 때쯤이면 계속 까치발을 하고 있었다. 장시간 서서 노동해본 사람만이 안다. 다리가 너무 아프면 까치발을 하게 된다는 것을.

결국 이렇게 아무렇지 않은 척하는 것조차 막판에는 다 너무 싫었다. 소위 말하는 '격'을 갖춘다고 아등바등하는 것들이 모두 꼴 보기 싫어졌다. 물론 격이라는 건 '멋'일 때도 있다. 사람들이 왜 그렇게 격식을 차리겠나. 그런데 호텔에서 일할 때는 그 격이라는 것이 결국 알바들을 쥐어짜는 방식으로 작동된다는 생각을 자주 했다. 격 맞추려면 화장을 해야 하는데 화장품 값을 주나, 항상 밝게 웃으라는데 정신과 비용을 대주나, 이 모든 '격 갖춤'이 별안간 미칠 것만 같았다. 그리고 알바들이 계속 그만두는 와중에 구인도 제대로 못한 채, 점점 더 소수의 사람들이 기존의 노동을 감당하는 상황이 오자 나는 폭발하고 말았다. 매니저에게 지랄을 했고, 잘렸다. 잘린 덕분에 실업급여를 받을 수 있어서 다행이긴 했다.

그런데 이것도 아주 오랜 시간 동안 중간 하청업체가 승인을 안 해주는 바람에 노동청 직원분이 전화를 걸어 '니네 그러다 좆된다'고 해줘서 겨우 받을 수 있었다. 지금도 이때 생각을 하면 사적 복수를 하고 싶어진다. 하지만 실업급여 때문에, 국가에 감사해서 참는다.

#2 캘리 도시락

그 한국인 모녀는 미국 캘리포니아 어디에 산다고 했다. 뭘 하는지는 몰라도 어마어마한 부자이고, 이 호텔에 때마다 정기적으로 몇 주씩을 머물다 가는 손님이다, 라고 호텔의 정규직 직원들은 말했다. 그 말인즉슨 이들이 예민하고 요청이 많을 것이며, 나는 웃음을 아끼지 않아야 한다는 의미였다. 웃음이야 이 이상 낭비할 수 없다는 느낌으로 매일 연신 써대고 있었지만, 이런 손님들은 아주 약간의 스쳐가는 정색도 빠르게 알아채고 자기만의 서사를 쓰는 경우가 많아 각별히 웃음을 남용해야 했다.

두 사람은 미국엔 증말 이런 게 없다며 조식뷔페의 수많은 메뉴 중에서도 한식 코너에 깜빡 죽었다. 모녀는 매일 아침 잠이 잔뜩 묻은 얼굴로, 번쩍이는 장식이 옆구리에 박힌 안경을 쓰고 느지막이 뷔페에 내려와, 너무 맛있어서 살이 쪄서 못살겠으니 아가씨가 책임지라 하곤 했다. 그러면 나는 반사적으로 콱 죽는 시늉을 하며, 어이쿠 죄송해요 어떡해요를 연발하며, 너무 당신 모녀님들의 재치 때문에 못살겠다는 듯이 까무러치게 웃곤 했다. 물론 하나도 살이 안 찌셨고 그저 보기 좋으시고 날씬하시다는 말도 꼭 덧붙여야 그날의 의식이 마무리되었다.

조식뷔페의 마감 시간이 지나고 음식이 하나씩 정리되는 즈음이면 그때까지 느긋이 식사를 즐긴 캘리포니아 모녀는 내게 으레 나물반찬이 꽉 찬 접시 하나를 내밀며 애교 있게 이것들을 싸달라고 요청한다. 살쪄서 먹으면 안 되지만, 너무 맛있기에 어쩔 수 없는 일이라는 이야기도 덧붙인다. 그럼 나는 "아 원래 도시락은 안 되시는데(팔자 눈썹) 손님만 특별히 해드릴게요(방긋 웃음)" 하고 주방으로 접시를 가져가 도시락으로 만들어 가지고 나온다. 모녀는 만족하여 마침내 뷔페를 떠난다. 하지만 나는 다음날 아침에 이 모녀가 "에휴 어제 너무 바빠서 아가씨가 싸준 거 다 버렸지 뭐야"라고 말할 것을 알고, 그럼에도 불구하고, 살쪄서 먹으면 안 되지만, 너무 맛있기에 어쩔 수 없어서 또다시 도시락을 요청할 것임을 알고 있다.

그들이 대체 왜 어제 싸준 음식을 다 버렸다는 안 해도 될 얘기를 굳이 나에게 하는 걸까 생각해보았는데, 아마 자신이 버린 나물과 한식에 대한 죄책감을 그것을 싸준 장본인인 나와 나눔으로써, 그 죄책감을 감당하는 것까지를 내가 제공하는 서비스의 일부로 만들려는 행위가 아니었을까 싶다. 물론 이런 생각은 이런 이야기를 이렇게 글로 만들 때나 회고적으로 하는 분석이고, 당시에 나는 그냥 네넵 네넵 그뿐이었다.

#3 낮 야근

가끔 손님 중에는 일을 마치고 밥이나 차를 한잔 사주겠다고 하는 분들이 있었다. 당연히 진상에 이상한 꿍꿍이가 보이는 사람들의 경우 애초에 공식적인 룰을 운운하며 거절하지만, 몇몇 마음씨 좋아 보이는 교포 마나님 스타일의 할머니들에게는 기본적으로 허들이 낮아질 수밖에 없었다. 보통 이런 분들은 나 이외에 다른 여자 알바생들에게도 함께 자리를 제안해서, 일이 끝난 후 근처 식당이나 커피숍에서 밥 한 끼, 커피 한잔을 사주곤 했다.

내 딸 같아서, 내 손녀 같아서, 고생하는 게 맘 아프거나 너무 예뻐서 같은 것이 그들이 말하는 이유였지만, 언제나 본론은 어쨌든 이들이 살아온 이야기를 들어주는 것이었다. 일의 연장선인 셈이었고 밥이나 찻값도 사실은 그에 대한 임금 같은 것이었다. 뭐 그렇게까지 생각하냐, 맛있는 거 얻어먹고 얘기 좀 들어주면 어떠냐 생각할 수도 있지만, 그리고 나도 처음엔 그런 생각으로 그런 자리에 참석했지만, 집에 올 때쯤이면 야근했다는 느낌을 지울 수가 없었다.

이야기를 들어준다는 것은 생각보다 훨씬 중노동이었다. 이분들은 전문 이야기꾼이 아니기에, 청자에 맞게 훈련되지 않은 말솜씨를 가지고 있었다. 보통은 그런 훈련을 할 필요가 없는 삶을 살기도 했겠다. 그분들의 '이야기'는 '자랑'이라는 단어로 바꿔 써도 무방할 만큼 처음부터 끝까지 본인과 확장된 본인들, 자식들과 남편 등이 얼마나 잘났는지에 대한 것이었다.

나는 훈련된 청자로서 때맞춰 맞장구를 쳐내어 이들의 거친 이야기들이 모양을 갖출 수 있도록 역으로 이야기를 직조해낼 수밖에 없었다. 그래야 그나마 말이 말처럼 들렸고, 무엇보다 내가 무슨 말인지를 정리하며 알아들을 수 있어서 중간에 하품을 안 할 수 있었다. "아이구 그러셨어요" "대단하시다" "정말요" 같은 말을 적절히 하다보면 아, 질린다는 생각이 절로 들었다.

하지만 그곳에 앉아 있는 나에게 요만큼의 욕망도 없었냐고 묻는다면 그렇지 않았다고 본다. 나는 아마도 부자이고 아마도 힘도 있을 이들에게서 조금이라도 떨어질 콩고물이 없을까 기대하고 있었을 것이다. 그것이 만 원 한 장의 팁이든 평소에 먹는 것보다 조금 나은 음식이든 커피든지 간에, 나는 뭔가 덜 비굴하게 동정을 불러일으킬 방법이 없을까 궁리했을 것이다. 그래서 어쨌든 그 자리에 앉아 있기를 선택했을 것이다. 나는 그렇게 살고 있었을 것이다.

#4 알바인ㅅ

호텔 알바 이전에 기업에 파견되는 영어회화 강사로 일했을 때도 나는 그렇게 살고 있었다. 나는 주로 기업 임원들을 대상으로 이들이 출근 한 시간 정도 전에 하는 일대일 새벽 수업을 담당하곤 했다. 기업 영어 수업이 아니고는 절대로 입지 않을, 딱 봐도 안감도 없이 버석거리는 싸구려 검정색 정장치마에 블라우스 같은 것을 사입고 수업을 하러 가곤 했다. 힘들고 졸려도 그래도 되는 건 학생이지 선생이 아니어서 항상 하이힐에 하이텐션을 차려입고, 모든 사람들의 머릿속에 있는 언제나 즐거운 여자 교포 영어 강사 흉내를 냈다.

기업 임원의 영어 강사가 되면, 내가 임원이 아니어도 건물 안의 사람들이 얼마나 나한테 잘해주는지 모른다. 처음 한두 번은 어색해하다가도 그다음부터는 민망할 정도로 인사를 먼저 하고, 물론 뭐 대부분은 아래위를 훑는 것도 잊지들 않았다. 그래도 그건 그 나름대로 달달한 구석이 있었다. 나는 임원이 아니지만 내 학생이 임원이라 뭔가 비슷한 지위에 있는 것 같은 달콤한 착각을 할 수 있었다.

그곳에서는 내가 아침에 침대에서 일어나자마자 쥐며느리를 밟았다거나, 창문을 열면 집 앞 고깃집의 삼겹살 냄새로 집안 공기가 환기된다는 것이나, 월세 보증금을 지금까지 얼마나 까먹었고, 내가 얼마나 실패중인 예술가인지 모른 척할 수 있었다. 나는 모든 벽이 딱 직각으로 서 있는 이 번듯한 대기업 건물에서 뭐라도 된 척할 수 있었다. 그 누구보다 나 자신에게 말이다.

그리고 나는 나의 대기업 임원 학생들이 무슨 핑계로든 우리 선생님 고맙다며 뭐라도 손에 쥐여줬으면 좋겠다는 생각을 했다. 언제나 번듯한 그들이 참 부러웠고, 나는 그것을 영원히 가질 수 없을 거라서 조금이라도 무엇이든 나눠주면 좋겠다고 생각했다. 그들이 입은 옷의 옷감이 부러웠고, 누가 와서 영어를 안 아프게 살살 가르쳐준다는 것도 부러웠다. 그곳의 조명마저도 눈에 자극 없이 밝았던 것이 나는 참 부러웠다.

조식뷔페 알바를 마치고, 실업급여가 끝났을 무렵 더이상 뭘 해야 할지 막막했다. 주변 사람들은 쉽게 유튜브를 하라는 둥 TV에서 보고 싶다는 둥 하면서 나에게 엔터테인먼트 일을 권하곤 했지만, 그중 영양가가 있는 제안은 하나도 없었다. 다들 나를 생각해준 진심만은 높이 살 만했으나, 실제 그 직종에 종사하거나 뭘 하면 얼마를 벌고 등등의 정보를 가진 이는 아무도 없었다. 2020년 여름에 유튜브 채널에서 '24절기 라이브 방송'을 시작했을 때에야, 내 친구들 가운데 유튜브에서 사람들이 뭘 하는지 아는 애가 사실은 단 한 명도 없었다는 것을 알게 되기도 했다. "유튜브나 해봐"는 그냥 비어 있고 또 비어 있는 이야기였던 것이다.

지긋지긋한 알바몬에 또 들어갔다. 몇 년째 이 사이트를 들어가는지 횟수조차 기억나지 않았고, 여기에 접속하는 순간 내면이 갉아먹힐 것을 예견하고 또 예견은 들어맞고, 악 소리를 지르며 비참해하면서 서류를 넣고 등을 반복했다. 그동안 영어 강사, 서빙, 서비스업, 콜센터, 번역 등등을 카테고리에 쳐보다가 처음으로 MC, 레크리에이션을 쳐보았다. 돌잔치, 아이들 생일 파티 등의 MC 구인광고가 있었는데, 뭣보다 이 일도 소속사에 들어가는 게 우선인 듯싶었다.

다시 한번 현타가 왔다. 영어 강사 구직 과정에서도 스물다

섯 살이 넘어가는 순간부터 더 나이 어린 분을 원한다는 말을 들어왔는데, 엔터테인먼트 업계는 더 하면 더 했지 덜 할 리는 없다는 생각이 들었다. 나는 마음을 고쳐먹고서 완전히 절망하기로 하고, 그나마 어떤 조건도 필요 없을 것 같은 캐셔 자리를 검색했다. 그러다 우연히 친구네 집 근처 편의점에서 주말 알바를 구하는 것을 알게 되었다. 친구한테 물으니 "아, 거기!" 하고 반가워하며, 거기 알바하는 분들이 나이도 많고 사람도 쉽게 안 바뀌는 걸 봐서 일하기 좋은 곳 아니겠냐는 제법 합리적인 논지를 펼쳐왔다. 맞는 말 같았다. 그리고 주말 알바니까, 약간 간 보는 느낌도 괜찮겠다 싶었다. 나는 인터넷의 편순이/편돌이 글들을 검색해보며 각오를 다졌다.

이반 지하의 말

우리는 대부분 누군가한테 평가당하는 입장으로 살게 되고, 평가를 하는 입장이란 건 나이를 좀더 먹었거나 특정 지위에 올라갔을 때에나 갈 수 있겠죠. 지금 이삼십대, 사십대까지도 사실 어떤 일을 하기 위해서는 자꾸만 평가를 당하는 위치에 있게 되는데요. 그래서 어차피 안 되는 거 아닌가, 라는 생각만큼 어차피 될 거 아닌가, 라는 생각을 해보는 것도 저는 좋은 것 같아요. 왜냐면 결국 되거나 안 되거나라면, 어차피 비슷한 생각일 수도 있잖아요.

사람들이 자격증 많이 따면 좋다고 해서 따고는 있는데, 뭐 하나 결정타가 되지 않을 것 같다고 고민하시는데요. 맞아요, 실제로 결정타가 안 될 수도 있어요. 그런데 제가 생각했을 때, 무엇이 결정타였다고 말할 수 있는 건 어떤 일을 이룬 다음에, 회고하면서 할 수 있는 이야기이지, 무언가를 하고 있는 중에 그 결정타를 준비해서 치는 건 힘든 것 같아요.

저는 예술가로 살면서 각종 투잡을 많이 했어요. 알바는 해보신 분들은 아시겠지만, 여자는 스물다섯 살 넘어가면 그때부터 정말 알바 구하기 힘들어져요. 더 어린 친구들도 있다느니 외모로 까이고 나이로 까이고…… 이러면서 거절도 많이 당했고요. 그리고 제가 이반지하로 활동하는 것, 혹은 현대미술가로 활동하는 것도, 소위 말해서 한국 사회에서 그다지 전망 있는 직업은 아니잖아요?

'그 일로 먹고살 수 있을까?'부터 '근데 너는 딴 것도 잘하니까 이거 하는 게 낫지 않겠어?'까지

“ 갖가지 말들을 들어왔단 말이에요. 이러니 나 자신을 계속 의심하고, 패배주의가 안 생기게 하는 게 오히려 어렵거든요? 저도 당연히 그런 생각 많이 했던 것 같아요.

특히 한국 사회에서 퀴어 퍼포먼스를 하면서 지금까지도 공간 하나만 빌리려 해도 거절 많이 받거든요. 많이 받았다고 해서 거절당하는 게 쉬운 건 아니에요. 누구나 그럴 것이고 나중에도 항상 어려울 것 같아요.

그러나, 그럼에도 불구하고, 뭐가 어떻게 될지 모르니 이것저것 찔러보는 건 너무 중요한 것 같아요. 예를 들어 아까 시작할 때 어제가 〈월간 이반지하〉 1주년이었다고 얘기했잖아요. 〈월간 이반지하〉를 하면서 제 팬들도 새로 많이 생기고, 팬들을 실제로 만나볼 일도 많이 생기고, 저도 많은 경험을 하고 있거든요. 이 방송을 들어주시는 분들이 이런 건 처음이다, 당신 같은 사람은 처음 봤다, 라고 해주시는 것만큼이나 저도 이 만남이 새로워요. 이것 역시 제가 누군가한테 엄청나게 어필해야지 이렇게 작정하고 한 게 아니었거든요. 그러니까 1년이나 이어질 〈월간 이반지하〉라는 것이 이다음에 예정되어 있음을 제가 알고 시작한 건 아니에요.

이야~ 코로나 직전에 어떻게 단독 콘서트를 했냐, 너는 너무 운이 좋다, 이렇게 남들이 얘기들 하지만, 아니요, 저는 그게 '마지막'이라고 생각하고 한 거였어요. 왜냐하면 이반지하라는 사람에겐 콘서트 이후에 활동을 이어갈 자본이나 비즈니스나 인맥이나 그 무엇도 있지 않은 상황이었기 때문에.

콘서트는 매니저랑 저랑 둘이서 디지털 음원 내고서 깔끔하게 마무리하는 의미였고, 거의 무를 향해 ”

“ 달려가고 있었기 때문에, 이게 새로운 계기가 될 거라든가 그런 걸 전혀 예상하지 못했어요.

저는 지금 이 사회에서는 패배주의를 한 번도 가져본 적 없는 사람이 이상한 것 같아요. 경쟁에서 뽑히는 사람이 적을수록 떨어지는 사람은 그만큼 많은 거잖아요. 뭐, 그렇게 대단해서 패배하는 게 아닐 수도 있다는 거예요. 거절이란 게, 여러분이 생각하는 것만큼 그렇게 대단한 이유로 행해지는 게 아니라 되게 흔하고 평범한 경험이니, 그걸 너무 한계라고 견고하게 느끼지 않길 바라요. 그리고 그 거절과 패배를 겪어내는 과정에서 어떤 것이 결정타가 될지 모른다는 거?

어쨌든 지금 이 순간도 님한테는 중요한 삶이니까, 그 안에서 꼭 뭔가, 맨날 먹는 커피든 디저트든, 조금이라도 기쁨이 있었으면 좋겠어요. 그게 뭔지는 모르겠지만, 되게 사소하고 별거 아니어도.

취업할 곳을 찾고 있는 이 기간도, 그냥 준비 기간만이 아니라 '삶'이잖아요. 삶의 일부로서 다시 오지 않을 시간이니까 나한테 조금이라도 기쁨을 주면서 이 시간을 보내실 수 있으면 좋겠습니다.

분명, 어디론가는 가고 있을 거예요. ”

_〈월간 이반지하〉 10호

고만고만 서비스

편의점 알바의 좋은 점은 그런 것이었다. 누구도 나한테 어떤 격을 요구하지 않는다는 것. 그것이 호텔 알바와의 가장 큰 차이였다. 편의점 업무는 양적으로 쉬운 일은 아니지만, 대단한 경력이나 능력을 요구하지 않았고, 손님들도 나에게 대단한 서비스를 기대하지 않았다. 그게 나는 너무 좋았다.

초반에는 호텔에서 일했던 구력 때문에 혼자 뒤편 냉장고에서 카운터까지를 몇 번씩 열렬히 주파하며 손님 하나하나에게 눈을 맞췄지만, 이내 편의점 특유의 나른함에 빠져들었다. 업무가 나른했다는 것이 아니라, 편의점이 인간과 맺는 관계라는 게 그런 느낌이었다는 이야기다. 그렇다고 호텔이

나를 대단히 사람 취급했다는 얘기는 아니다. 호텔은 나에게 '사람 흉내를 진심으로 내기'를 최저시급에 종용했다. 반면 편의점에서 나는 그냥 '대충 인간이 아닌 채'로 자리를 지키고 물건을 채우면 되었다.

손님과의 그런 느슨한 관계들이 나른하고 좋았다. 물론 단골도 있고 진상도 있지만, 장기투숙객이 있는 호텔보다야 암만 양반 중의 양반이었다. 호텔 근무 경험이 편의점에서 벌어지는 다양한 상황에 더 능숙한 대처를 할 수 있게 해준 것도 있었다. 나는 어느새 예술가라면 절대 못해야 하는 서비스업에 전문가가 되어 있었던 것이다.

편의점 손님 #1 **너의 이쁘니**

그는 거의 항상 취한 상태로 편의점을 방문하여, 나를 '이쁘니'라고 불렀다. 아재였다면 먼산을 봤겠지만, 얼큰하게 취한 비非아재가 하는 이쁘니 소리는 그렇게 나쁘게 들리지는 않았다. 나를 이쁘니라고 부르기 시작한 계기는 잘 기억나지 않는데, 아마 내가 그에게 젓가락과 비닐봉지를 잘 챙겨줬기 때문이었을 것이다. 문을 열고 들어오자마자 내 얼굴을 확인하면 "우리 이쁘니이이이이"를 외치며 바로 냉장고로 향한다. 나는 그가 어디로 가는지 정확히 알고 있다. 그의 원픽은 언제나 초록병 소주이다. 보통 한 병을 손에 들고, 다른 손으로 2+1이나 1+1 행사를 하는 초코바를 사서 하나는 꼭 나를 주곤 했다. "우리 이쁘니 하나 먹어!" 하고는 술냄새를 풍기며 선심 쓰듯이 주었다. 사실 내가 안 먹는 종류였지만 나는 취한 이와 그런 실랑이를 벌일 수는 없어서 감사하다며 받아 챙기고 만다. 그리고 그는 꼭 현금영수증 카드를 내민다. 이 부분에서 그는 매우 철저하다. 꼭 사업자로 해야 하고, 조금은 빠르게 현금영수증 처리를 마치고 나갈 수 있도록 해야 한다. 이 절차가 끝나면 그는 마지막 대사를 읊는다.

"나 젓가락 좀 빌려갈게."

나는 이 말이 참 재밌다고 생각한다. 편의점 카운터 한켠에 가득 꽂혀 있는 일회용 젓가락을 두어 개 집어 봉투에 넣으며 그는 '달라'거나 '가져갈게'가 아닌, '빌려간다'라는 말을 쓰는 것이다. 당연히 이것은 빌려감이 아니다. 하지만 그의 마음 혹은 말버릇에는 '빌린다'고 하면 조금 낫게 들린다는 세계관이 자리하고 있는 것이겠지. 그가 편의점을 떠나고, 그 말을 한참 입에서 굴려보았다. 그리고 그 말이 왜 너무나 삐걱거리는지 깨달았다. 그것은 돌려줄 수 없는 것을 빌려간다고 표현하는 데서 오는 위화감이기도 했지만, 동시에 어릴 때 학교 짱들이 많이 쓰던 말습관이기도 했다는 것이 떠올랐다.

그 왜, 돈 뺏을 때도 "야, 나 돈 좀 빌려줘" 하는 것 말이다. 절대로 갚지 않아도 그렇게 말하고 보는 것.

나는 그가 언제부터 젓가락을 빌리는 사람이 되었을까 생각한다. 그리고 어떤 것을 또 언제 빌리는지도 궁금해진다. 하지만 절대로 묻지 않을 것이다. 그런 것을 물어도 될 사람인지 아닌지는 이미 골백번도 더 봐서 알고 있으니까. 그냥 나는 이쁘니로서 소주를 검은 봉다리에 잘 넣어주고, 환하게 인사하며 안 먹을 초코바를 받아 챙기고 말 것이다.

편의점 손님 #2 **복권의 법칙**

그의 인상은 뭐랄까, 구수하다. 하지만 청국장까지는 아니고, 시골 된장국 정도이다. 애주가인지 아니면 그냥 코와 뺨이 조금 붉은 사람일 뿐인 건지는 잘 모르겠다. 어쨌든 웃는 상이다. 항상 웃음기가 가득하다. 좋은 일이 있어서 환하게 웃는 느낌이라기보다, 인상 자체가 하회탈과 비슷한 사람.

그가 편의점에 오는 이유는 단 하나, 즉석복권을 사기 위해서다. 그가 들어오는 것이 보이면 나는 즉각 뒤를 돌아 복권 뭉치를 꺼낸다. 그는 보통 빈손이 아니라, 두세 장의 긁은 복권과 함께 온다. 그것은 1천 원이나 2천 원 당첨 복권으로, 그 가격만큼을 새 복권으로 교환하고, 또 추가로 복권 몇 장을 더 산다. 하지만 즐거운 얼굴의 그에게도 엄격한 규칙이 하나 있다. 그는 절대로 붙어 있지 않은 복권을 사려 하지 않는다.

무슨 말이냐면, 보통 즉석복권이 복권사로부터 도착할 때는 손으로 가볍게 뜯어낼 수 있는 절취선을 중심으로 줄줄이 이어져 있다. 8장짜리 묶음에서 누군가가 7장을 사간다면 1장만 남을 것이고, 6장을 사간다면 2장이 남게 된다. 하지만 그는 항상 절취선으로 줄줄이 이어진 복권을 원한다. 그래서 내가 깜빡하고 이렇게 남겨진 복권을 주려고 하면, 바로 불에 덴 것처럼 그건 안 된다고 한다. 반드시 새 묶음으로 3장을 산다면 3장이, 4장이라면 4장이 이어진 복권을 그대로 달라고 하는 식이다. 그리고 그렇게 새 묶음이 없을 때는 아주 못마땅한 얼굴을 한다. 하지만 마지못해 사가긴 한다. 안 사가는 일은 없다.

나는 편의점 알바와 함께 매달 즉석복권의 해외 기사를 모니터링하며 요약 번역하는 일을 했다. 그래서 복권의 실제 당첨 확률이나 기타 등등의 정보를 본의 아니게 알고 있다. 그는 이런 사실을 꿈에도 모르겠지만, 그가 복권을 사갈 때마다 나는 내가 모니터링했던 기사들이 자동적으로 떠올랐다. 각종 당첨자들의 얼굴 사진과 그 대단하고 엄청난 당첨 확률.

그가 어느 날인가 당첨 복권 하나 없이 빈손으로 와 새 복권을 사면서 "아가씨가 복권을 잘 못 골라주는 것 같애. 저번에 아가씨 땜에 하나도 안 됐어"라고 했을 때는 속으로 시발아, 라고 생각했지만 말로 하진 않았다.

편의점 손님 #3 **수줍은 막걸리**

그는 언제나 말쑥하다. 세상에 있는 다양한 말쑥함 중에서도 특히 부동산적인 말쑥함이다. 동네 부동산 아저씨들의 비즈니스 캐주얼 말이다. 보통 회색 양복바지에 벨트를 하고 구두를 신고, 상의는 정장처럼 보인다고 생각했겠지만 결국엔 등산복인 그런 옷차림. 하지만 아저씨들을 쭉 세워놓고 평균치를 내자면 말쑥함 쪽으로 놓을 수밖에 없는 어떤 번듯함을 그는 가지고 있다. 한여름이 아니고서는 어쨌든 양복 '마이'를 꼭 입고, 비록 얼굴이 이미 새빨갛지만 전혀 취하지 않았다는 태도로 집에 쓱 들어오는 스무 살 남자애같이, 여지없는 중년의 얼굴로 그는 편의점에 들어온다.

나는 그가 완연히 취했음을 한눈에 알 수 있다. 그는 비록 숨도 내 쪽으로 안 쉬고 얼굴 표정마저 풀리지 않게 경직시키려 하지만 의미 없는 일이다. 당신은 이미 아까도 막걸리를 한 병 사갔고, 또 사러 왔잖소.

하지만 나는 서비스 전문가답게 일관된 건조함으로 그의

계산을 마쳐준다. 그는 카운터에서 나의 얼굴을 보며 들어와서 한 번 가볍게 빨갛고 점잖은 목례를 하고, 세상에 한길만 나 있는 것처럼 낭비 없는 걸음으로 막걸리 자리로 갔다가, 같은 방식으로 카운터까지 돌아온다. 계산은 언제나 서둘러 마치고, 마치자마자 막걸리는 그의 양복 마이 안주머니로 쏙 없어진다. 그것마저도 최단거리만 이용하듯 카운터에서 양복 안주머니로 손이 쓱싹한다. 그리고 몇 시간 뒤 그는 또 나타난다. 교대가 될 때까지 적어도 두 번 정도 더.

술을 사는 행위나 주정뱅이로 보이는 것이 그에게는 무척 수치스러운 일일까. 그의 행동으로 미루어볼 때 그러리라 짐작한다. 그래서 나는 항상 그를 건조하게 대하려 한다. 섬세한 그의 마음이 조금이라도 다치면, 우리 편의점 매상이 떨어질 것이고 나는 우리 사장님한테 그러고 싶지 않으니까.

가끔 사람이 붐비는 시간에 그가 오면 너무나 애처롭다. 그는 지금 막걸리를 손에 들고 있는 것도 모자라, 줄을 서야 하는 것이다. 나는 보지 않아도 그가 최대한 자기의 안쪽 다리와 평행하게 막걸리를 들어, 자신이 무엇을 계산하려 하는지 가리고 있으리라는 것을 안다. 하지만 그렇다고 이런 시간에 그를 먼저 계산해줬다가는 폭동이 일어난다.

마침내 앞 손님들의 계산이 끝나고 그의 차례가 오면, 나도 약간 마음이 덩달아 급해져 빨리 처리해주고 싶어진다. 그러다 본의 아니게 버튼을 잘못 누르거나 하여 그의 계산은 평소보다 더 더뎌진다. 정말 악의가 아니다. 그저 다음에는 사람이 안 붐비는 시간에 오시라고 부치지 않을 텔레파시를 보내지 않는다.

편의점 손님 #4 **깊은 수렁의 길목에서**

그는 항상 시장에서 장을 잔뜩 봐와서 모든 짐을 아이스크림 냉동고에 철퍼덕 올려놓는 것으로 편의점 방문의 스타트를 끊는다. 그리고 '나 이렇게 힘드니까 알아줘' 하는 얼굴로 나를 쳐다본다. 코로나 때문에 마스크를 쓰게 되고부터, 이 부분에서 억지로 공감 미소를 짓지 않아도 되는 것이 참 좋았다.

두 손이 자유로워진 그는 편의점 전체를 훑는데, 뭔가를 보면 절대로 가격표를 먼저 찾아보지 않고 "이건 얼마야?" 하면서 알바생한테 소리를 친다. 기어코 알바생이 그가 있는 곳까지 자리를 박차고 가서 하나하나 쫓아다니며 가격표를 읽어주게 한다. 그래서 나는 그가 가게에 올 때 다른 손님이 계산대에 오기를 항상 바란다. 그러면 나는 "잠시만요"만 외치면서 다른 손님 계산에 집중하면 되고, 기다리다 지친 그는 알아서 가격을 찾든지 가늠하든지 해서 물건을 가지고 계산대로 오기 때문이다. 하지만 그렇게 오더라도 뭐라고 궁시렁궁시렁하는 소리는 잊지 않는 타입이다.

그런 그가 그날은 짐을 냉동고 위에 평소처럼 내려놓고는 대뜸 화장실을 쓰겠다고 선언했다. 우리 편의점 화장실은 손님에게 개방하지 않기 때문에, 나는 그건 사장님이 허락하지 않는다고 바로 말했다. 그러자 그는 그때부터 자신이 오늘 아침에 집에서부터 배탈이 났고 화장실에서 어떤 일이 있었고 무엇이 몸에서 나왔는지를 우는 듯 윽박지르듯 세세히 설명하기 시작했다. 나는 이 세세함에 1차로 혼이 나갔다. 이어서 그는 당장 화장실을 가게 해달라고, 말 그대로 발을 구르며 악을 쓰기 시작했다.

"나 오줌 마려워 죽겠어!"

그는 바지춤을 금방이라도 내릴 듯이 두 손으로 허리께를 잡고 소리쳤다. 바지를 지탱하고 있는 앞섶 매듭끈이 위태롭게 대롱거렸다. 아, 나는 이 지옥을 탈출하고 싶었다. 그의 얘기를 듣고 나니, 사장님의 말씀이고 뭐고 그냥 더더욱 화장실을 쓰게 할 수 없었다. 그가 거기서 뭔가를 해버릴 경우 그 뒤처리를 내가 해야 한다는 것 역시 너무나 끔찍한 일이었다. 그는 얼굴 주름을 더더욱 깊게 패어가며 악을 썼다.

하지만 다행히 그 천근같은 시간은 짧았다. 1분 남짓의 고성이 끝난 후, 그는 예의 궁시렁거림을 평소보다 크게 하며 평소처럼 쇼핑을 시작했다. 다행히 그것은 으름장이었다. 정말로 다행히도 말이다. 아찔한 순간이었다. 나는 그의 아주 사적인 깊은 수렁까지를 보게 될까봐 진심로 두려웠다. 그런 것까지 보려고 편의점 일을 하는 것은 아니기 때문이다. 그 누구도 그렇지 않다.

편의점 손님 #5 **세상에 없던 깔롱**

중학생 정도 되는 학생들 무리가 편의점에 들어왔다. 딱 봐도 다 같이 주말을 기해 놀러 나왔음을 알 수 있었다. 아마 최근 몇몇 TV 프로그램에 나온 예쁜 가게들을 구경하러 나온 것이 아닐까 싶었다. 6~7명 정도의 아이들이었지만, 크지 않은 편의점 특성상 금방 가게가 꽉 차는 느낌이 들었다. 나는 조금 긴장했다. 무슨 일이 일어날 것만 같은 묘한 예감이 있었다.

이렇게 무리로 들어오는 이들은 성별 나이 불문 정신없이 계산할 때가 많았다. 계산중에 몇 명이 더 가서 물건을 추가한다든가, 할인카드를 적용한 후 갑자기 물건 몇 개를 뺀다든가, 또 누가 계산을 하네 마네의 옥신각신 등 알바생의 입장에서는 계산 실수가 나올 가능성이 좀 높아서 긴장하게 된다. 그들 역시 예상을 빗나가지 않았다. 기본 포맷은 각자 컵라면1+음료1이었는데, 여기서 2+1이나 1+1 제품들이 껴들어가면서, 몇 번의 교환 및 빼고 더하고를 하고 나서야 모두의 계산이 끝날 수 있었다.

숨을 돌리려던 찰나, 그들은 우리 편의점의 취식공간이 모두가 편히 음식을 먹기에는 너무 작다는 것을 알고 대책회의를 하기 시작했다. 나는 그들이 제발 뜨거운 물만 받아서 어디론가 갔으면 했다. 두 명만 같이 먹어도 조금 민망해질 만큼 작은 공간에 6~7명이 컵라면을 먹는 방법 같은 것이 세상에 있을 리 없었다.

나는 그들이 현명한 선택을 하길 원했지만, 그들은 우정을 택했다. 전자레인지 앞과 택배 자리까지 점거하다시피 하며 그들의 식사가 시작되었다. 몇몇은 테이블에 라면을 놓고, 몇몇은 서서, 또 몇몇은 무려 쭈그려앉아서 일제히 라면을 먹기 시작했다. 한껏 멋을 낸 그들은 서로 다른 맛의 컵라면을 나눠먹어도 보면서 신나게 수다를 떨며 그들만의 세상을 만들어내고 있었다.

나는 저 빨간 국물이 어디로 튈까 신경이 쓰여 초조해졌고, 이 위태로운 식사가 최대한 빨리 끝나기만을 바랐다. 좁은 취식공간을 떠나 자꾸 물건이 있는 곳에서 라면을 먹으려는 몇몇에게 여러 번 주의를 줘야 했고, 그 와중에 손님도 평소보다 많아서 나는 쉴새없이 계산을 이어가고 있었다. 그리고 어느 순간 갑자기, 허공을 가르는 높고 새된 비명소리가 편의점을 갈랐다.

“끼아아아아아아악!!!!!!”

모든 것이 일순간 정지하는 듯 느껴졌다. 그리고 이어서 울음소리가 들려왔다. 나는 계산을 멈추고 허둥지둥 계산대에서 나와 비명의 근원지로 갔다. 한 명이 바닥에 쭈그려앉아 울고 있었고, 나머지 아이들이 그를 둘러싸고 “어떡해”라는 말을 연신 해대고 있었다. 하얀 편의점 바닥에 시뻘건 라면 국물이 비참하게 엎어진 컵과 함께 끈적하게 눌어붙어 있었다. 하지만 그 순간 먼저 눈에 들어온 것은 바닥에 주저앉은 학생의 손에 들린 무엇보다 시뻘건 야구모자.

절망한 그의 읊조림으로 파악한 상황은 이랬다. 오늘 그의 외출은 제법 특별한 것이었는지, 평소보다 멋을 많이 낸 상태였다. 특히 오빠가 아끼는 새하얀 야구모자를 빌려 쓰고 나온 부분이 그랬다. 그의 외출은 티끌 없이 하얗게 잘 마무리될 예정이었는데, 편의점의 불닭면이 모든 것을 망쳐버린 것이었다. 그들은 그저 우정을 라면 나눔으로 표현하고자 했을 뿐이었지만, 불닭면은 그렇게 만만한 놈이 아니어서, 새하얀 모자를 쓰고 조심조심 쭈그려앉아 라면을 먹던 친구의 머리 위로 된통 쏟아져버리고 만 것이었다.

나를 발견한 학생들은 일제히 "죄송해요"를 연발했다. 하지만 나는 그 새빨간 야구모자를 보고 아무 말도 할 수 없었다. 그것은 정말 단 한 번도 본 적 없는 '깔롱짐'이었다. 저것을 없앨 수 있는 세탁기술자는 절대 없을 것이란 걸 깊게 생각해 보지 않아도 알 수 있었다. 학생들은 내가 바쁜 걸 알고 친절하게도 휴지를 주면 자기들이 닦겠노라 했고, 나는 울고 있는 학생의 눈치를 보며 물티슈와 휴지를 건네주었다. "컵라면용 뜨거운 물을 이용해서 닦아보세요"라는 위로의 말도 잊지 않았다.

아마 그들의 외출에서 가장 긴 시간을 편의점에서 머무른 그들은 마침내 다시 집으로 가는 여정을 떠났다. 다행히 그들이 떠난 취식코너와 바닥은 깨끗해져 있었고, 건넸던 휴지와 물티슈는 아낌없이 사용되어 심과 껍데기만 남겨져 있었다. 편의점을 나서는 그의 모자는 주황색이었지만, 누가 봐도 그것은 불닭물이었다. 봉숭아물보다 훨씬 선정적인 그 색을 몰라볼 수는 없었다. 나는 그가 부디 새 모자를 사서 오빠에게 돌려줄 수 있었기를 바란다. 어쨌든 내가 그 난리를 정리하지 않아도 되게 해주었기에, 나는 그들이 싫지 않았다.

편의점 손님 #6 **욕망의 실체**

그는 코로나로 난리가 나기 훨씬 전부터 검은 모자에 검은 마스크를 쓰고 어둑하게 점내로 들어섰다. 뭐 그때도 마스크를 쓰는 사람들이 없지는 않았기 때문에, 엄청 이목을 끌 만한 모양새는 아니어서 처음에는 별 관심을 두지 않았다. 내가 몇몇 손님들의 계산을 다 마칠 때까지 그는 생활잡화 쪽에서 물건을 고르고 있는 듯했고, 모든 손님들이 다 떠나고 나자 그가 묘한 에너지를 풍기며 계산대로 다가왔다. 묘한 에너지라 함은, 편의점에 어울리지 않는 어떤 긴장감에 대한 것이었다. 내 쪽에서는 전혀 알 수 없는 어떤 이유로, 그는 긴장감을 잔뜩 풍겨대고 있었다. 나는 대수롭지 않게 그를 편의점에 오는 수많은 별별 인간 중 하나로 여기고 계산대로 갔다.

바코드를 찍으려 계산대에 올려진 물건을 본 순간, 그가 검정스타킹을 사려고 한다는 것을 알게 되었다. 단순히 남자로 보이는 사람이 스타킹을 산다는 게 문제가 될 이유는 없었다. 하지만 스타킹을 집어드는 찰나 내 눈에 들어온 것은 잔뜩 부푼 그의 검은 추리닝 앞섶이었다. 그의 사타구니 시작 높이가 계산대의 높이보다 절묘하게 더 높아서, 그의 발기는 도저히 못 알아챌 수 없는 건축적 구조 속에 있었다. 이것이 그가 풍기던 에너지의 실체였던 것이다.

나는 애써 못 본 체하며 계산을 마쳤고, 그는 나에게서 뺏듯이 부리나케 스타킹을 잡아채어 자신의 검정 백팩에 쑤셔 넣고 쏜살같이 편의점 밖으로 사라졌다. 나는 편의점에 잠시 동안 가득했던 그 강력한 에너지가 훅 사라진 그 공기의 한복판에서 약간 멍해졌다. 그리고 벽에 등을 기대고 잠시 간이 의자에 앉았다. 방금 그건 뭐였을까. 나는 그가 과연 어떤 부분에서 흥분했을까에 대해 생각했다. 스타킹 자체? 스타킹을 구매하는 행위? 스타킹을 여자 알바생에게 들이민 행위? 구매 후 스타킹과 함께할 시간? 그 스타킹을 신을 자신 혹은 타인?

나는 영원히 답을 알 수 없을 의문을 품은 채, 어쨌든 그가 스타킹 값만큼 행복했기를 그저 바랄 수는 없었다. 나는 무엇을 본 것일까. 그것은 어떤 이야기의 한 토막이었을까.

이반 지하의 말

“우리도 뭐 응? 직업 이름이 없어서 그렇지 하는 일이 없는 건 아닙니다~~”

_〈영혼의 노숙자〉 139화

잼잼 계란계란 참치참치

내가 지금까지 살면서 만난 인생 최고의 보스는 우리 편의점 사장님이다. 하지만 아무리 좋은 사장을 만나도 막을 수 없는 무시무시한 것이 있는데, 그건 바로 '다양성'이라는 놈이다. 다양성은 읽거나 들을 때는 고귀하기가 둘째가라면 서러운 축이지만, 실제 인간군상 버전으로 만나게 되면, 음, 그것은 좀 많이 그렇다. 다양하다는 것은 정말 혹독한 것이기 때문이다. 인간은 미치도록 다양하며 각자 다른 사정으로 살벌하게 부대낀다.

어디서?

편의점에서.

아마도 그날은 어린이날이었던 것으로 기억한다. 중노년의 그는 어색하게 편의점 문을 밀고 들어와 일관된 어색함으로 가게 안을 빙 돌아보기 시작했다. 주말 낮이라 사람이 많을 시간도 아니었고, 우리 편의점이 큰 편도 아니어서 그의 움직임은 애를 쓰지 않아도 쉽게 파악할 수 있었다.

그는 마치 처음 보는 생명체를 다루듯 과자 봉지들을 면밀히 살피며 그중 몇 개를 들었다 놨다 했다. 젤리들에게도 그렇게 했고, 빵들에게도 공평하게 그리 했다. 짐작건대 오랜만에 만나는 손녀 손자들을 위한 간식거리를 찾고 있는 것이 아닐까 싶었다.

편의점 내부를 몇 바퀴씩이나 돌며 고심하던 그가 마침내 고른 것은, 라벨이 화려한 샌드위치 2개였다. '어쩌구 샌드'라는 식으로 나름 유행몰이를 하고 있던 본사 자체개발 상품이었다. 그는 마침내 선택의 결과를 들고 계산대에 당도했고, 나는 바로 샌드위치를 집어들어 으레 엉덩이나 이마에 있는 바코드를 찾아 샌드위치를 이리저리 건조하게 돌렸다. 바코드를 삑 하고 찍으려던 바로 그 순간, 그가 긴급하게 손을 뻗으며 "잠깐만요"라고 말했다. 경쾌한 삑 소리를 내는 데 실패한 나는 "네, 손님" 했다.

"요즘 애들, 뭐 좋아해요?"

일단 이런 질문에 열과 성의를 다해서는 안 된다는 것을 말해둔다. 기본적으로 '요즘 애들'이라는 건 누구나 될 수 있기 때문이다. 게다가 그가 집어온 샌드위치 시리즈는 뭐가 잘나가고 아니고를 말하기 애매한, 두루두루 인기 있는 것들이었다. 그니까 달고 짜고 부드러운, 세상 모든 것이 들어 있는, 그런 유의 샌드위치 말이다. 하지만 그렇다고 이럴 때 "다 괜찮아요" 같은 말을 하는 것 역시도 금물이다. 그런 대답은 대화를 잇는다. 그냥 뭐든 하나를 딱 집어서 "이거!"라고 말해줘야 손님의 갈팡질팡도, 나의 계산도, 편의점의 벌이도 끝이 난다. 나는 그가 심혈을 기울여 골라온 샌드위치에 확신을 불어넣어주기로 마음먹었다.

"아무래도 쨈쨈 샌드위치죠."

"네? 쨈쨈이요?"

그가 흠칫 놀라며 되물었다. 분명 본인이 골라온 것인데도 말이다. 너무 끼워맞추듯 맞아떨어졌다고 느낀 것일까. 그는 돌연 따지듯이 묻기 시작했다.

"계란계란은요? 그래도 애들은 계란계란 샌드위치 아닌가요?"

나는 침착하게 응대했다.

"아, 계란계란도 괜찮죠."

순간 약간 실수했다는 느낌이 있었다. "~도 괜찮" 같은 말은 이런 상황에서 대화로 가는 징검다리로 기능할 가능성이 있다. 하나를 골라야 하는 순간에 심드렁히 여럿을 무대 위로 올려 덧없는 논쟁을 일으키는 꼴이 되기 때문이다. 근데 그렇다고 여기서 계란계란은 정말 아니라고 정색하는 것도 위험한 일이다. 자칫 그것은 섬세하신 손님의 취향이 짓밟혀지시는 듯 느껴지시게 하실 수 있으시기 때문이다.

그래서 외줄타기와 같은 알바의 춤은 시작되고 만다. 그 춤은 사실 어떻게 스텝을 찍어도 낭떠러지일 수밖에 없는 필연적 구조 속에 위치한다. 각각의 낭떠러지는 모여서 '다양성'이라고 불린다. 지금 눈앞의 손님, 그의 다양성 낭떠러지가 내 앞에서 날개를 펼치려 하고 있었다. 아, 교대 시간은 너무 많이 남아 있었다.

그의 눈동자에서 나의 판단에 대한 의심이 고개를 바짝 드는 것이 보였다.

"잠시만요."

그는 계산대에 올려놓았던 쨈쨈 샌드위치를 도로 집어 냉장고로 향했다. 나는 뭔가가 시작된 것 같은 불길한 느낌에 사로잡혔다. 몰래 한숨을 쉬며 좀전에 바코드를 찍은 짬짬을 포스 화면에서 지웠다. 그는 곧 참치참치 샌드위치를 가지고 돌아왔다. 계산대 위에는 이제 계란계란과 짬짬이 아닌, 계란계란과 참치참치가 놓였다.

나는 짐짓 탁월한 선택이라는 듯 미소를 지어 보였다. 그러고는 최대한 감정을 섞지 않고, 절차적이고 전통적인 멘트를 던졌다.

"계산, 하시겠어요?"

손님께서는 내 물음에 답하기보다, 단호하게 의견을 제시하는 쪽을 택했다.

"아무래도 계란계란은 맞는 것 같아요."

나는 서둘러 계란계란의 바코드를 찍으며 말을 이었다.

"삑— 그쵸그쵸!"

나는 뒤이어 참치참치의 바코드를 찍기 위해 손을 뻗으며, 그의 새로운 선택을 응원하기로 했다.

"참치참치도 진짜 인기 많아요!"

그리고 바로 그 순간, 내가 말을 함과 동시에 내 손이 참치참치에 닿은 바로 그 순간, 손님도 참치참치를 잡았다.

참치참치는 어리둥절 그의 손과 내 손, 둘 다에 엉거주춤 들린 꼴이 되었다. 참치참치의 비닐 포장지는 상품에 손상이 가지 않을 정도의 적당한 팽팽함으로 당겨졌다. 매우 불필요하고 쓸데없는 긴장감이 흐르기 시작했다. 아주 짧은 시간이었으나, 그는 내 얼굴을 촘촘히 살피고 있었다. 육이오, 군부독재, 문민정부 등의 풍진 세월을 겪어낸 연륜을 바탕으로 내 얼굴에서 무언가를 읽어내려 하고 있었던 것이다. 나는 입술 끝을 살짝 힘주어 올리며, 부디 내 얼굴이 지금 이 순간에 온전히 기능하고 있기를 빌었다. 부디 신뢰의 에너지를 뿜고 있기를, 부디 그의 연륜이 나의 알바 면상 너머 심연에 닿지 않기를.

그의 눈이 물었다.

'말해, 정말로 참치참치인가? 이제 보니 쨈쨈이 아닐 건 뭐지? 그렇게 인기 좋은 놈들이라면 냉장고에 남아 있을 리가 없잖아!'

나의 눈이 답했다.

'아닙니다. 아니에요. 잘 팔리니까 여러 개를 발주했고, 그래서 이 시간까지 남아 있는 겁니다!'

그의 눈이 되물었다.

'과연? 지금 그냥 얼른 다 팔아치우고서 놀려고, 대충대충 하려는 거 아닌가? 애초에 쨈쨈이고 참치참치고 관심 없던

거 아니었나?'

나의 눈이 다시 답했다.

'아니올시다, 나으리. 나는 당신이 귀찮아서가 아니라 진심으로 당신이 옳은 샌드위치를 골랐기에 이 계산을 끝내려고 하는 것입니다! 내가 당신이었어도 계란계란과 참치참치를 골랐을 것입니다!'

실수였을까, 그의 손힘이 순간적으로 스륵 풀렸다. 내가 이 순간을 놓치지 않은 것은, 글쎄, 그저 신神의 개입이었다고 밖에는.

나는 잽싸게 참치참치의 옆구리에 바코드 기계를 갖다대었다. 경쾌한 삑— 소리가 경기 종료를 알리듯 짧게 울려퍼졌다. 그는 삑 이후에도, 어떤 내적 미련을 여전히 상대하고 있는 듯 지갑에서 카드를 반 정도만 꺼낸 상태로 있었다. 나는 그의 눈을 보며 계산대 아래로 손을 더듬어 검정색 비닐봉지 하나를 빠르게 끊어내, 그 입구를 두 손으로 짝짝 찰지게 비벼 열고, 벌어진 검은 구덩이 속으로 샌드위치 두 개를 다시는 나오지 못하도록 쏙 넣어버렸다.

샌드위치들이 봉지에 들어가고서야 그는 침을 꼴깍 삼키며 체념한 듯 카드를 기계에 꽂았다. 아직도 못내 아쉬운 듯

멈칫거리는 그에게 나는 신속하게 카드와 샌드위치 봉지를 건네며 계산을 마무리했다.

"결제가 완료되었습니다단녕히 가세요!"

그는 마지못해 나의 건넴을 받음하고 편의점을 나섰다. 그가 편의점을 떠나 멀리 사라진 것을 보고 나서야 나는 카운터 뒤 플라스틱 간이의자에 주저앉았다. 다양성이라는 위기 하나를 잘 넘겨낸 느낌이 들었다. 하지만 그와 동시에 나는 알고 있었다. 어쩌면 이것은 또다른 시작일 수 있다.

그는 어느 걸음에서 갑자기 모든 것이 잘못됐다고 느껴, 언제든 되돌아올 수 있다. 몇 시간 뒤 혹은 며칠 뒤, 내 마음을 충분히 읽어주지 않은 편의점 알바가 너무도 원망스러워 인생의 모든 불행을 뒤집어씌우고 싶어질 자격도 있다.

왜냐면 사실 그가 결제한 것은 계란계란과 참치참치, 그리고 알바의 춤춤이기 때문이다. 다른 건 대충 넘어간다손 치더라도 적어도 알바의 춤사위에 대해서만은 언제든지 억울억울을 표현할 수 있다. 자격 있다. 마땅하다. 옳음이다. 최고예요!

이반 지하의 말

“남들은 다 내가 생각하는 것보다 못살고 있습니다. 사람들이 환상을 갖고 있는 것 같아요. 1인분의 삶을 내가 온전하게 독립적으로 당당하게 살아낸다, 물론 중요한 이슈죠. 독립해야 한다, 한 명의 인간으로서 잘살아야 한다…… 그런데 내가 정말 1인분을 다할 수 있었으면, 사회가 필요 없습니다.

그러니까 결국 우리는 순간순간 어떤 때는 0.8인분, 또다른 상황에서는 내 깜냥으로 1.5인분을 할 때도 있는 거예요. 간병하거나 누군가를 돌볼 때는 자기 몫의 1인분을 더 할 때도 있고. 그렇게 얽혀서 사는 것이지, 지금 당장 내가 1인분인가 아닌가 꼭 그렇게 따질 필요는 없는 것 같아요. 순간순간 관계에 따라서 내 역할도 계속 바뀌는 것이기 때문에.

저는 요새 ‘당당’ ‘독립’ 이런 말들이 신자유주의랑 만나서 굉장히 자본의 기준에서만 해석되는 것 같거든요. 미디어의 영향이라는 생각이 들어요. 지나치게 그 틀에만 비춰서 나를 볼 필요는 없는 것 같습니다.”

_〈월간 이반지하〉 11호

PART 3

생존자 이반지하

그저 생존하라

탄생설화

어느덧 삶을 되돌아봐야 하는 시기가 왔다. 되돌아보고 싶었던 시기에 들어주는 이가 없던 적도 있었으므로, 지금 이 순간은 아마도 소중할 것이다.

장면으로 글을 써야 할까, 사건으로 글을 써야 할까 고민한다. 그리고 어느 쪽이든 가슴 아픈 글을 쥐어짜고 싶지 않다는 생각을 동시에 한다. 그 말은 나의 이야기가 응당 가슴 아플 것이라는 전제에서 출발한다. 나의 이야기는 가슴 아플 것이다. 나의 이야기는 그런 이야기가 될 것이다. 그렇다는 것이 싫다. 하지만 또 어쩔 수가 없다.

나는 내가 아주 점잖고 우아한 사람이 될 것이라고 믿어 의심치 않았다. 집에서 피비린내가 나도 그것이 우리집 냄새가 아닐 거라 믿기도 했다. 나는 뭘 조금이라도 잘하면 너무 자랑하고 싶었고, 그렇게 하면 내 귀에다 조용히 나만 들리게 욕을 뱉는 형제가 있었다. 우리집은 아마도 부자였다. 분명 어떤 친구 집보다는 가난했지만, 어디 가서 가난하다는 얘기를 하면 욕을 먹을 만했다. 집은 나에게 집이 가난하다고 말했다. 아침마다 나 자신에게 욕을 하면서 일어났다. 나는 늦게 일어나지도 많이 자지도 않았지만, 더 일찍 일어나지 못했고 더 적게 자지 못했던 것에 대해 스스로에게 욕을 했다. 왜냐면 그래야 내일은 좀 안 그럴 것 같았다.

모닝글로리에서 파는 문구점 커터칼로 손목을 긋곤 했는데 당연히 죽지 않았다. 손목 여기쯤이면 정말 죽을 수도 있겠다고 생각한 부분은 차마 용기가 나지 않아서, 그 밑을 그어댔기 때문이다. 그것마저도 제대로 그어버릴 용기가 없는 나 자신이 혐오스러웠다. 횡단보도에 서면 그렇게 죽고 싶어 하면서도 왜 뛰어들지 않는지 스스로가 역겨웠다. 하지만 서울대에 가면 모든 것이 좋아질 거라고 생각했다. 공부할 에너지와 그림 그릴 에너지와 더불어, 에너지를 내야 하는 에너지까지 내는 것이 너무 힘겨워서, 나는 힘겹게 재수를 해서 대학에 들어갔다. 내가 서울대에 붙었다는 것을 알게 된 부모 중의 부가 메일을 보냈다. 대학교 3학년쯤, 스물세 살 정도가 되면 중신 자리가 들어오니까, 항상 조신하라는 것이었다. 하지만 나는 스물네 살에 이반지하가 되었다.

아직도 어떤 글을 써야 할지 잘 모르겠다. 사람들은 내가 살아온 얘기가 궁금할 테니 그것을 쓰면 좋겠다는 얘기를 들었다. 하지만 그런 이야기가 읽혀야 할까. 살아온 이야기는 필연적으로 그래서 어쩌라고 하는 마음이 들게 한다. 근데 또 그 '어쩌라고'가 예술의 핵심이기도 하다. 그래서 승낙한다.

예전부터 제2차세계대전 이야기에 끌렸다. 책이 되었든 영화가 되었든 그때를 살아낸 사람들의 이야기에 관심이 갔다. 내가 궁금한 것은 크고 작은 전투나 정치적 움직임이 아니라 그 시기를 살아낸, 여러 층위의 생존자들에 대한 이야기였다. 그것은 어떤 선정성에 대한 뒤틀린 호기심이었을 수도 있다. 하지만 그것과 함께 나는 꼭 한 가지가 궁금했다. 도대체 왜 그들은 그 이야기를 하는지. 그러니까 경험한 것만으로 충분히 고통이었을 그 일을 왜 또 꺼내서 이야기하게 되는 것인지, 그것이 정말로 의미를 갖는지, 그들이 그 이야기를 마쳤을 때, 이야기를 들은 자들이 떠나버린 시간을 이야기한 자들은 또 버텨내야 하는 것인지. 그런 것을 인간이 버틸 수나 있는 것인지.

나는 부모와 분리된 후 한참이 지나서야 그때의 경험을 그림으로 그릴 수 있었다. 그리고 반복적으로 그날 밤에 대해 생각했다. 나는 자신의 포르노를 보고 있었을까. 나는 나의 목을 졸라보기도 했다. 나는 직간접적으로 그날 밤을 다시 느끼려 하고 있었다. 그 시도가 통제할 수 없는 무엇임을 느끼면서도 도대체 이런 시도는 왜 일어나는 것인지, 그 이유가 몹시 알고 싶었다. 그러나 끝내 알 수 없었다. 아우슈비츠 생존자들 중에서 후유증을 얘기하지 않는 사람은 없고, 그때의 기억을 힘들지 않게 얘기하는 이는 본 적이 없다. 그러니까 그들은 그 이야기를 힘을 들여서 하고 있는 것이다. 대체 왜. 그냥 그런 세월을 겪은 것만으로도 힘든데, 굳이 다시 그때로 시간을 돌려 기억함에는 어떤 의미가, 의지가, 대체 무엇이 거기에. 힘들다면서 왜 증언을 하는지, 왜 힘들게 다시 한번 그 얘기를 꺼내야 하는지, 그 이야기는 누가 들어야 하는지. 그 고통들은 사실 아무런 의미도 이유도 없는데.

그날 밤을 생각하는 것은 그날 밤으로 돌아감이었다. 그런데 나는 보기 싫다면서도 눈을 가리지 않고 더 가까이 다가가고 있었다. 이상하게도 그날의 모든 것을 하나하나 기억해내고 싶었다. 모든 것을 잊고 싶었지만, 나는 그날의 모든 것을 기억해야만 할 것 같았다. 이를테면 그날의 가구 같은 것. 그날의 전기제품 같은 것. 커튼은 아마도 젖혀 있었고, 옷장의 무늬는? 화장대는 원목이었나? 그런 것. 하지만 이런 행위는 위험하다. 여차하면 다시 그곳에 갇히게 된다. 그래서 출구가 열려 있는지 확인하면서 이 모든 행위를 해야 한다. 문이 있다면 문고리를 잡은 채로, 문이 제멋대로 뒤에서 닫히지 않도록 거리 조절을 해가면서 그곳을 샅샅이 보고 또 보아야 하는 것이다.

나는 이제 그것을 할 수 있는가. 지금 조금 해낸 것 같다. 하지만 그 기억을, 나는 대부분 나의 그림으로 치환시켰다. 그 현실이 기억이 되고, 그 기억이 내가 그린 2차원적 이미지와 오버랩되던 시기가 있었을 텐데, 지금은 그림이 기억을 거의 덮어버렸다. 사실 오늘에서야 그 기억이 그림으로 바뀌어 있음을 깨닫는다. 마침내 그 기억은 그림이 되었다. 그러기를 바랐냐 하면, 아니 아무것도 바라지 않았다. 그냥 그 기억에 대해서 생각하는 것이 무척 오랜만이라는 것을 지금 깨닫는다.

〈NIGHT I〉, 캔버스에 아크릴, 55×66cm, 2010

그날 밤을 생각하는 것은 그날 밤으로 돌아감이었다.
모든 것을 잊고 싶었지만, 나는 그날의 모든 것을 기억해야만 할 것 같았다.
이를테면 그날의 가구 같은 것.

그리고 잠시 오늘밤 악몽을 꾸려나 조금 걱정한다. **괜찮을 것이다**, 라고 말해본다. 하지만 정말로 알아채지 못했다, 그 기억이 그림이 되었다는 것을. 그것은 어떤 의미일까. 아마도 내가 문고리를 잡고 버틸 수 있다는 것, 그 밤으로 빨려들어가지 않을 수 있다는 것, 그런 것이 아닐까. 하지만 그렇다고, 그렇다고 그것이 의미를 가질까. 그것은 그냥 다 내 안에서 일어난 일일 뿐이다. 그러니까, 이 고통은 그냥 고통이었을 뿐이다.

고통이 그냥 고통일까봐 너무나 두렵던 시절이 있었다. 하지만 고통은 그냥 고통이다. 고통에는 아무런 의미가 없다. 고통은 그냥 고통이었고, 그 자체로 어떤 의미도 없다. 고통에 대한 생각이 어떤 의미를 만들 수는 있겠지만, 고통 자체는 정말로 제로, 0, 무無이다. 그건 참 억울한 일이었다. 정말로 약이 올라서 벌떡벌떡 일어나게 하는 일이었다. 하지만 그것이 사실이다. 고통은 그냥 고통일 뿐이다. 미안하게도, 애석하게도, 고통은 아무 의미가 없다. 그래서 화가 나지만, 근데 그렇다. 고통에는 의미가 없다. 그냥 비어 있다. 이것은 자조가 아니다. 고통은 그냥 의미가 없다. 그 자체가 너무나 허망해서 말이라도 반복해보는 것이다.

내가 살면서 만났던 스님 중에 비교적 제일 멀쩡했던 스님이 말했다. 왜 자꾸 그 기억을 그리는 줄 아나요? 왜냐고 묻자 그는, **다룰 수 있게 만들기 위해서예요**, 라고 말했다. 나는 오랫동안 그 말에 대해서 생각했다. 그리고 맞는 얘기일 수 있겠다고 생각했다. 종이 위에 기억을 잡아두려는 시도, 그 맹랑한 시도 자체가 마치 그 기억을 종이에 국한시키려는 행위일 수 있겠다 싶었다. 그러면 마치 그 기억이 그 종이만해지기라도 할 듯한, 그런 착각. 하지만 맹랑해서 그 나름대로 위대할 착각. 그런 착각 없이는 삶 같은 것은 있을 수가 없어서.

확실히 그 말에 대해 생각하면서부터 내가 그날 밤을 그려대는 것에 대해 조금은 편안해진 것 같다. 그리고 이후에 곱씹는 여러 행위들에 대해서도 그런 식으로 이해하게 되었다. 씹다보면 씹힐 것 같아서, 오독오독 씹다보면 절단이라도 될 것 같아서, 나눠 삼킬 수가 있을 것만 같아서, 그런 착각을 하려고, 그렇게 그것을 보내버리고 새 착각을 맞이하려고. 착각 없이 환상 없이 살기에는 던져진 삶이 너무 가혹하다.

갑자기 깨달았다. 내가 설득하려 하고 있었다는 것을. 나는 나의 트라우마를 설득하는 글을 쓰려 하고 있었다. 그래서 계속 빙글빙글 돌고 있었다. 내 이야기를 끌러놓자마자 그것은 사실이 아니고, 모든 것은 나의 망상이라고, 다 내가 지어낸 이야기라고 말할 사람들의 얼굴이 먼저 떠올라서 그랬던 것 같다. 문제가 생기는 것은 골치 아프다고 생각했다. 더군다나 그것이 나의 경험과 감정에 대한 것이라면, 그런 것은 질리도록 겪어왔다. 말을 꺼내면, 그 말을 증명해야 할 것 같다. 증명하지 못하면 없었던 일이 되곤 했다. 나는 아마 그래서 말을 잘하고 글을 잘 쓰나보다. 최근 들어 사람들이 왜 말을 잘하고 글을 잘 쓰냐고 많이들 물어왔는데, 나는 별달리 해줄 말이 없었다. 결국 이래서일 수도 있겠다는 생각을 한다.

별일은 아니었다. 밖에서는 그 얘기를 해서는 안 된다고, 그것은 내가 가족 전체를 망신시키는 일과 같다고, 그런 설명을 들었다. 그 설명은 주로 목이 인위적으로 당겨 늘어지고 피가 묻어 있는 난닝구를 입은 아빠가 소파에 나와 형제를 앉혀놓고 아주 지적인 방식으로 해주었다. 엄마는 입술에 피를 흘리며 안방에서 울부짖고 있었다. 그렇다고 우리집이 이상한 집은 아니었다. 우리 동네에서 그런 이야기를 하는 집은 없었다. 친구들은 적당히 친했지만 그런 이야기를 할 정도는 아니라고 다들 생각했다. 집안의 흉이나 허물은 절대로 집밖으로 나가서는 안 되는 것이고, 그런 중요한 일에 애들의 우정 같은 게 끼어들 틈은 딱 정해진 정도였기 때문에. 나는 그게 끔찍한 것이라고 생각 안 했다. 합당하다 싶었다. 그럴 이유가 있을 거라고 생각했다. 부모는 나중에 조용해질 무렵에는 그런 얘기를 했다. 이게 다 돈 때문이다. 싸우는 이유는 결국 돈 때문이다. 그리고 돈을 버는 일은 힘들다, 그런 이야기.

그날 밤은 잘 기억나지 않는다.

무책임하게도 이렇게 이야기를 시작하고 싶다. 그래도 나는 전후를 기억하고 있다. 그날은 아니어도 그맘때쯤 집에서 느껴지던 피맛 같은 것을 기억하고 있다. 아우슈비츠 생존자였던 프리모 레비의 글에는 냄새에 대한 이야기가 포함되어 있다. 나는 나의 가족을 피맛으로 기억하고 있다. 항상 집에 돌아오면 쇠맛 같은 피맛이 났다. 어거지로 시키는 오래달리기 같은 것을 학교에서 하고 나면 마지막에 올라오는 그 비릿하고 지독한 맛. 그것은 맛이기도 하고 향이기도 했다. 그것이 만약 어떤 쇠 같은 것이라면, 분명 철저하게 녹슬었을 것이라고 생각했다. 그래서 입을 짭짭해보면 그렇게 피맛이 나는 거라고 생각했다. 지금도 나는 녹이 잔뜩 슨 물건들을 보는 것이 힘들다.

당신들을 떠나는 데 오랜 시간이 걸렸다. 내가 헤쳐온 그 여정은 조금도 자연스럽지 않고 세상의 규칙과 맞지 않는 것

〈NIGHT III〉, 캔버스에 아크릴, 49×70cm, 2010

나는 나의 가족을 피맛으로 기억하고 있다.
항상 집에 돌아오면 쇠맛 같은 피맛이 났다.
어거지로 시키는 오래달리기 같은 것을 학교에서 하고 나면
마지막에 올라오는 그 비릿하고 지독한 맛.

이었다. 스스로 겁 없이 살자, 너 부모 없다, 라고 말했다. 잘 보여야 하거나 눈치볼 사람이 없다는 것은 얼마나 큰 자유인가. 누구나 부모를 떠날 수 있는 건 아니라는 사실을 나는 알고 있다. 누구나 그런 불행을 만나고, 헤어지기까지 할 수 있는 행운을 얻지 못한다는 것을 나는 알고 있다. 그래서 잊지 않으려 하고, 그래서 감사하려 하는 것이다.

그날은 왜 특별했을까.

그런 질문을 던져본다. 그래, 그렇게 이야기를 시작해볼 수도 있겠다.

뭐가 그날을 지독히도 특별하게 만들었을까.

그날은 아빠가 안방 침대에 누워 있었고, 엄마가 아빠의 허리께에 올라타 있었다. 가끔 그것이 섹스였을까 착각해보려고도 한다. 하지만 그것은 섹스가 아니었다. 그날따라 조용하다고 생각했다. 그러니까, 내가 바로 안방으로 익숙하게 두 사람의 상태를 체크하러 뛰어가, 그 방안에 들어서기 직전, 나는 왜 조용할까 생각했을지도 모른다. 큰소리가 나면 내가 발작처럼 뛰어나가 둘을 상대해야 했기에, 그 소리는 보통 내가 그들을 마주하기까지 멈추지 않았다. 하지만 그날은 우선 그것부터 달랐다.

어떤 기억은 실제보다 훨씬 더 긴 시간으로, 슬로모션으로 형성된다. 나는 방에 들어서자마자 그 풍경에 압도되었다. 우리집 개는 그때 어디 있었을까. 그것이 아직도 확실하지 않다. 침대맡 쪽에서 그냥 자기 발을 핥고 있었던 것 같기도 하다. 어쨌든 그 공간에서 빠져 있지는 않았을 것이다. 개는 그곳에 으레 있었으니까.

두 사람의 얼굴은 붉었다. 검듯이 붉어서 곧장 터져버릴 것 같았다. 애정 행위처럼 보일 수도 있는 그 모양새였지만 아니었다. 두 사람의 팔이 평행하게 얽혀 있었다. 엄마의 두 손은 누워 있는 아빠의 목을 위에서 짓누르듯이 조르고 있었고, 아빠의 두 손도 지지 않고 자신을 짓누르는 엄마의 목을 터뜨릴 듯이 조르고 있었다. 그러니까, 둘은 서로를 죽이려 하고 있었다. 누가 먼저랄 것도, 누가 우위랄 것도 없이, 어느 쪽을 말려야 할지 전혀 선택할 수 없이, 그들은 그런 형태로 내 눈앞에 등장했다.

소리.

소리는 없었다. 졸려진 두 목은 어떤 소리도 내지 못하고,

두 목 위의 얼굴은 붉고 검게 타오르고 있었다.

나는 그 이후 가끔 거울을 보면서 두 손으로 내 목을 졸라 보곤 했다. 왜? 나도 모르겠다.

그날 밤은 절망적일 정도로 소리가 없었다. 내가 그곳에 얼마나 어떻게 서 있었는지는 잘 기억나지 않는다. 그들이 곧 스스로 그 짓을 그만두었는지, 아니면 내가 그 둘을 뜯어말렸는지 그런 것도 기억나지 않는다. 그다음 장면은 그들이 또다시 나에게 너의 아빠가 끔찍한 이유와 너의 엄마가 끔찍한 이유에 대해 살기등등하게 털어놓는 것이었다. 마치 그것이 내가 처리해야 할 중요한 정보인 것처럼.

우리 개는 뭘 하고 있었을까. 분명 배를 대고 엎드린 채 자신의 앞발을 핥고 있었을 것이다. 그것 말고 본인이 할 수 있는 게 없다는 것을 알지 않았을까. 개는 앞발을 핥고 또 핥고 있었을 것이다. 생명을 가진 무엇이라도, 그 공기의 압력 속에서는 그런 것 말고는 아무것도 할 수가 없는 것이다.

나는 오랫동안 그 밤에 갇혀 있었다. 그 방에, 그 침대 밑에 갇혀 있었다. 그날 두 사람의 대화로, 나는 이들이 이러는 것이 처음이 아니라는 사실도 알 수 있었다. 이들은 그러다가 한 명이 기절하면 다른 한 명이 물을 한 바가지 가져다 뿌려

〈NIGHT II〉, 캔버스에 아크릴, 46×70cm, 2010

우리 개는 뭘 하고 있었을까.
개는 앞발을 핥고 또 핥고 있었을 것이다.
생명을 가진 무엇이라도, 그 공기의 압력 속에서는
그런 것 말고는 아무것도 할 수가 없는 것이다.

깨우는 짓거리도 했다고 한다. 나는 이상하게 그 장면을 아주 여러 번 상상했다. 자꾸 상상하다보니 그 일마저 내가 겪은 일처럼 느껴지곤 했다. 숨이 막힌 상태에서 물까지 부어져 익사하는 상상을 했다. 넥타이 같은 것이 너무 싫으면서도 이상하게 다시 한번 돌아보게 되곤 했다.

이후 아주 오랫동안 그날 밤의 급습을 받곤 했다. 그날 밤은 매복해 있다가 갑자기 덮쳐오곤 했다. 길을 걷다가, 친구랑 수다를 떨다가도, 어떤 전후맥락 없이 나는 기억의 공격을 받았다. 대비 같은 사치는 바라지도 않았다. 그것은 언제나 급습이었고, 어느 순간에나 어느 틈엔가 도사리고 있었고, 그래서는 안 되는 때와 장소에서 나를 쥐고 흔들었다. 왜, 라는 질문을 계속 했지만 답 같은 게 있을 리 만무했고, 나는 어느 틈엔가 그냥 쥐어지고 흔들리고 급습당해버리는 것을 더 편안하게 생각하기도 했다. 그것에 저항하면, 그러니까 어떤 희망을 꿈꾸면서 저항하는 일은 그냥 힘만 더 들었다. 차라리 몸을 맡기자, 나는 그런 생각을 자주 했다.

나를 마음껏 침범하라. 어차피 다 망가졌다.

기억이여, 나를 완전히 가져가라.

〈THE FOREST〉, 캔버스에 아크릴, 47×50cm, 2010

나는 오랫동안 그 밤에 갇혀 있었다.
그 방에, 그 침대 밑에 갇혀 있었다.

일기장 두 권을 가지고 집을 나섰다. 윗집이 공사중이라 시끄러웠고, 혼자 과거를 들러볼 자신이 아직 충분히 없어서이기도 했다. 아니면, 그냥 좀 불안했다. 경험적으로 이럴 때 카페가 도움이 된다는 것을 나는 잘 알고 있었다. 적당히 주변에 사람이 있고, 그 사람들에게 대단한 도움을 구할 것은 아니어도 그들이 곁에 있음에 안심되는 공간. 그래서 그 공간을 믿고 일기장을 두 권이나 냅다 빼서 가방에 넣었다. 차마 못 볼 정도의 것은 아니어도 이유 없이 굳이 펴볼 이유까지는 없는 것이 바로 과거의 일기였다.

동네 카페는 주말을 맞아 손님이 꽤 많았고, 나는 오늘은 평소보다 주문을 좀 많이 하자고 생각했다. 나에겐 이 공간이 필요했다. 잠시 딴짓을 하다가 대수롭지 않게 일기를 하나씩 살펴보았다. 면밀히 하나하나 보지 않고, 별것 아니라는 듯이 휙휙 아무데나 손 가는 대로 펼쳐 보았다. 어떤 날은 일상이 아주 자세히 기록되어 있었고, 어떤 날들은 아무것도 쓰여 있지 않고 다음 날짜로 넘어갔다. 나는 알고 있다. 이런 날은 일기를 쓸 틈도 없이 바빴거나, 즐거웠거나, 도무지 글로 만들 수 없는 일들이 있었던 하루라는 것을.

다행히 과거의 언어들은 생각보다 나를 집어삼켜버리지 않았다. 카페에 있어서였는지도 모른다. 카페라테를 먹고 아메리카노 리필까지 마셔서일지도 모른다. 어쨌든 중요한 것은 내가 생각보다 훨씬 괜찮았다는 것이었다. 하지만 괜찮지 않은 것은 그다음부터였다. 일기를 덮고 잠깐 나는 멈추었다. 몇 가지 생산적인 글쓰기를 위한 키워드와 문장을 과거로부터 얻었다고 생각했고 메모도 했지만, 나는 일순간 정지했다.

이제 나는 무엇을 써야 하나.

과거의 이야기를 현재형으로 쓰다가 말았다. 과거의 이야기를 과거형으로 쓰다가 그만두었다. 결국 어떤 과거는 결코 시제 같은 것에 갇힐 수 없음을 실감하며 나는 다시 정지했다. 몇몇 사람들이 카페에 들어왔다가 자리가 없어 나가길래, 스콘을 하나 더 시켰다. 뻑뻑한 맛이 나쁘지 않았음에도 나는 굳이 기계처럼 버터를 발라 스콘을 씹었다. 기분이, 몸이 처지는 것이 느껴졌다. 나는 이 처짐이 과거로 인한 것인가, 과거를 말하려는 현재에 의한 것인가 생각했다. 그리고 에라이, 뭐 이런 것까지 내가 생각해야 하나 싶어졌다.

카페에 다음 손님 무리가 자리를 찾을 때, 나는 벌떡 일어나 펼쳐진 짐들을 척척척 가방에 넣었다. 식물을 봐야겠다고 생각했다. 지하철에서 몇 정거장 가는 동안, 친구들이 집에 놀러오라고 나를 초대했다. 식물원에 들렀다가 가겠노라 말하고, 지하철에서 내려 부지런히 걸어서 식물원으로 갔다. 구경하러 왔어요—라고 나는 말했다. 그리고 실컷 구경했다.

내게는 식물이 필요했다. 말도 안 되는 모양새를 하고 상상도 못할 방식으로 자라나는 낯선 식물들을 보고 싶었다. 보다보니 사야 했다. 하나하나 살살 잎들을 만져보며 골랐다. 나는 이런 다양한 촉감들 없이는 글을 마칠 수 없다고 생각했다. 아니다. 거짓말이다. 나는 어떻게든 글을 마칠 수 있는 사람이다. 다만, 이제는 이런 촉감들이 있으면 훨씬 행복하게 글을 쓸 수 있음을 알고 있는 사람이다.

작은 식물들을 여럿 사고, 다시 지하철을 타고 내려서 타박타박 친구 집으로 갔다. 그리고 친구가 솜씨 좋게 차려놓은 음식들을 먹고 또 먹었다. 분명 카페에서 나올 때는 목에 울음이 걸려 있었는데, 그런 것은 음식과 함께 다 속으로 삼켜져 사라진 것 같았다. 술을 먹을 생각이 없었는데, 술이 따라져 있어서 마셨다.

친구와 택시를 나눠 타고 집으로 돌아왔다. 집에 와서 새로 산 식물들과 기존의 식물들을 만나게 하니, 잘 어울렸다. 그 어울림이 좋았다. 그리고 내일 아침이 기대되었다. 내일 아침에는 타이머로 연결된 식물등이 팟 하고 켜질 것이고, 나는 그로부터 몇 시간 후 잠에서 깨어나 이 식물들을 하나하나 만질 것이다. 살살. 어떤 것은 살짝 쥐어보듯이 만질 것이고, 어떤 것은 손가락 끝으로 쓱쓱 쓰다듬어볼 것이다. 어떤 것은 엄지와 검지 사이에 넣고 살짝 비비듯이 만질 것이고, 어떤 것은 검지손가락 지문이 있는 곳으로 톡톡 두드려볼 것이다. 그리고 그것은 너무나 사치스러운 아침일 것이다. 호사에 호사를 더하는 아침일 것이다. 사치와 호사, 나는 그런 것들이 너무 좋다.

집에서 과거에 대한 글을 쓰기 시작하면 과거에 갇힐까봐 두려워진다. 그것이 아주 조금, 혹은 반 정도만 갇히는 것이라도. 그래서 자꾸 엄두가 안 났고, 엄두를 내지도 않았다. 쓰다가 잠깐 새로운 공기를 쐬어야 할 때, 그 순간 아무도 만날 수 없다면 어떡하나. 누구도 나를 과거에서 끌어올려주지 않고 말 그대로 각자의 상황에 격리되어 있다면, 나는 글에서 못 나올 수도 있지 않은가. 나는, 하지만, 나올 것이다. 나오고 말 것이다. 그러나 나는 그것이 무엇을 어떻게 건드리면서 나올지 모르기 때문에 두려운 것이 아닐까.

위장에 껍질째 들어가 있는 성게를 꺼낸다고 생각해보자. 성게를 꺼내야 하는 것은 분명하지만, 성게는 꺼내지면서 끝끝내 위장부터 입안까지를 모조리 훑고 헐어내면서 나올 것이다. 그래, 꺼냈으니 이제 성게가 없다, 라고 하기에는 이미 내 속은 성게의 흔적이 완연하다못해 피를 펄펄 흘릴 것이다. 그 피는 왠지 철철보다는 펄펄이다. 끓어나오는 피일 것이고, 또 그 피는 피대로 내부 장기를 덮어 계속해서 안쪽 면을 태울 것이다.

애초에 성게가 껍질째 위장에 들어가는 일 같은 것이 없었다면 제일 좋았을 것이다. 하지만 그런 일은 그냥 일어나버린다. 원하고 원하지 않았고 따위는 처음에나 원망조로 따져보는 것이지, 나중이 되면 그런 것은 아무것도 아니다. 그냥 들어가 있는 것 자체가 문제인 것이다. 그리고 사실 성게를 꺼냈다고 고통이 사라지는 것도 아니다. 이미 온몸은 성게에게 훑어진 후니까, 그 이전의 상황 같은 것은 다시 없는 것이다.

당신은 이 수술을 하시겠습니까?

부드러운 슈크림을 먹었는데, 갑자기 그게 위장에서 성게가 된 느낌이 든다. 그토록 부드러웠건만, 갑자기 이 글을 쓰면서 굳어버린 것만 같다. 입속은 슈크림의 단내로 가득하다. 커피를 먹기에는 시간이 좀 늦었다. 물을 한 모금 마시고, 언제 그 글을 쓸 수 있을까 생각한다. 이미 쓰고 있는 것이라면 좋겠다. 그럴지도 모른다.

정신과를 나오자 공기가 달라져 있었다. 여전히 마스크를 썼고 세상은 돌아가고 있었지만, 어제의 두통이 갑자기 다시 찾아온 것을 나는 느끼고 있었다. 어젯밤에는 분명 체했다고 생각했다. 툭하면 체하기 때문에 익숙하게 소화제를 챙겨먹었고, 조금 후에 아, 체한 게 아니라 뒷목에서 등까지의 근육이 굳었다는 것을 알아챘다. 그 또한 익숙하기 때문에 빠르게 알아챘다. 근육을 풀어줄까 하다가 이상한 오기를 부리며 핸드폰만 더 보다가 잠을 잤다.

그리고 오늘 길 한복판에서 그 두통이 다시 찾아왔다. 소용없는 걸 알면서도 목을 좌우 앞뒤로 천천히 돌려본다. 이것은 좀더 본격적인 스트레칭이 필요한 종류의 근육통이자 두통이다. 온 세상이 어깨를 짓누르기 시작했다. 일의 대가로

받은 상품권을 교환하려면 마트에 가야 했다. 당장 택시를 타고 집에 가야 한다는 걸 알고 있었지만, 마트에 가서 목적을 완수하고 말리라는 오기가, 어젯밤 핸드폰을 끝끝내 붙잡고 있던 딱 그만큼 올라왔다. 그리고 그냥 상품권을 받아서 나오면 되었는데, 나는 괜히 마트 안을 돌아다녔다. 미칠 듯한 심정, 혹은 이미 미친.

등-목-머리로 이어지는 그 선이 완전히 고장났다고 느껴졌다. 그 선은 비명을 지르고 있었다. 그래도 나는 마트를 둘러보는 일에 집중하는 척했다. 아주 억세고 힘 좋은 손 하나가 공중에서 튀어나와 내 목덜미를 꾹 잡아 눌러주었으면 했다. 하지만 그런 일은 일어나지 않았고, 나는 겨우 마트를 나와 택시를 타고 집으로 돌아왔다. 택시 안에서 이것이 혹시 허기인가 싶기도 했다. 조금 배가 고프기도 했다. 하지만 몸의 뒷면이 소리를 지르고 있는 것이 훨씬 더 확실했다.

정신과를 나와서 이런 경험을 하는 것은 오랜만이다—라고 생각할 만큼의 여유가 집에 오니 생겼다. 오랜만이라고 떨떠름하게나마 반길 수 있는 일은 당연히 아니다. 단것을 입에 넣으니 좀 낫다. 하지만 나는 사실 지금 자판을 두드릴 게 아니라 누워야 한다. 또 오기를 부리고 있다. 왜. 무엇에. 어디에 닿기 위해.

쉼터에 다녀온 지 1년도 되지 않았다. 그 버글버글한 일을 겪은 지 1년도 되지 않았다. 1년이 되지는 않았지만, 대략 1년이 된 것은 사실이다. 나는 그날 밤 가장 비싼 택시를 불러, 나를 실은 후 쉼터에 갔다. 약 한 달 뒤 열릴 콘서트를 같이 준비하던 매니저에게 문자를 보냈다. 며칠 동안 핸드폰이 꺼져 있을 것이고, 잘 다녀오마 뭐 그런 얘기. "야, 형님, 큰집 다녀올게" 그런 식으로 우리는 문자메시지로 되도 않게 시시덕거렸다. 그후 전화기를 껐고, 나는 무無의 공간으로 들어갔다.

폼롤러를 등과 바닥 사이에 끼고 온몸의 힘을 쭉 빼면, 그 순간 피가 쫙 통한다. 그러면서 간지럽고 고통스럽고, 조각났던 몸이 완성되는 기분을 느낀다. 갑자기 누워 있다가 일어나면 눈앞이 깜깜해져서, 안전을 위해 다시 확 누워버릴 때도 같은 과정을 겪는다. 피가 확 돈다는 것은 기분좋으면서도 확실한 고통이 뒤따른다. 개운하면서도 뭔가 싫은 기분이 있다. 오른손등으로 눈을 가리면서 아이고—라고 말한다.

현관문 밖에서 퉁 소리가 들렸다. 택배인가보다. 감사합니다.

1602년 이탈리아 화가 카라바조가 예수의 열두 제자 중 한 사람이었던 도마가 예수의 부활을 바로 믿지 못했다는 이야기를 주제로 그린 그림이 있다. 그것이 〈의심하는 도마〉이다. 이 그림은 여리여리하게 묘사된 예수와, 성인이라기엔 거칠고 무자비해 보이기까지 한 도마를 포함한 세 인물이 묘사된 방식 등 여러 이유로 원체 유명하다.

이 작품은 죽지 못해 다녔던 미술대학의 미술사 수업에서 배우고 지나갔던 기억은 있는데, 당시에는 딱히 큰 감흥을 느끼지 못했다. 그러다 한창 우울증으로 심리상담을 받던 시절 서경식 선생님의 『고뇌의 원근법』이라는 책을 보고, 나는 이 그림에 완전히 매료되었다.

원화를 보지도 못했고 책으로 도판을 본 것뿐이었지만, 이 그림은 아주 오래도록 내 머릿속에 맴돌았다. 서경식 선생님의 표현대로 상처 입은 생살을 꾀죄죄하게 때가 낀 손가락으로 바로 휘저을 것만 같은 도마의 모습과 그것을 기꺼이 감내하는 것 같기도 또 말리는 것 같기도 한 예수의 손. 나는 아마 거기서 내 모습을 보고 있었다. 네 명의 인물 모두에게서 나 자신을 보고 있었다. 나는 의심하는 자이자 의심받는 자였고, 상처를 휘젓는 자이자 그것을 막아내는 자였으며, 그런 자신을 맥없이 혹은 열정적으로 들여다보고 있는 자였다.

나는 그 밤에 대한 기억의 습격을 조금씩 덜 받거나, 그 습격에 익숙해져가고 있었다. 아니, 나는 기억이 영원히 나를 습격할 것임을 인정해가고 있었다. 나는 이 기억을 넘어서거나 그 이전으로 돌아갈 수 없으며, 그냥 이렇게 기억과 함께 살아가게 될 것임을 받아들이려 하고 있었다. 기억과 함께 살아가기 위한 기술들을 익혀가고 있었다. 익혀야 했다. 그리고 그 기술을 익혀가는 과정은 바로 〈의심하는 도마〉에 등장하는 네 인물과 같은 행위를 반복하는 것이었다.

나는 때때로 그 기억을 스스로 지독하게 벌려 샅샅이 들여다보려 했다. 그것은 아주 마조히스틱한 일이었다. 벌어져 드러난 생살이 모자란 듯 더 헤집고 벌려, 그 안을 샅샅이 살피려 했다. 그 안쪽을 세포 한 겹 한 겹까지 들여다볼 수 있다면, 혹은 그렇게 들여다보는 행위를 스스로 견딜 수 있다면, 나는 혹시 다시 살아날 수 있는 것이 아닐까. 어디까지 견딜 수 있는지, 얼마나 좋아졌는지, 아마도 나는 끝없는 테스트를 하고 있는 것.

벌어진 생살은 가만히 있어도 아팠으니 헤집는 것은 말할

카라바조, 〈의심하는 도마The Incredulity of Saint Thomas〉,
캔버스에 유채, 107×146cm, 1601~1602, 포츠담 신궁전 소장

것도 없었다. 그래서 나는 스스로의 살점으로 파고드는 나의 거침없는 손가락과 메스 같은 시선을 때로는 말리고 때로는 종용하며 바라본다. 그런 행위를 하고 있는 나 자신을 바라본다. 그 손가락의 끝, 벌어짐을 바라본다. 손가락이 끼워넣어진 몸을 바라본다. 그런 나를 보는 나를 바라본다. 다시 생살 속으로 기억 속으로 빨려들어간다. 곧 암전. 다시 불을 억지로 켜고, 반복. 왜? 알고 싶어서. 얼마나 괜찮아졌는지. 그 강렬한 자학적 호기심 때문에. 너무나 알고 싶어서. 아직도 얼마나 아픈지, 얼마만큼 견딜 수 있는지, 얼마만큼 '멀쩡한지' 스스로 알고 싶어서, 나에게 증명하고 싶어서, 마치 그것이 아프지 않은 날이 올 것처럼, 아프지 않으면 그것으로 '부활'이라고 말할 수 있을 것 같아서. 마치 아주 드라마틱한 새 삶의 경계가 바로 눈앞에 보일 것만 같아서.

이반
지하의
말

"저는 동네 커피숍을 아주 중시합니다. 어릴 때부터 부모와 가정의 갈등으로 인해서 제겐 커피숍이 항상 중요한 기관이었거든요. 왜냐하면 집에 오래 있을 수 없으니까.

사람들은 스타벅스 가면 된장녀라고 생각하겠죠?

전혀 아닙니다. 피해자입니다."

_〈월간 이반지하〉 4호

〈DOUBTING〉, 캔버스에 아크릴, 48×44.5cm, 2010

나는 의심하는 자이자 의심받는 자였고,
상처를 휘젓는 자이자 그것을 막아내는 자였으며,
그런 자신을 맥없이 혹은 열정적으로 들여다보고 있는 자였다.

200X

〈NIGHT IV〉, 종이에 연필, 21×50cm, 2010

나는 오랫동안 그 밤에 갇혀 있었다. 당신들을 떠나는 데 오랜 시간이 걸렸다.

보라색은 시간이 갈수록

언제였는지가 기억나지 않아서 핸드폰을 들고 한참 사진 앨범의 스크롤을 내리고 내렸다. 너무나 여러 번 손가락으로 화면을 훑느라 자꾸 앨범 밖으로 튕기는 일이 짜증스럽게 반복됐다. 마침내 그때의 사진들을 찾았고, 고맙게도 거기에 날짜가 기록되어 있었다. 열 장이 넘는 살색 가득한 사진이 한데 뭉쳐 있을 것이기에, 수천 장의 사진들을 스크롤하는 와중에도 그것들을 못 보고 지나칠 수는 없을 것임을 나는 알고 있었다. 그리고 역시 그랬다. 전시회, 아르헨티나 출장, 이반지하 콘서트, 태국 여행 사이에 그 사진들은 있었다. 풍경, 물건, 디자인 작업, 자료 촬영, 셀카 같은 것들 사이에 절대로 놓칠 수 없는 사진 뭉텅이가 있었다.

우선, 보라색에 대해 말해보려고 한다. 나는 세상 모든 색을 사랑하지만, 푸른빛의 보라색은 나에게 언제나 잘 어울리고 또 내가 가장 좋아하는 색 중 하나이다. 보라색 옷도 많이 가지고 있고, 한때는 보라색 안경을 쓰고 다니기도 했다. 그런데 살다보니 보라색이 피부에 입혀지는 날도 왔다.

피부 위의 보라색은 시간이 갈수록 노란 기가 번져나오면서 샛노랗게 변하다가, 결국 살에 묻혀 없어지게 된다. 하지만 그것이 정말로 사라져버리는 것은 아니라고 나는 생각했다. 오히려 그것은 마침내 살과 완전히 합쳐지는 것이다. 살과 외부가 충돌하여 만들어낸 그 푸른 보라색은, 최초의 그 쨍함에서 점점 더 살 속으로 침투하며 완전히 내부와 섞여들게 되는 것이다. 그래서 마침내 겉으로는 아무도 보지 못하게 되지만, 나 자신만은 기억하게 된다. 최초에 보라색이 거기에 있었다는 것을, 그 일은 정말로 있었던 일이라는 것을.

하지만 그렇다고 그 일이 정말 있었던 일이라는 걸 스스로 전혀 의심하지 않느냐 하면 그렇지는 않다. 기억은 그런 것이다. 특히 끔찍한 기억일수록 나와 주변은 그것을 잊고자 한다. 그래야 우리의 삶이 마치 살 만한 삶들인 것처럼 착각할 수 있기 때문에 그렇다. 결국 잊힌다는 것은, 우리 모두가 살고 견디고자 하는 가냘픈 의지의 결과일 수도 있다. 나 역시도 내가 보라색 사람이었다는 것을 깜빡하거나, 정말로 그런 일이 나에게 있었나 생각할 때가 있다. 그것은 분명 자연스러운 망각이기도 하고, 그 기억을 꿈처럼 여기려는, 삶에서 그런 일은 정말 드문 것이라고 믿어보려는 의지이기도 하다.

2019년 7월이었다. 나는 밤 9시 45분에 피자가 도착했다는 문자를 받았다. 그리고 때마침 약속한 것처럼, 그 순간 현관문이 두드려진 것이다. 평소라면 누구세요, 한마디라도 했을 텐데, 그 타이밍이 너무나 절묘해서 나는 다른 가능성을 생각하지 못했다. 그래서 문을 열었던 것뿐이었다. 그리고 문을 열자마자 소리를 지르며 닫기도 전에, 검은 구둣발이 문틈을 파고들었고, 그대로 나의 집안으로, 과거가 두 사람의 모양을 하고 들어왔다.

핸드폰 없는 인간이 얼마나 무력한지 알고 있나. 정확히는 핸드폰을 뺏긴 인간 말이다. 아무리 도와달라 살려달라 소리를 쳐도, 그것은 원하는 곳에 닿지 않는다. 왜냐면 옆집에 사는 집주인 노인이 이웃들에게 이 소리는 '가족 문제'라고 설명하고 있었기 때문이다. 그래서 사람들은 빠르게 납득하고 다

끔찍한 기억일수록 나와 주변은 그것을 잊고자 한다.
그래야 우리의 삶이 마치 살 만한 삶들인 것처럼 착각할 수 있기 때문에 그렇다.
결국 잊힌다는 것은,
우리 모두가 살고 견디고자 하는 가냘픈 의지의 결과일 수도 있다.

시 자신의 세계로 돌아갔던 것이다. 덕분에 도움을 구하려는 자 역시 빠르게 상황을 단념할 수 있었다.

나는 바닥에 널브러져 속옷도 입지 않은 채 조금 긴 티셔츠 한 장을 걸치고 있었다. 그리고 의자에 앉아 있는 사람 둘의, 신발을 신은 네발을 보았다. 영원히 보고 싶지 않았던 모든 것이 눈앞에 있었고, 귀에는 소리들이 꽂혀 들어왔다. 쥐도 새도 모르게 정신병원에 처넣을 수 있는 걸 알고 있는지, 살이 찐 것을 알고 있는지, 네가 가족의 행복을 방해하고 있다는 걸 알고 있는지…… *하지만 이렇게라도 얼굴을 보니 너무나 좋구나.*

나는 한동안 그날을 기준으로 날짜를 세곤 했다. 이제 일주일, 한 달이 지났다, 반년이 지났다, 그러니까 결국 그날은 하루가 아니었던 것이다. 그리고 오늘도 그렇게 뒤로 뒤로 더듬어 그때가 언제였는지를 확인한다. 그리고 나는 또 까먹을 것이다.

보라색은 내 생각보다 훨씬 오래 피부 표면에 머물렀다. 그날의 그 시간은 나의 일상과 사람들과 완전히 분리된 것이어서, 완전히 잊혔다가도 샤워를 하거나 옷을 갈아입으려고 할 때면 나는 '아, 맞다' 했다. 엉덩이나 옆구리에서 새로운 보라색을 갑자기 발견하기도 했다. 기억하는 것과 잊는 것, 그 어떤 것도 그 일과 완전히 걸맞지는 않게 느껴졌다. 마치 내가 그 사이에서 선택이라도 할 수 있는 듯이.

그날 이후 여전히 나는 출근했고 여성쉼터도 갔다. 쉼터의 복도 소파에 앉아 있었고, 직장에 의사소견서도 제출했다. 의뢰받은 디자인 작업을 뚱땅뚱땅 했고, 콘서트를 열기 위해 공연장도 보고 다녔다. 어떤 욕구들이 제어되거나 좌절되는 상황을 견디는 참을성이 남아 있지 않았고, 몸을 지면에 대지 못하고 붕 뜬 채로 걷고 숨쉬었다. 한동안 집에 돌아올 때마다 혼자 죽음 같은 숨바꼭질을 하곤 했다. 경찰 일곱 명, 친구 열 명이 지켜보는 가운데 이사를 했고, 춤을 출 때면 지독한 냄새를 풍기는 땀이 몸 여기저기에서 뚝뚝 떨어져내렸다.

나는 그때 인생을 어느 정도는 포기하기로 마음먹었다.

기억이 글이나 그림이 된 지난 경험과 시간을 돌이켜보면, 지금 이 글을 안에서 꺼내는 것은 꽤나 설익은 일인지도 모르겠다. 하지만 다행히 글과 그림은 과일이 아니어서 설익어도 먹을 수가 있다.

이반
지하의
말

“우리는 사전에 대비하거나 계획할 수 없습니다. 그러기에는 우리가 외길로 걸어오지 않았습니까? 낭떠러지 같은 길을? 우리는 사태를 일으키고 수습할 수밖에 없습니다. 왜냐하면 뭘 대비하고 말고 할 그 정도의 인력이나 기술자본, 이런 것들을 갖고 있지 않아요. 일이 벌어진 다음에 수습을 하는 것도 너무 힘들기 때문에.

저는 그냥 이렇게 쭉 가다가 한번 크게 혼나는 걸로.

어차피 세상 다 망해가는데, 나 하나쯤 껴도 되는 거 아닙니까?”

_〈월간 이반지하〉 6호

이 반지하

학부 졸업이 거부되어 한 학기 동안 작업실을 얻어 다음 졸업심사를 준비해야 했을 때, 인생 첫 반지하방에 입성했다. 이곳은 결국 나의 첫 독립 주거공간이 되었다. 졸업심사를 마친 이후에도 이곳에 줄곧 살다가 이 주변을 떠돌며 이사를 다녔다. 처음 작업실을 구한다는 생각으로 얻었던 반지하 집은 큰 고민 없이 구했던 것으로 기억한다. 그냥 최대한 각종 트라우마가 그득한 집과 학교에서 멀어져, 친구들이 많이 오고가는 동네에 있고 싶을 뿐이었다. 나는 대학 시절 자주 홍대로 도망가곤 했다. 그 당시 나에게 홍대는 항상 갈 이유가 있는 곳이었다. 학교에서 2호선을 타면 비교적 금방 당도할 수 있었고, 집에서도 거리가 꽤 있었으며, 무엇보다 이후 〈안티 아라키전〉이나 〈젠더스펙트럼〉 등의 전시를 같이 만들고 대화할 수 있는 친구들이 살고 있는 곳이었다.

처음 살아보는 반지하방은 처음에는 처음이어서 딱히 대단한 불만이 생기거나 하지 않았다. 그냥 웬만한 것은 다 그러려니 했다. 여기에 있는 것이 어쨌든 정신적으로 학교나 집보다 훨씬 나았기 때문에, 다른 문제들은 대단찮게 느껴졌다. 편하게 그림을 그릴 수 있는 것만으로 충분했다. 하지만 이곳이 작업실이 아닌 본격 생활공간이 되자, 괴로움이 갈수록 커져갔다.

가장 고통스러웠던 것 중 하나는 화장실 타일과 벽지였다. 가장 견디기 힘들었던 것이 정말로 화장실 타일과 벽지였다. 왜 싫었나, 왜 견디지 못했는가 묻는다면, 사실 그것을 정확하게 어떤 이유다, 라고 설명하긴 힘들다. 당시엔 할 수 있었을지도 모르겠는데, 지금은 시간이 많이 지나서 정확히 어떤 무늬와 색감, 텍스처가 미칠 것 같았는지가 잘 기억나지 않는다. 그냥 화장실 타일과 벽지가 나를 매일 절망하게 했다는 것만을 기억하고 있다.

한 번도 살아본 적 없는 벽지와 타일에 둘러싸이게 된 이 삶이, 집을 나온 것이, 정확히 나의 선택이었기에 나는 탓할 사람이 나밖에 없었다. 물론 나를 나오게 만든 상황에 대한 분노와 원망도 어마어마했지만, 결국 가장 원망스러운 것은 나와 가족의 조합이었다. 가족만, 혹은 나만 존재하면 됐을 텐데 왜 이렇게 묶여 나와서 나는 그들과 함께 있으면 반드시 죽을 거라고 확신하게 되었을까. 그런 조합, 소위 말하는 팔자, 그런 것들이 가장 원망스러웠다.

화장실 타일과 벽지를 보면서 울곤 했다. 그리고 작게 딸려 있는 베란다에 비가 올 때마다 물이 차서 큰 캔버스 그림들이 젖을 때마다 몸에 차곡차곡 절망이 쌓이는 것을 느꼈다. 캔버스를 뽁뽁이로 싸두긴 했지만, 결국 이것이 그림에 곰팡이를 만들 거라는 생각에 비가 올 때마다 초조하고 화가 났다. 나는 그때 집을 관리한다는 게 무엇인지도 몰랐고, 미술 작가로서 작품을 이고 지고 사는 것이 무엇인지도 아직 잘 몰랐다. 그 당시 알고 지내던 한 작가의 작업실에서 그림에 핀 곰팡이를 보고 나서 정말 그것만은 막고 싶다고 생각했을 뿐이었다.

지금도 그림을 그리려고 하다가 멈칫하게 되는 때가 있다. 왜냐면 그 그림들은 내 공간에 쌓일 것이기 때문이다. 이것은 바로 유통되지 못할 것이기 때문이다. 나는 아직 그려지지 않은 이 그림이 유통되기 전까지 이고 지고 살 자신이 있는가, 그런 것을 스스로 되묻는다. 하지만 대부분은 그냥 그려야 직성이 풀리는 그 대단한 욕구가 각종 이성적 셈들을 이겨먹었다. 그래서 나는 그림을 그렸고, 악기를 샀고, 이사할 때마다 추가비용을 내야 하는, 이삿짐 아저씨들과 집주인에게 핀잔 듣는 '여자'가 되었다. 삶은 계속 그림을 버리는 게 이치에 맞다고 귀에 대고 끊임없이 얘기해주긴 했다.

그다음에 살 집을 보러 다닐 때는, 이사를 나가 가구가 없는 집을 보면 그냥 다 넓고 깔끔해 보인다고 생각하는 정도의 집 보기 기술을 가지고 있었다. 커튼은 너무 비싸서 화방에서 전지를 사다가 창문에 더덕더덕 붙였다. 덕분에 매일 너무 춥거나 너무 더웠다. 무엇에다 돈을 써야 삶이 만들어지는지, 삶의 질이라는 게 올라가는지 전혀 몰랐다. 그리고 무엇보다 집도 살아 있는 것임을 몰랐다. 집도 사람처럼 계속 관리해주고 부족한 부분은 집주인에게 요구해서든 내가 직접 수리해서든 써야 하는 것이었는데, 그런 걸 전혀 몰라서 마냥 견디거나 비참해했다. 으레 외부먼지가 쉴새없이 들어오고 으레 냄새가 나고 으레 빗물이 들어오고 으레 몸이 무거워지는 그런 상태.

그래도 집에 문을 열고 들어올 때의 정적이 너무 행복해서 가끔 현관에 주저앉아 한참 그 정적을 놓칠세라 음미하곤 했다. 고함과 비명이 없는 집은 정말로 큰 의미가 있었다. 집에 뭐가 있느냐보다 뭐가 없는지가 훨씬 중요했던 때인지도 모르겠다. 하지만 으레 여자처럼 보이는 인간의 삶이 다 그렇듯, 밤마다 누군가가 집에 침입해서 나를 내려다보는 상상을 하고, 자주 잠에서 깨곤 했다. 그런 두려움은 비싼 비용을 치르게 했다. 나의 건강이 되었든 집의 위치가 되었든, 문과 창문의 잠금장치가 되었든, 어쨌든 끊임없이 비용을 요구하는 것이었다.

세상에는 별별 희한한 구조의 집이 많이 있었다. 변기 위에서 샤워를 하는 집은 처음 봤을 때도 충격이 컸지만, 살아보니 삶의 질을 말도 못하게 망가뜨리는 구조였다. 샤워를 하기도 변기를 쓰기도, 또 당연히 그 공간을 청소하기에도 불편한 삼박자를 고루 갖추고 있었기 때문이다. 하지만 이런 집들은 내 생각보다 훨씬 흔했다. 이런 집을 보여줄 때마다 부동산 아재들은 아 이거 그렇게 안 불편하다고, 괜찮다고들 주접을 떨곤 했다. 하긴 내가 갖고 있는 예산을 생각하면 그 정도는 안 불편해해야 맞는 것 같기도 했다. 아이고, 내가 이 돈을 갖고 와서는 매일 밤 샤워를 편히 하려고 했다니, 그래요, 미안하게 됐습니다.

좋은 집은 콘센트가 필요한 곳에 딱딱 있는 집이었다. 컴퓨터 주변을 제외하고는 그렇게 많은 멀티탭이 필요하지 않은 집. 하지만 집을 쪼개고 쪼개서 월세방을 만든 집들은 대부분 뜬금없는 곳에 콘센트가 있어, 항상 멀티탭을 여기저기 대주어야 했다. 게다가 전자레인지는 멀티탭에 꽂으면 무조건 전기가 나가버리곤 해서, 온전한 콘센트 하나를 할당해야 하는 경우가 많았다. 그래서 어쩔 수 없이 멀티탭은 언제나 몇 번의 곁가지를 치며 구석구석 배치되었다. 놀랍게도 멀티탭들은 전기도 공급하지만 먼지도 틈틈히 저장하는 매체였다. 하얀 선들은 또 얼마나 쉽게 꾀죄죄해지는지, 정말 그런 식으로 더러워져야만 하는 건지. 하지만 이상하게도 꽂아야 할 것들은 점점 더 많아져만 갔고, 집안 곳곳에 뻗친 선들은 마치 영원히 벗어날 수 없는 결계처럼 집 전체를, 내 삶을 둘러싸 딱 여기까지다, 라고 외치는 듯했다.

이반
지하의
말

그때가 언제던가 2004년 이맘때
바람은 호모호모 햇살은 평등펴엉등

하지만 내 작은 반지하방
바람도 햇살도 Say goodbye

그래도 난 내 통기타 하나 쥐고
습기 차서 배툭튀 기타 하나 쥐고……

내 작은 반지하방 습한 기운 느끼며
어쩌다 만들어버린 위대한 노래

_이반지하 노래 〈(삐-)는 이반이다〉 중에서

협탁 아웃

협탁.

발음부터가 심각한 이것은 침대 옆에 두는 작은 탁자를 말한다. 당연히 식탁이나 책상이 될 수 없다. 무릎 바로 위 정도의 높이에 서랍이 달려 있지도 않은 이 원목협탁은 이미 십수년도 전에 정리되었어야 했던 물건이다. 내가 어렸을 때 할머니의 집에서 가지고 왔고, 주로 내 방에서 사용했다. 그리고 집을 떠나면서 나는 이것을 가지고 나왔다.

부모의 집에서 나와 살게 되면서 깨달은 건, 한 가구를 하나의 기능으로만 쓸 수 있는 자가 진짜 부자라는 것이었다. 내가 집을 나온 후 살았던 어떤 집도 이 협탁에 걸맞지 않았다. 어느 집에서나 동선을 방해했고 애매한 방식으로, 어거지로 기능했다. 나는 이 원목협탁 위에 MDF박스를 올려 어설픈 화장대를 만들어 써보기도 했고, 벤치인 척 테이블 밑에 놓아보기도 했다. 세월이 벗겨낸 나무 표면이 나의 노동용 스타킹을 여러 번 해먹긴 했지만, 어떻게든 존재하지 않는 쓸모를 찾아내어 나는 이 물건을 쓰고자 했던 것 같다. 왜 그 쓸모를 계속 찾으려 하는가에 대해서는 오랫동안 질문하지 않았다.

가로는 두 사람의 엉덩이, 세로는 넉넉히 한 사람의 엉덩이 크기인 이 무릎높이의 원목협탁을 가지고, 나는 수차례 이사를 다녔다. 갖고 있을 이유보다 버릴 이유가 훨씬 더 많은, 이토록 원투룸과 월세와 잦은 이사에 걸맞지 않은 가구를 굳이 이고 지고, 바로 오늘 저녁까지 살아온 것이다. 지금까지 살아낸 집 중에 가장 멀쩡하고 가장 큰 집에 와서야, 나는 협탁을 버리기로 한다.

친구가 집에 와서 협탁 버리는 일을 도와주기로 했다. 현관 앞에 협탁을 옮겨놓고, 버려야 하는 이유와 갖고 있어야 하는 이유부터, 돈을 들여 크기를 리폼하거나 친구 집에 적당한 때까지 맡겨놓는 타협안들에 대해서까지, 친구와 제법 긴 대화를 나누었다. 하지만 실은 처음부터 그냥 알고 있었다.

이 협탁은 정말로 필요하지 않고, 나는 오늘 이것을 버려야 한다는 걸.

물론 필요하지 않은 물건을 갖고 있는 것이 그렇게 문제냐 하면 꼭 그렇지는 않다. 필요라는 건 상황 따라 적당히 창조해내거나 무시할 수 있는 것이기 때문이다. 다만 필요하지 않은 것을 가지고 있으려면 그 비용을 정직하게 감당해야 할 뿐이다. 부동산이랄지 기억이랄지 뭐 그런 거 말이다.

협탁을 함께 버려준 친구가 돌아가고, 나는 혼자 남았거나 꼭 필요한 것들과 남았다. 혹은 아직 필요를 의심받지 않은 것들과 남았다. 갑자기 집은 아주 서늘해졌다. 왜냐면 이제 이 집에는 플라스틱과 철재, MDF 비슷한 것들만 남았기 때문이다. 그리고 그것은 집 구석구석에서 아주 문제적인 한기를 뿜고 있는 듯했다.

다시 나가서 협탁을 가지고 들어와야 할 것 같은 기분이 들었다. 다시 만지고 싶다. 그 둥글고 두툼한 모서리와 단단한 무게 같은 것을. 버릴 정도는 아니었던 것 아닐까. 나는 원목 하나 없는 차가운 세계를 굳이 만들어 괴로워하고 있는 게 아닌가.

물론 이곳엔 내가 있다. 협탁 같은 것의 조각들이 여기저기 박혀 있는 몸을 한 채, 여기 내가 있다. 협탁 같은 것들은 나의 일부였고, 지금도 아마 가장 깊은 피부 아래 남아서, 내가 되려 하거나 내가 아니려고 하거나……

협탁은 아직 버린 곳에 있을까.

며칠 동안이나 집 앞에 그것이 남겨져 있는 것을 보게 된다면, 너무 견딜 수 없을 것 같다. 밤새 누군가가 그것의 쓸모를 발견하기를, 사라질 거면 갑자기 완전히 사라져주기를 나는 바라본다. 친구가 이미 나를 위해 "필요하신 분 가져가세요"라고 종이에 크게 써서 협탁에 붙여놓고 갔다. 물론 당장 폐기물 스티커를 사서 붙이는 것이 모든 것을 끝내는 가장 적극적이고 완벽한 방법이지만, 그러자면 또 나는 그 협탁을 버릴 힘을 진짜로 내야 하기 때문에, 그 과정에 적당하고 우연하게 잃어버린 느낌이 가미되어주었으면 하는 것이다. 나도 그 정도는 남들에게 좀 바라고 살아도 되지 않나.

근데
원목가구 하나 없이 사는 것은 괜찮을까.
정말 괜찮을까.

부모의 집을 나오며, 나는 다시는 내가 원목협탁에 걸맞은 삶을 살 수 없으리라는 걸 알고 있었을까. 그래서 불구덩이 같은 그 아수라장 속에서 그 많은 필요와 필수 중에 하필 협탁을 가져가기로 했을까. 집을 떠나면서 협탁을 들고 나오는 사람은 세상에 몇이나 될까. 반복되는 플라스틱과 MDF 사이에 원목협탁이라도 하나 있어주면 내가 떠나온 것들에 대해, 지금이 아닌 삶에 대해, 딱 원하는 만큼만 감정적 연결을 유지할 수 있다고 생각했을까.

아니면 뭔가를 잃지 않을 수 있다고 착각하고 싶었던 건 아닐까. 그것이 존재한 적 없었던 나의 격 같은 것이라고 착각하고 싶었을지도 모르고, 또 기능이 아닌 취향이나 추억으로 갖고 있는 가구 하나쯤은 삶이 허락해주지 않을까 하는, 그런 사치를 무리하게 누려보려 했는지도 모른다.

갑자기 협탁을 함께 버려준 친구에게 머리끝까지 화가 났다가, 이 모든 감정들이 한심하다가, 말도 안 되게 이 얘기를 아무도 꺼내지 말았으면 싶다가, 그냥 선인장 화분들을 만진다. 얘들을 하나씩 다 만져버릴 거다. 마치 이 집에 남은 온기가 여기밖에 없는 것처럼, 나는 꼼꼼히 선인장들의 피부를 손끝으로 더듬는다. 틀림없이 수분이 가득할 도톰한 몸통은 손가락을 집게 모양으로 만들어 조심스럽게 눌러도 본다. 분명 그 안에 흐르고 있을 무언가를 지금 느끼고 싶다.

이반 지하의 말

“안분지족 같은 거 하지 마. 필요 없어. 존나 사치스러운 마음으로 살아.”

_〈월간 이반지하〉 5호

젠더 쫓김이

아직 나의 평생이 끝나지 않았다. 하지만 단연코, 태어나서부터 지금까지 나의 삶은 젠더에 쫓고 쫓기는 것이었다고 문득 말하고 싶다. 젠더에 쫓겨본 자만이 이 말을 이해할 수 있을 것이다. 으레 젠더라는 놈은 모른 채 살아가면 또 영원히 모를 수도 있는 것이어서 조금 껄끄럽다는 느낌 말고는 젠더의 존재조차 내외부적으로 인식하지 못한 채 살아갈 수 있다고도 전해진다. 뭐 내 경우가 아니라서 뭐라고 말은 잘 못하겠지만, 하여간 그런 인생들도 있다고 들었다.

젠더는 곧 성이라는 얘기고, 섹스라고도 한다. 한 번도 태어남에 대한 원願을 가지고 이 자리에 합성되지 않았건만, 나는 태어나졌고 성도 붙여졌다. 시작은 꽤나 수동태였으나 이후의 삶은 또 제법 능동태여서 사람은 '미침의 숙명' 앞에 놓이게 된다.

나도 사람인지라 젠더를 주체적으로 잡았다 놓쳤다 하고, 젠더 역시 내 발목을 잡아 들어앉혔다가 아뿔싸 놓치기도 하는 것이다. 한편으로는 '서로 조금은 즐기고 있다'고 믿어야 이 게임은 한 생 동안 지속될 수 있다. 만약 그러지 못한다면 X(엑스).

젠더는 때때로 온유하다. 내 몸안에 싸악 스며들어 비싼 가습기의 고운 입자처럼 뿜뿜 한다. 나 역시 그것이 편안하고 무려 행복한 듯도 하다. 안온히 수행한다! 게다가 이런 젠더와의 한시적 휴전에 걸맞은 파트너까지 이 시점에 마련된다면, 아 이거였네~ 손뼉을 치며 그저 수행 또 수행한다. 하지만 이것이 근본적으로 뭘 어떻게 해주진 않는다. 나도 내 젠더도, 너도 니 젠더도, 세상도 세상 젠더도 각자의 입체적 회전을 하던 중에 잠깐 맞물렸을 뿐이다. 그 맞물림, 그 일시적 정상성은 그래서 그토록 달콤하다. 거의 세상에 없는 달콤함이라고 보면 된다. 드물다시피 없다.

그러므로 젠더와 나는 대개 토라지듯 서로를 배반하고 비껴가길 반복한다. 겨우 '토라진다' 정도의 말을 고른 이유는 젠더, 너를 결코 벗어날 수가 없기에, 억지로 귀여움을 덧씌워 젠더 그대를 가둬보려 하는 시도이다. 벗어날 수 없다면 결국 함께해야 함. 그러기 위해서 나는 젠더에게, 젠더는 나에게 평생에 걸쳐 힝— 토라진다. 토라짐이 멈춘다면 X(엑스).

하지만 평생에 걸친 젠더 추격전의 실상은 피비린내 나는 전투이기도 하다. 생리 같은 것도 잘 알고 보면 다 이것의 일부이다. 하지만 그런 육체적이고 1차원적인 혈血 그 자체를 떠나서, 젠더는 사람을 퍽 진절머리나게 하는 구석이 있다. 나는 젠더에 너무 갇혀서 또는 갇히지 않아서 돌아버리곤 한다. 그리고 결국 그 돌아버림 자체가 나의 젠더임을 마지못해 인정하지 않을 수 없다. 그토록 젠더가 지독하기 때문이다. 이럴 때 살짝 정신과도 소풍처럼 들러준다. 약도 고명처럼 곁들여본다. 스스로의 존재를, 젠더를 견디는 것은 이토록 인간의 생을 관통하는 고행인 것이다.

물론 세상 당신, 당신도 나를 견디고 있다. 세상 역시 거대한 젠더 추격전이라는 세계관의 무대인 동시에 집단적 관념의 뭉치로서 젠더 역할을 맡아, 나와 나의 젠더를 견뎌내고 있는 것이다. 하지만 세상아, 너는 나와의 관계에서 꽤 유리한 위치를 선점하고 있음을 부디 쪼끔은 인정하길 바란다.

결국 내가 이 세상에서 살아갈 수밖에 없음in the world은 인젠더in gender라고 볼 수 있고, 이는 곧 모든 것이 나의 인성人性 문제라고 못박을 수 있는 것이 되기 때문이다.

나는 그렇게 못박힌 채, 그렇게 그렇게 못 박힌 채.

이반 지하의 말

"이런 사람들을 많이 봤어요. 내가 헤테로인지 레즈인지 바이인지 모르겠다. 그래서 제발 알고만 싶어, 내가 뭔지. 내가 무성애자인지, 로맨틱 에이섹슈얼인지 알고만 싶어. 그러니까 초조한 거예요. 이걸 내가 결정해야만 할 것 같아서.

하지만 누구한테 나를 설명하기 위해서 우리가 사는 건 아니잖아요. 이것에 대해 초조해하지 않았으면 좋겠어요. 우리 다들 쪼금씩 이상한 데가 있고 남들과 다르잖아요. 기본적으로 사회가 말하는 비정상성에 우리가 걸려 있어도 문제가 아니라는 거죠."

_〈월간 이반지하〉 6호

탁탁 프라이버시

서늘하다고 할 수 있겠다. 오늘은 그 서늘한 바람 사이로 앞집에서 오는 것으로 추정되는 소리가 솔솔 들려온다. 헤테로 부부싸움이 벌어지고 있는 듯하다. 어디선가 다투는 소리가 나면 자연스럽게 귀가 그쪽으로 향한다. 집밖에서는 내 모습이 보이지 않기에, 그 싸움의 디테일까지 파악하기 위한 나의 추잡한 움직임은 더욱 능숙하게 가려진다. 그렇게 나는 남의 프라이버시를 탐하기 위해, 그 소리가 가장 잘 들리는 곳으로 가 자리를 잡는다. 그렇게 스스로의 존엄을 상실시키며 보낸 세월이 있다. 하지만 사실 오늘은, 단연코 오늘만은, 조금 공교로운 방식으로 이 모든 것을 듣게 되었노라 말하고 싶다.

그저 어디 글이나 한번 써볼까 에헴— 하는 마음으로 식탁에서 키보드를 두드리기 시작한 순간, 소리 쪽에서 나를 먼저 찾아왔던 것이다. 식탁은 창문과 아주 가까워서 나는 제법 점잖게 글을 쓰는 체하며 찾아온 소리를 마다하지 않을 수 있었다. 그리고 이런 나의 마다하지 않음에는, 신고를 마다하지 않는 인간으로 성장한 그간의 세월이 켜켜이 깔려 있기 때문이 아니라고 하지 않을 수 없겠다.

조금이라도 그런 소리가 들리면 나는 익명을 빌려 경찰에게 바로 전화를 할 것이다. 요즘은 무려 문자메시지로도 신고를 할 수 있다. 나는 이런 것을 알고 있는 사람이다.

처음 경찰에 신고해본 날을 아직도 기억하고 있다. 그건 생각보다 쉬운 일이 아니었다. 자정이 넘은 시간, 문밖에서 누군가가 문을 긁는 듯한 끼익끼익 소리가 반복적으로 들리는 와중에도, 나는 공권력에 폐를 끼치는 게 내 목숨보다 소중해서 공포 속에서도 전화하기를 망설였다. 그리고 마침내 겨우 용기를 끌어모아 경찰에 전화를 걸어 낸 첫 소리는 "안녕하세요, 죄송한데요, 제가 지금……" 이런 것이었다. 하지만 살다보니 그 이후에도 몇 번이나 경찰에 신고할 일들이 생겼고, 이제는 어느 정도 기동력 있게 전화로 도움을 구할 줄 아는 인간이 되었다.

기본적으로 누가 다투는 소리는 나를 무척 불안하게 한다. 문필가로서 새로 구매한 기계식 키보드의 타자 소리 사이사이로 옆집으로 추정되는 헤테로 부부의 다툼 소리가 끼어든다. 적당히 '프라이버시'라고 부를 수 있을 만큼의 거리에서 '프라이버시'가 들려온다. 그래서 그것은 적당히 남의 일이면서, 여기까지 들려온 이상 나의 일이 되기로 한 셈이기도 하다. 틈새마다 세를 놓고 확장해가는 도시 속에서 남의 일과 내 일의 경계는 이때만은 정말로 모호해진다. 더 안 좋은 집에서 살았을 때는 냄새도 향기도 그랬다. 도시인들의 프라이버시는 기어코 지키려는 딱 그만큼, 섞이고 침해되고 넘나든다.

나는 지금 내가 하는 생각을 타자로 치기로 한다.

제법 대등하게 싸우고 있는 것 같으면 신고하지 않아도 될까.

저들이 밖으로 소리가 새어나가지 않게 싸우는 법을 익히게 되면 그게 더 무서운 일일까.

지금, 갑자기 소리가 멈췄다. 이제 나의 키보드 소리만 영롱하다. 가볍고 조금은 얄미운 소리이다. 한타 한타 놓치지 않고 화면에 탁탁 박힌다. 시원스럽다. 부부는 싸우지 않는다.

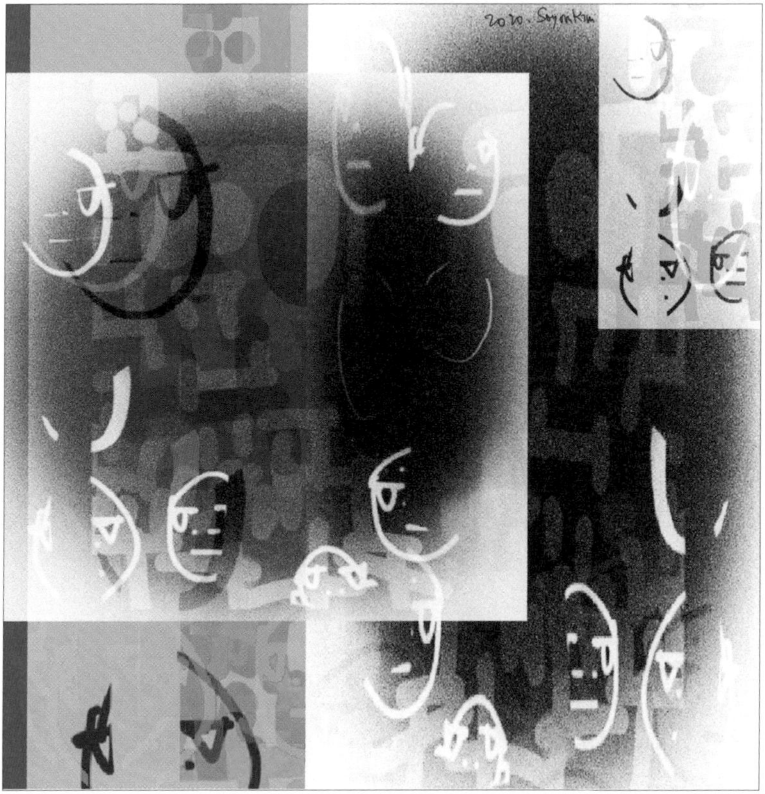

도시인들의 프라이버시는 기어코 지키려는 딱 그만큼, 섞이고 침해되고 넘나든다.

혹은 소리내지 않는다. 누가 무엇을 어떻게 참고 있을까. 어딘가에서 계속되고 있는 걸까. 다시 소리가 조금 난다. 나는 그 소리를 듣기 위해 키보드에서 한 단어를 칠 때마다 나도 모르게 잠깐씩 멈추게 된다.

타타타타타탁, 타타타타탁, 타타타탁,

그리고,

타타타타탁타탁.

쉼표를 정확히 쉬어준다.

부부는 아마도 창문을 닫았다. 하지만 닫은 만큼의 프라이버시가 또 그만한 소리가 되어 새어나온다. 이제 젊은 여자의 비명과도 같은 절절한 소리도 난다. 딸인 것 같다. 닫혀서 추상화된 프라이버시는, 오히려 감정을 직접적으로 싣고 내리꽂는 울부짖음 그 자체가 되어버린다. 이제 누군가는 흐느끼고 누군가는 달랜다. 내 키보드 소리가 그들의 소리를 적당히 블러 처리해준다.

다시 조용해졌다.

냉장고 소리, 키보드 소리, 윗집에서 살짝 가구를 끄는 소리, 하지만 대부분 적막.

나는 소리를 기다리고 있나.

이번에는 부부와 젊은 여자의 소리가 함께 뒤엉켰다 풀어졌다 한다. 나는 그 소리에 갑자기, 이 소리가 그저 남의 프라이버시라는 사실을 잊은 채, 순간 나의 과거로 끌려들어갈 뻔하다가, 재빨리 키보드를 두드리면서 빠져나온다. 자정이 다 되어가는 시간 핑계를 대며 그들이 멈춰주었으면 한다. 사실 내 쪽에서 창문을 닫고 침대에 누워버리면 그만인데, 나는 그들이 멈춰줬으면 하고, 해준 것도 없이 바라고 있다.

키보드에서 손을 떼고 일어난다. 잠깐 창문 가까이로 가서 밖을 내다본다. 앞집이 아니라 같은 건물 위층에서 나는 소리 같기도 하다. 많은 집들의 불이 아직 켜져 있다. 다들 이 소리를 듣고 있을까.

악다구니, 통곡, 빽 지르는 소리.

내 키보드 소리는 여기 없어도 될까.

이반 지하의 말

“‘좋은 섹스란 것은 과연 있는가? 미디어가 만든 것이 아닌가?’ 이 생각을 제가 머릿속에서 한 달 동안 굴려봤어요. 그런데 저는 ‘없다’는 결론을 얻었습니다.

생각해보면, 정말 좋은 것들은 우리 손에 들어오지 않아요. 예를 들어서 비행기 퍼스트클래스가 있지 않습니까. 일등석. 사실 이 일등석은 정말 소수의 사람들만이 즐길 수 있는 무엇이 되었어요. 유튜브에도 보면 일등석 체험 이런 게 올라오잖아요. 왜냐하면 우리가 현실에서 직접 체험하지 못하기 때문에.

그 이야기는 무엇이냐. 지금 이 자본주의 사회에서 정말 좋은 것들은 전체 인구의 1퍼센트 혹은 0.1퍼센트가 누리고 있지, 우리 손까지 내려오지 않는다는 거예요.

섹스가 정말 좋은 거였으면 우리가 하고 있을 리가 없어……

그걸 명심하셔야 돼요.

호텔 스위트룸, 가본 사람 몇 명이나 되겠어요. 그게 좋다고만 들었어. 그런 거란 말이에요. 진짜 좋은 건 우리가 경험하지 못해. 그게 자본주의 사회입니다. 상위 1프로는 더 즐거운 뭔가를 하고 있는 것입니다. 우리가 섹스에 정신이 팔린 동안.”

_〈월간 이반지하〉 2호

출렁이는 너울거리는

꼭대기층에 사는 집주인 친구의 공사가 시작된 지 이제 한 달이 다 되어간다. 처음에는 보름 정도 지속될 것으로 고지되었으나, 역시나 공사 날짜는 예고 없이 늘고 늘어 어느새 한 달쯤 되었다. 집주인 친구의 필기체로 작성된 한글문서에 따르면, 바로 오늘이 가장 많은 소음이 발생할 날이다. 이 정도면 좋은 집주인이라는 소리를 들을 만큼만의 세심함으로, 그는 나의 문자메시지는 씹을지언정 손글씨 문서는 공동현관에 붙여놓았다. 나는 지금 바로 그 오늘의 한가운데에 있다.

지난 며칠은 온갖 짐을 싸들고 카페에도, 공공도서관에도 갔다. 하지만 때마침 코로나 위기 단계가 격상됐고 나의 도피

처는 샅샅이 사라지고 말았다. 내 육신 역시 짐을 싸들고 다니는 생활에 산산이 무너졌다. 그래서 나는 이 공사의 시작과 함께 자비로 사고 말았던 소음 차단 이어폰도 과감히 내려놓고, 블루투스 스피커의 볼륨을 한껏 올린다. 에미넴의 히트곡 모음을 선택, 이 모든 상황을 백인 힙합으로 해결해보려 한다. 공사 소리와 제법 잘 어우러지는 듯하다.

7년 정도 전에는 건물을 완전히 무너뜨리고 처음부터 다시 짓는 집의 바로 앞집에 살았다. 정확히는 살다보니 어느 날 앞집을 부수더라에 가까웠지만, 뭔들 어떠한들 어이한들. 아침마다 머리를 망치로 내려찍는 듯한 소리와 온몸의 세포까지 갈아낼 것 같은 드릴 소리에 잠을 깼다. 그리고 잠깐의 점심시간을 제외하고 정직하게 하루종일, 공사는 지속되었다. 먼지 같은 것에 불편을 느낄 틈도 없이 소리가 항상 먼저 치고 들어왔다. 나는 공사 소음이 시작되는 순간부터 울면서 잠에서 깨곤 했다. 왜 이렇게 버텨야 할 게 많은 걸까 생각했다.

아마 그즈음이었나. 잠이 덜 깬 몸을 겨우 일으켜, 다만 그 소리에서 멀어지고자 집밖으로 나와 집을 등진 채 동네를 걷고 걸으며, 다시는 공사중인 집 근처에 살지 않을 수 있길 바랐다. 그리고 그 생각을 하자마자, 지금 내가 걷고 있는 이 골

목을 비롯해서 시선이 미칠 수 있는 한계 거리 안에서만도 이미 크고 작은 공사들이 이뤄지고 있다는 사실이 눈에 들어왔다. 그것이 건물을 부수고 짓는 것이든, 벽을 리모델링하는 것이든, 하수구나 난방 배관을 뜯어고치는 것이든, 그러니까 결국 이 모든 건물과 기타 등등의 집합, 이 도시는 결코 완성되지 않는다. 완전해진 도시에 몸만 쏙 들어가 살아가는 일 따위는 일생 없을 것임을 나는 알 수 있었다.

공사 소음은 층간소음이 으레 그렇듯이 몸 전체를 관통하는 듯한 느낌을 준다. 소리와 함께 울림, 진동이 크게 전해지고, 내가 발 딛고 선 이 부동의 존재와도 같았던 건물이, 사실은 흔들리고 소리도 낼 수 있다는 공포가 몸을 조각내기 때문일 것이다.

초등학교 때 일본에서 대포를 한 대 맞는 듯한 짧고 큰 지진을 경험한 적이 있었다. 지진 대비가 잘되어 있는 친구 집에서 겪은 일이었기에 큰 사고가 일어나진 않았지만, 그 경험은 지금까지도 몸으로, 감각으로 생생히 기억하고 있다. 아마도 근원적이라고 여겨지는, 절대로 움직일 리조차 없다고 생각한 지반이 흔들릴 때, 온 세계가 흔들렸음을 잊을 수 없기 때문일 것이다. 그때 텔레비전에서는 자전거 경주가 벌어지고

이 도시는 결코 완성되지 않는다.
완전해진 도시에 몸만 쏙 들어가 살아가는 일 따위는
일생 없을 것임을 나는 알 수 있었다.

있었고, 지진의 순간 모든 선수와 자전거가 동시에 옆으로 고꾸라지는 것이 리플레이되었다.

집이라고 명명된 공간에 촘촘히 박혀 살아가는 인간으로서 피해갈 수 없는, 이 존재를 흔드는 소리 혹은 굉음. 거기에 지금 에미넴은 비치bitch라고 욕을 하고 있다. 언제부터 힙합에서 나오는 비치 소리에 나를 유리시켜서 감상하기 시작했을까 생각해본다. 나는 지금 이 소음에서, 이 시공간에서 나를 유리시킬 수 있을까. 그러기엔 이 소리가 대비할 틈 없이 몸을 즉각적으로 쪼개버린다. 몸의 일부 기관만이라도 닫을 수 있다면 좋겠는데.

일본 만화 〈카이지〉를 보면 패닉에 빠지는 소년들이 그야말로 출렁이는 물결처럼 그려지는 장면들이 있다. 도박을 소재로 다루는 작품의 특성상 '대폭망'의 순간에 비슷한 연출이 꽤 나오는데, 그걸 볼 때마다 이 그림의 선정성에 대해 생각한다. 너무나 직접적이고, 너무나 거칠고, 그래서 너무나 지독하게 직설적인 묘사에 대해.

지금 그 만화가 머릿속에 떠오르는 이유는, 나도 공간도 시간도 엄청나게 왜곡되며 출렁이고 있기 때문. 그리고 적어도 이 순간에는 에미넴마저도 함께 너울거릴 수밖에 없기 때문.

이반
지하의
말

“우리 집주인 친구들이 그래요. 우리 친구들이 쫌 못됐어.

(그래도 친근하게 친구들이라고 부르는 이유는?)

견디기 위해서입니다.

나도 관리하는 거야. ‘이웃이다……’

적이라고 생각하면 앞으로 살아갈 날들이 너무 힘들어서 ‘친구’라고 하는 거야. 왜냐하면 얼굴만 바뀌거든요. 속은 똑같아요, 우리 집주인 친구들이. 그 친구들과 많은 대화, 대화 같지 않은 ‘통보’에 가까운 그런 것들을 당하고, 그 와중에 목돈은 목돈대로 잃고 그런 과정을 거치는 거죠.”

_〈월간 이반지하〉 4호

럭키 정신병자

잠이 오지 않는다. 낮에 몸살 기운이 있어서 낮잠을 잤더니 밤잠이 오지 않는 상태이다. 잠은 어찌 이리 공평한가. 예전에 먹던 수면제가 그립다. 예전이라고 하면 아주 오래전 같지만 불과 몇 주 전이다. 그걸 먹으면 좋은 게 버튼 누르듯이 숑 하고 잠이 든다는 거다. 그런데 이제 그것을 끊었다. 그래서 나는 이제 버튼을 잃고 자가동력만으로 잠에 들어야 하는 사람이 되었다. 시원섭섭하다.

처음 수면제를 먹기 시작했을 때, 주변에서는 다들 그렇게까지 해야 하냐는 반응이 많았다. 정신과 약이 독하고 한 번 먹으면 끊기가 어렵고, 아무개도 그 약 때문에 자살했다느니 어쩌고. 약을 먹어보니 무슨 말이 어떻게 퍼진 건지는 대강 알 것 같았지만, 나는 수면제를 먹고 나서야 난생처음 남들은 이렇게 잠을 자고 아침을 맞았나 싶어서, 배신감과 억울함에 몸을 떨었다.

상담이 필요한 순간과 약이 필요한 순간, 또 둘 다가 필요한 순간이 있는데, 때마다 입맛에 딱딱 맞게 모든 것이 갖춰지지는 않는다. 수면제를 먹어도 된다는 걸, 정신과에 가서 처방을 받아도 된다는 걸 오래전에 알았다면 정말 좋았겠다는 생각을 많이 한다. 몇 주 동안 잠을 못 자면서도, 일주일에 한 번 하는 상담만으로 그것을 치료해보려던 시절이 있었다. 그것이 아주 무용하진 않았겠지만, 지금 생각해보면 그때는 정말 약이 필요한 순간이었다. 수면 패턴을 잡고 나서 상담을 했거나, 둘을 병행했더라면 훨씬 좋았을 것 같다. 하지만 뭐, 다 지나간 일이고.

최근 몇 년은 수면제가 필요할 때 수면제 처방을 받을 수 있는 정보와 기동력이 있었고(수면제+처방약인데 여기서는 수면제로 퉁 치기로 한다), 그로 인해 삶의 질이 엄청나게 좋아졌다. '엄청나게'라는 말의 느낌상 매우 한순간일 것 같지만, 물론 이것은 몇 년의 시간이 걸린 일이다. 소화불량이나 두통 등 갖가지 부작용도 있었지만, 나는 수면제의 효과에 이미 완전히 설득된 상태라 그 외의 문제는 자잘하게 보였다. 특히나 정신과를 한시적으로 다닌다고 생각하지 않고, 평생의 동반자로 생각하고 있는 내 입장에서는 더 그랬다. 나는 적절히 약을 먹어가며 스스로에 대한 통제를 잃지 않는 세련된 정신병자로 점차 자리매김해가고 있다.

하지만 이런 나도 적절한 정신병자로서의 품격을 아차 놓칠 때가 있다. 내가 한때 먹던 수면제는 먹고 나서 얼렁 누워서 잠을 청하지 않으면, 몽롱한 상태에서 핸드폰으로 개인 SNS에 낯뜨거운 글을 남기게 했다. 아침에 일어나서 이를 발견했을 때는 스스로를 견디기가 힘들 정도의 모욕감을 체험할 수 있었다. 그래도 이 정도 문제는 자기 전에 핸드폰을 손에 닿지 않는 곳에 놓는 정도로 해결을 볼 수 있었다.

문제는 술이었다. 나는 어느 순간부터 술이 매우 안 받는 몸이 되어서, 고작해야 맥주 한두 잔, 와인 한 잔을 마신다. 그런데도 술은 웬만한 수면제하고는 다 사이가 안 좋아서, 시간차를 좀 두고 먹어도 두 물질이 기묘하게 엉키어 나를 엉뚱한 장면에 데려다놓은 적이 몇 번 있었다. 두 개의 인상적인 에피소드를, 힘든 오늘을 살고 있을 여러분을 위해, 그저 대중의 볼거리를 위해 공개한다.

SCENE #1

자려고 눕기까지 했는데, 잠이 안 온다고 생각했다. 나는 일어났고 배가 무척 고프다고 느꼈다. 정확히는 게장이 너무 너무너무 먹고 싶었다. 빨갛고 싱싱한 게장이어야 했다. 배달앱을 켰는데, 어디에 시켜야 할지 몰랐다. 24시간 영업하는 곳이 아닌 이상 일반 가게들은 문을 닫았을 법한 시간대였다. 그 와중에 배달앱에서 아직 영업중인 가게들을 고르고 골라 어쨌든 게장을 시켰다. "문 앞에 놓아주세요." 메시지를 남겨 배달을 받았고, 게걸스럽게 먹었다. 먹는 중에 역시 게장은 잘하는 집에 시켜야지 이렇게 시킨 것은 맛이 없다는 생각을 했다. 먹은 것을 깨끗하게 정리하고 다시 잠자리에 들었다. 중요한 것은, 내가 이 모든 것을 분명하게 의식하면서 행했다는 것이다. 그래, 이런 날도 있는 거지. 어떻게 맨날 똑같이 살아? 조금 몽롱하지만, 오케이, 나는 지금 완벽히 상황을 파악하고 있어!

하지만 다음날 아침, 나는 큰 충격을 받았다. 우선 아침에 일어난 순간 앞에 묘사한 모든 일을 꿈이라 여기고 있었고, 지금 눈앞에 보이는 것들을 소화할 수가 없었다. 침대와 책상에는 100퍼센트 게장 양념으로 보이는 빨간 고춧가루 얼룩이 여기저기 묻어 있었고, 그걸 닦아낸 휴지들도 바닥에 널브러져 있었다. 엉망이 된 침대가 특히 충격적이었다. 이것은 프로 정신병자로서 말도 안 되는 일이었던 것이다. '썰'을 잠시 풀자면, 세상에는 '수면 위생'이라는 말이 있다. 의사 및 유사 의사들과의 접촉으로 알게 된 조금은 비싼 단어이다. 이 말은 깨끗이 살자는 말이 아니라, 수면을 위해 잠자리 주변 컨디션을 유지하는 것을 의미한다. 최대한 빛을 통제하고 침구 상태를 관리하며 잠자리를 일상과 분리한다 등등의 숙면을 위한 조건들. 수면으로 고생했던 시간만큼 나는 환경이 허락하는 선에서 이것을 지키려고 항시 노력하는 사람이었는데, 침대에 게장 양념이라니! 그 시각적 충격이 기본적으로 어마어마했다. 넋을 잃고 한참을 바라보았다. 상황을 받아들이는데 시간이 걸렸던 것이다. 정신을 다소 수습하고 거실로 나오니, 아, 다행히 이곳의 모든 것은 제자리였다. 나는 진심으로 안도했다. 스스로를 달랬다. 그래, 그럴 수 있어. 약 때문이야. 술 때문이야. 너는 그토록 미친 것은 아니다. 괜찮다, 괜찮다. 이 정도면 양호하지. 그래, 그래.

나는 침착하게 어젯밤의 흔적들을 치워나갔다. 충격적이기도 했고, 얼른 정리되지 않으면 마음이 너무 힘들 것 같았다. 집안을 정리하니 괜찮아진 것 같았다. 이제 별일이 아닌 것 같았다. 평소처럼 생활을 했다. 밥도 먹고 일도 하고 여러 가지 집안일을 했다. 그러다 에헴 잠깐 동네 산책이나 나가볼까 하는 마음에 현관을 나서다가, 와 정말 한 80퍼센트 정도 기절을 하고 말았다.

우리집 현관문 잠금장치가 잘 잠겨 있긴 했는데, 문제는 문을 연 상태로 잠겨 있었다. 그러니까, 한마디로 열려 있었던 것이다. 지난밤 정신이 매우 멀쩡하다고 스스로를 믿으며 배달 완료 문자를 받고, 문 앞에 놓인 게장 봉지를 잡아채, 집안으로 얼른 들어왔고, 언제나처럼 현관문을 닫음과 동시에 잠갔다고 당연히 믿고 있었는데, 나는 현관문을 잠그고 닫아버린 것이다. 혹시라도 범죄하자는 마음으로 누가 집에 들어왔더라면 나는 수면제 기절 상태였을 테니, 정말 무슨 일이 일어났어도 이상하지 않았던 것이다. 온몸에 소름이 쫙 돋았다.

바로 문을 제대로 잠그고 한 손으로 핸드폰 112 통화버튼을 누르기 직전 상태로, 집에 누가 있지 않은지 공포에 사로잡힌 채 구석구석 살폈다. 사실 뭐 그렇게 '살필' 정도로 공간이 많은 베르사유궁전 같은 게 아니라서, 수색 작업은 시작하자마자 끝나긴 했지만, 한참을 주저앉아서 놀란 마음이 몸에서 튀어나갈까봐 꾹 움켜쥐었다. 자는 사이에 누가 들어와서 몰래카메라를 설치한 건 아닐까 하는 한국살이적인 고민도 했지만, 스스로가 힘들어서 거기까지 생각하는 것은 그만두었다. 이것이 나의 첫번째 에피소드. 그렇다면 두번째도 있을 것이다.

SCENE #2

두번째는 첫번째 에피소드가 있은 후 얼마 지나지 않아 찾아왔다. 왜냐면 존나 이런 시기가 있는 것이기 때문이다. 이날도 아마 비슷한 상황에서 침대에 누워 잠을 자려고 애쓰다가, 확 일어나버렸던 것으로 기억한다. 잠이 오지 않아 기본 짜증이 가미되어 있는 상태였다. 뭔가를 먹었고, 잘 정리하고, 잠이 와서 다시 침대로 돌아가 잠을 잤다. 그러니까, 여기까지가 내가 아침에 눈을 떴을 때 갖고 있던 기억이다. 그래, 어젯밤에도 잠이 잘 안 와서 힘들었어, 그래도 배를 좀 채우니까 잠이 와서 잤네 정도의 소회. 하지만 침대에서 일어나기 직전, 그날의 첫 침을 목구멍으로 넘기려던 순간, 뭔가가 잘못되었음을 알 수 있었다. 입안에 뭔가가 있었던 것이다. 몸이 순식간에 얼어붙었다.

입에 있는 것을 천천히 씹어보니, 아는 맛이었다. 치즈와 마들렌이었다. 그제야 어떤 기억이 돌아오기 시작했다. 나는 침대를 박차고, 긴장한 채 거실로 한 발을 디뎠다. 테이블은 난장판이었다. 친구가 얼마 전에 선물해준 까망베르치즈 한

덩어리를 다 먹어치운 흔적, 그리고 오븐 밑에는 다 타버린 마들렌 몇 조각이 굴러다니고 있었다. 헉. 스스로 침착해, 침착해, 라고 말했다. 그래, 됐어, 치우고 정신과 갔을 때 얘기하고, 대책을 강구하면 되지, 뭐가 문제야. 나는 상황을 개선하는 것을 목표로 기계적으로 움직이자고 스스로를 설득해냈다. 이빨을 닦고, 그릇과 포크를 싱크대에 던져넣고, 타버린 마들렌을 줍고 오븐 안에 뭐가 더 없는지 한번 더 확인했다. 그리고 오븐 앞에 주저앉았다. 스스로에 대한 통제를 잃어버렸다는 생각에 두려움이 몰려왔고, '자신이 없다'는 생각이 머릿속을 맴돌았다. 그와 동시에 괜찮다 괜찮다, 라고 스스로에게 말했다. 별일 아닌 것도 같았고, 되게 별일 같기도 했고 기분이 이상했다. 한참을 앉아 있었다.

어느 정도 감정이 추슬러졌다고 생각한 순간, 갑자기 오븐 앞이 참 시원하다는 느낌이 들었다. 그리고 눈앞에, 바닥에, 물웅덩이와 아직도 성을 내듯이 냉기를 뿜는 냉동고의 열린 문 틈. 아, 돌았다. 이것은 니미 정말 돌았다. 이번엔 정말 헉 소리가 입에서 자동으로 새어나왔다. 냉동고를 열자 고드름이 고드름이, 서리가 서리가, 성에가 성에가. 나는 얼른 문을 닫았다. 지금은, 지금 이 순간만은, 이것만은 모른 척해야 한다. 아니면 나는 나를 견딜 수 없다. 일단 나는 문을 닫고, 미래의 나에게 바통을 넘겼다. 이것은 분명 이어달리기니까, 미래의 내가 해결해줄 것이다. 못 봤다. 이것은 정말 못 봤다. 그리고 진짜로 다음날 저녁쯤에 긴장한 채로 냉동고를 열자 묘하게 뭔가가 정리되어 있었다. 얼 것은 그대로 얼고 아닌 것은 또 아닌 채로 말아버린 건지, 요즘은 기술이 좋아서 냉동고도 자가치유를 하는지, 아니면 내가 어떤 것은 절대로 못 본 척하기로 한 것인지, 어쨌든지 말이다.

SCENE #3

에피소드 두 개만 얘기해주려고 했는데, 분위기가 좋아서 하나만 더 풀어놓기로 방금 결정했다. 자— 아주 짧은 이야기다. 나는 또 자려다가 잠이 안 와서 침대에서 일어났고, 김치볶음밥을 만들기 시작했다. 지난번에도 '오븐'이라는 큰 재난에 휘말릴 수 있는 도구를 사용했는데, 이번에는 하이라이터였다. 다행인 건 우리집에 가스레인지가 없다는 것. 그렇다고 오븐이나 하이라이터가 이런 상황에서 덜 위험한 것은 아니지만, 그냥 말 그대로 '불'은 없었다는 점에 감사하고 있는 것이다. 어쨌든 별일 아니었다. 이번에도 김치를 가위로 자르면서 '어, 나 지금 내가 뭐 하는지 알고 있어, 먹고 싶으니까 해먹는 건데 뭐가 문제야! 나 맨정신이야'라고 생각했던 것이 기억난다. 물론 이제는 이런 생각을 하는 것 자체가 뭔가가 잘못되고 있다는 신호일까 싶기도 하다. 아무튼 나는 다행히 별 사고 없이 김치볶음밥을 잘 해먹었고, 이번에는 이빨까지 잘 닦고 잤다. 아침에 눈을 떴을 때도 자신 있었다. 아니, 나도 밤에 배고프면 김볶 정도 해먹을 수 있지! 그럴 수 있는 사람이지! 그래도 조금은 긴장한 채 거실로 나왔는데, 아— 깨끗했다, 멀쩡했다! 나는 예스! 라고 외쳤다. 그리고 그냥 의례적으로 고개를 한 바퀴 쭉 돌리다가 보고 말았다. 활짝 열려 있는 현관문을. 애초에 잠금장치는 왜 있냐는 듯, 우리네 이웃들을 못 믿냐는 듯, 나의 현관문은 세상 최고의 열린 마음으로 벌레도 사람도 시원하게 환영하고 있었다.

난 이 이야기를 소수의 친구들과 정신과 의사에게만 했다. 나의 역사를 모르는 사람들이 이 이야기를 들으면 또 막 억수면제 조낸 위험하구 어쩌구 정신과 어쩌구 이런 얘기만 할까봐 그런 것도 있었고, 스스로도 이 일을 겪은 초반에는 자기확신이 떨어져 있었다고 할까. 남들이 알아서 좋을 얘기가 아니라는 생각이 들었다. 물론 남들이 알아서 좋을 얘기는 원래 세상에 없지만…… 다행히 이 일은 내가 더욱 성숙한 정신병자로 나아가면서 자연히 지나간 에피소드가 되었고, 다시 그런 일을 겪진 않았다. 한 친구는 이 이야기를 듣고, 정확히 자신이 20대 초반에 만취해서 저지른 일들과 비슷하다고 했다. 아, 그런가. 누군가는 술에 취해, 누군가는 수면제에 취해 이런 일을 하는 건가. 어쨌든 그날 밤들에 범죄하러 오지 않아준 사람들에게 감사한다. 그날 밤에 범죄를 하러 왔다면, 나는 아마 이곳 한국에서는 어떤 보상도 받지 못했을 것 같다. 정신과 치료를 받고 있고 수면제를 먹은 사람의 말을 누가 믿어주겠는가. 나도 그 정도는 알고 있는 정신병자이다. 운이 좋았다. 나는 운좋은 사람.

이반 지하의 말

미안해하죠. 이런 사람들은 심지어 정신과 의사한테도 미안해합니다.

"선생님 오늘 환자도 많은데, 저 때문에 시간 너무 많이 잡아먹었죠? 약 맛있게 타주세요."

……제가 잘하는 말입니다.

우울증, 평생의 싸움이죠. 기억해둘 것은 우울증은 시간이 많이 걸리는 일이라는 거예요. 삶의 일부죠. 우울증을 마음의 감기라고들 하죠. 하지만 코로나이기도 합니다.

위험한 생각이 들 때는, 주변에 폐를 끼쳐야 합니다. 그런데 이게 진짜 힘듭니다. 왜냐하면 그 순간엔 내가 쓸모없는 존재 같고, 민폐 그 자체인 것 같으니까요. 누구한테 전화하고 치대고, 이러기가 진짜 힘든 상태일 거거든요. 그래도 주변에 얘길 해놓는 게 좋습니다. 당분간 내가 많이 힘들 거야, 심할 때 전화할게. 아니면 이럴 때는 병원에라도 가야 해요. 응급상황이거든요. 우리가 갑자기 살 찢어지면 응급실 가잖아요. 똑같습니다. 이럴 때는 정기적으로 가는 상담 시간이 아니어도 응급이라 생각하고 가셔야 해요.

_〈월간 이반지하〉 4호

동반자여

많이 우울한 한 주였다. 그래서 이 자리를 통해 우울을 전시하고자 한다.

이제 나는 스스로 나 자신에게 숙련된 정신병자라는 호칭을 주고 있다. 심리상담과 각종 명상, 대체의학, 정신과 진료를 거쳐 지금에 이르렀고, 이제 제법 스스로를 위기에서 잘 건져올릴 줄 알게 되었다고 자부하며 살고 있다. 하지만 이것은 항상 '살고 있었다'로 표현되는 것이 맞다. '이 정도면'이라고 생각했을 때, 또 그다음 위기가 생각지도 못한 크기로 찾아오곤 하기 때문이다. 그래서 언제나 '살고 있다'라고 쓰면서도 약간의 의구심을 갖고, 결국 '살고 있었다'로 고쳐주어야 좀더 온당하게 느껴지곤 한다. 이것은 어떤 비관도 개입되지 않은 그냥 사실이다.

어쨌든 나는 진짜 그렇게 살고 있었다. 힘든 순간이 올 때 상태를 개선할 수 있는 여러 장치들, 전화하거나 불러낼 수 있는 친구들, 맛있는 음식, 확 떨치고 일어나는 요령, 좀더 객관적인 지표로 상황을 체크해보는 것 등등, 공짜로 얻어진 것 하나 없는 그 하나하나의 비법들을 나는 가지고 있더란 말이다. 하지만 모든 비법의 맹점은 비법을 행할 에너지가 남아 있을 거라는 전제 자체에 있다. 레시피가 소금을 한 꼬집 넣으라고 가르쳐는 줘도, 소금을 꼬집을 힘이 없는 상태에 대해서는 레시피 어디에도 언급이 없는 것이다.

그래서 나는 살아온 세월의 천기누설 비법소스를 다 쥐고도, 누워 있을 수밖에 없었다. 누가 언제 이렇게 전신의 에너지를 차에서 기름 뽑듯이 가져가버렸는지 알 수 없었다. 완전히 방전되기 전에 비법을 써야 한다는 것도 알고 있었건만, 순식간에 그 시기를 놓쳐버리고 만 것이다.

화장실을 가야 할 때도 그 움직임에 힘이 필요하다는 것에 억장이 무너지는 듯했다. 인내의 한계치를 넘고도, 몇 번의 '시~시~시작' 구호를 하고서야 자리에서 일어나 생리현상을 해결

하러 몸을 일으킬 수 있었다. 맨날 입는 옷이 피부에 닿는 감촉이 갑자기 싫어졌다. 막 가렵고 따가운 것 같고 애초에 재단도 잘못된 것처럼 거치적거렸다. 사타구니나 겨드랑이같이 살이 접히는 부분들이, 마치 어제 태어난 사람인 양 새삼스레 불쾌했다. 책상에서 물건이 떨어져서 주우려고 허리를 굽히면, 물건을 잡은 상태 그대로 허리는 펴지 않은 채 한숨을 푹푹 쉬었다. 한참 그러다가 그냥 의자에서 엉덩이도 미끄러뜨려 물건과 함께 몸뚱아리도 바닥에 보내버렸다.

그렇게 책상 밑에 누워 있다가 문득 과거 어느 날에 대한 생각을 했다. 나는 그때 한창 정신과 약발이 잘 받기 시작하여 제법 평온한 마음을 경험하고 있었다.

"남들은 평소에 이런 마음으로 살았던 건가요?"

나는 이렇게 정신과 선생한테 물었다. 그것은 어떤 평행우주에 온 듯한 느낌이었다. 갑작스러운 감정기복과 닥쳐오는 우울 같은 것이 없는 평안한 마음을 누군가는 갖고 살고 있었다니……

아니, 인생 너무 쉽게들 사는 거 아녀?

지금 이 순간만 해도 그렇다. 이런 우울의 한복판에서 나는 어처구니없게도, 써놓은 글들이 마음에 안 들어 다시 글을 쓰고 있다. 이상한 오기, 돌아보면 가당치 않을 완성도 같은 것들에 대한 집착이 이 무기력의 한복판에서 일어나, 모든 상황을 더 힘들게 만들고 있다. 그래도 이걸 다 쓰면 성취감이라는 것이 있을 것이다. 그리고 그것이 나에게 옳지, 하는 사인을 보내줄 것이다. 이렇게 또 한 걸음 한국인이 되어간다.

어제는 무엇이 이 무기력을 만들었을까에 대해 생각했다. 너무 많은 일을 했는지도 모르겠고, 영원한 동반자 호르몬 때문일지도 모르겠고, 코로나가, 햇빛 부족이, 미세먼지가, 니가, 인마, 이 세상이!

그러니까 결론은 이래저래 그냥 나는 원래 이런 인간인 것이다. 이런 인간인 것이 먼저인지 이런 나를 만든 세상이 먼저인지 간에, 아무튼 내가/이런 나로/이런 세상에서/이렇게 살아야/한다는 것만이 가장 명확하게 붙잡을 수 있는 현실이다.

바닥에 누워보면 책상 상판 밑이 어떻게 생겼는지 보인다. 조금 몸을 굴리면 의자 상판 밑도 보인다. 그리고 천장에 붙은 형광등은 어느 방향에 있든 눈이 부시지만 스위치는 너무 멀어서, 핸드폰을 들어 하늘을 가리려 하게 된다. 그러다가 아, 책상 밑으로 머리를 넣으면 된다는 것을 깨닫고 무릎을 세워 발바닥과 바닥의 마찰을 이용해 몸을 쭉 민다.

이반
지하의
말

“ 무기력감을 호소하시는 분들이 있어요. 죽고 싶고, 부모한테도 미안하고…… 그런데 무기력감은 미안한 게 아닙니다. 내가 무기력해서 뭐가 안 풀리는 게 아니라, 뭔가가 힘들기 때문에 무기력감이 오는 거예요. 그러니까 무기력감은 어떻게 보면 골절 같은 거죠. 난 지금 조금 다친 상태인 거예요. 그 상태를 받아들이고, 나를 돌보는 걸 더 우선순위에 두어야지, 나 왜 이렇게 무기력하지, 난 무기력해서 문제야 이런 식으로 몰아붙이면 너무 힘들 것 같아요. 그러지 않았으면 좋겠어요.

무기력감은 되게 큰 트라우마 이후에 오기도 하고요. 우리나라에서는 무기력감을 게으름, 나태함 같은 것과 많이 연결을 짓지만, 그럴 만해서 그런 거예요.

이럴 땐 제때 맞춰서 밥 먹고 머리 감고, 그런 것도 너무 큰 일입니다. 그러니까 살아 있는 게 일인 거죠. 내가 그 수고를 하고 있다는 걸 스스로 잘 생각하고 달래주면 좋을 것 같아요. 산다는 것은 존나 많이 힘든 겁니다. ”

_〈월간 이반지하〉 8호

어메니티 어메니티

도저히 참을 수가 없어 충동적으로 당일 오전에 호텔 1박을 예약했다. 가슴이 터질 것 같은 기분을 느낀 지 거의 2~3주째에 접어들던 참이었다. 잠은 잘 잤는지, 약은 잘 먹었는지, 햇빛은 잘 보고 몸은 적당히 움직였는지, 아 나도 그런 걸 다 혼자 문답하고 나서 벌인 일이었다. 기본적으로 작정하고 떠난 여행이 아니고서는 잠자리가 바뀌는 걸 그리 즐기지는 않기 때문에 마지막 순간까지 고민했다. 그러다 결국 호텔 1박이 이 답답함을 해소해줄지 아니면 소용없다는 깨달음을 줄지는 모르겠지만, 일단 시도해봐야겠다는 결론을 내렸다. 고민할 수 있는 상태일 때 움직여야 더 큰 번아웃의 파도를 막을 수 있다! 물론 인스타그램에 호캉스 홍보가 많이 올라와서 혹한 것도 사실이다!

하룻밤 자는 것이지만, 호텔에서 하고 싶은 것들 조금씩과 잠옷을 가방에 넣다보니 백팩 하나가 금방 가득 찼다. 나는 꽤 무거워진 백팩을 메고 약 5~6킬로미터 거리에 있는 호텔까지 걸어간 후, 호텔 욕실에서 모든 것을 해소할 계획을 짰다. 때마침 기온이 영상으로 가파르게 오르면서 나는 본의 아니게 예상보다 더 많은 땀을 흘리며 호텔 입구에 도착했다. 체크인을 하러 줄을 서서 호텔 직원들을 멀찍이서 바라보고 있자니, 예전 호텔 노동자로서의 기억이 새록새록 떠올랐다. 언제까지 새록새록할지 모르겠지만, 보통 나는 항상 새록새록해하면서 아는 척하고 싶어하는 편이다.

드디어 조용하고 춥다는 10층 복도 끝 방에 당도하여, 마스크부터 거칠게 벗었다. 하지만 바로 소중히 문고리에 걸었다. 착착착착 와르르 백팩에서 모든 것을 꺼내고, 최고의 시간을 보내기 위한 조명과 음악 세팅에 들어갔다. 가볍게 샤워를 마치고, 드디어 시작된 욕조 타임! 오면서 급히 산 배스밤을 싸악 풀었다. 분명 나중에 피부가 아주 건조해지겠구나 하는 예감이 있었지만, 아로마오일향이 제법 싸구려 싸구려 올라와서 뭐 이 정도면 됐다 싶기도 했다. 호텔에서 주는 샴푸, 린스, 몸비누, 막 어메니티 이런 걸 머리맡에 전시하고 욕조에 쏙 미끄러져들어갔다. 무거운 백팩을 이고 지고 오느라 굳었던 온몸이 뜨거운 물 속에 사르르 녹아내리는 것 같았다. 그리고 굳은 근육이 다 녹아갈 때쯤, 뜻하지 않게 2019년 11월의 기억이 사르르 올라왔다. 이 기억이 올라올 것이라고는 예상치 못했는데, 기억이라는 놈은 원래 그런 식이다.

그날도 이렇게 급히 집을 나섰다. 겨울로 가고 있던 그때는 해가 무척 짧아져 이미 밖은 깜깜했고, 나는 보호장막을 두르듯 크고 비싼 택시를 불러 내 몸을 실었다. 전화기 너머 목소리는 이곳에 모든 것이 있으니 그냥 얼른 몸만 오라고 했다. 속옷이며 세면도구며 다 있으니, 그냥 얼른 오기만 하라고. '아무것도 챙길 필요 없이 그냥 오라'는 말이 그렇게 강력한 것인 줄은 그때 처음 알았다. 망설임이 밀고 들어올 틈, 용기가 꺼져버릴 틈을 주지 않는 그토록 강력한 말이 그것이었다.

유리문 앞에서 조금 망설였다. 그러다 마침내 힘차게 열고 들어가자, 나와 통화했던 선생님이 나오셨고, 나는 전원을 끈 핸드폰을 그에게 맡겼다. 그는 나 말고 다른 이들이 여럿 머물고 있는 이 공간과 규칙들을 설명해주고, 작은 파우치 하나를 챙겨주었다. 핸드폰도 음악도 책도 그림도 필요 없었다. 나에게는 이 공간과 건네받은 작은 파우치, 쉼터 어메니티만 있으면 되었다.

그때 이런 생각을 했다. 나는 이 경험을 잊지 못할 것이라고. 아무것도 가져올 필요 없고 그냥 당신만 살아서 오라는, 그 대단한 두 팔 벌림 앞에 섰던 강렬함을 평생 잊을 수 없을 것이라고. 살면서 그런 호의를, 받아들여짐을, 이곳에 당도해냈다는 이유만으로 주어졌던 잠자리와 밥과 어메니티를 어떻게 잊을 수가. 나는 나도 언젠가 누군가에게 이런 어메니티가 될 수 있을까 생각했다.

이 글을 어떻게 마무리해줄까.

그냥 하려던 얘기는, 호캉스를 갔고 거기서 어메니티를 보니까 쉼터 어메니티가 생각났다 뭐 그런 얘기다. 아니 뭐 다들 그런 기억 하나쯤은 갖고 사는 거 아닌가?

아니니?

이반지하의 말

“ 여성긴급전화 → 1366 ”

PART 4

유머리스트 이반지하

괜찮아, 웃기면 돼

유머리스트Humorist

직업 유머리스트.

유머리스트는 글이나 대중 연설에서 유머를 사용하는 지식인이지만 웃음만을 추구하는 예술가는 아닙니다. 유머리스트는 청중을 웃게 만드는 사업을 하는 쇼비즈니스 엔터테이너인 코미디언과는 다릅니다. 경력 과정에서 지식인과 코미디언, 두 가지 역할을 모두 수행할 수 있습니다. (출처: 위키백과, 영어에서 번역됨)

얼마 전에 넷플릭스에서 레즈비언 작가 프랜 리보위츠와 마틴 스코세이지 감독의 인터뷰와 대화로 만들어진 다큐멘터리 〈도시인처럼〉을 보았다. 거기서 프랜 리보위츠의 과거

영상자료 중에 그를 'Author/Humorist'라고 표기한 것이 눈에 확 들어왔다. 유머리스트. 뭔가 맘에 드는 말이었다. 한국말로 좋은 대체어가 있으면 좋겠는 데, 재담꾼 정도 되려나. 암튼 나는 내 직업 중에 하나가 이것인 것 같다. 물론 코미디언 같기도 한데 저 말이 쫌 맘에 들어서 SNS 프로필에 슬그머니 넣어봤다.

고등학교 때였나. 가장 친했던 친구의 편지가 기억난다. 그 친구는 이렇게 말했다.

나를 이렇게 숨막힐 정도로 웃길 수 있는 사람은
세상에 정말 너뿐이야!

그럼, 그럴 수 있는 건 나뿐이야,
라고 나도 생각한다.

나는 웃긴 사람이다. 아마 나처럼 웃기는 방식을 좋아하는 사람들에게라면, 세상에서 제일 웃길 수 있다고 자신한다. 왜냐면, 음…… 그냥 안다.

어릴 때는 나댄다고 욕을 많이 먹었다. 그리고 '웃기는 여자'는 '남자'에게 인기 없다는 얘기도 아주 많이 들었던 것 같다. 그 말은 마치 '너는 영원히 실패할 거야' 같은 말이어서 항상 나를 주춤하게 했다. 지금도 그렇지만 '당연히' 모든 사람에게 내 유머가 먹히는 건 아니라서, 말을 함부로 한다는 말도 '으른들'에게 많이 들었다. 뭐 크게 혼난 적도 많이 있었던 것 같다. 지금은 웃김 성공 확률이 훨씬 높아져서, 혹은 될 자리 안 될 자리를 더 잘 보게 되어서인지, 웃김에 실패한 기억보다는 성공한 기억을 더 많이 가지고 있다.

경계를 가지고 노는 게 나에게는 제일 웃겨서, 남들도 그런 방식으로 웃길 때가 많은 것 같다. 이러쿵저러쿵 결국 뭔 소리를 하는지 알 수 없는 게 좋다. 말도 안 되는 움직임과 슬랩스틱도 너무 좋아한다. 춤을 계속 추는 이유 중 하나도, 웃긴 동작을 하고 싶을 때 생각대로 몸을 움직이고 싶어서 그런 것도 있다.

아마 나는 계속 웃긴 사람이었는데, 대학에 와서 페미니즘 운동에 깊게 빠져들면서 유머에 대해 내외부적으로 검열을 많이 하기 시작했던 것 같다. 전에도 근본 없이 웃기는 스타일이었는데, 아무래도 진지한 운동판 안에 발을 좀 담그게 되다보니 유머보다는 좀더 진지하고 엄숙한 쪽에 끌리는 시간들이 있었던 듯하다.

2000년대 초반 페미니즘에 진심이던 시절에는 진지한 글을 쓰고, 논리적 반박을 숨도 안 쉬면서 하고, 말과 행동이 절대로 일치하는 그런 사람이 너무 멋지다고 생각했다. 그래서 그런 사람이 되려고 노력도 많이 했던 것 같다. 그런데 그 과정에서 문제들이 발생하기 시작했다. 우선 진지한 글은 재미가 없어서 세미나 같은 것을 해도 나는 책을 끝까지 읽기가 참 힘들었다. 항상 다 읽어온 척은 했다. 또, 똑 떨어지는 논리적인 글을 잘 쓰는 사람이 되고 싶었는데, 잘 되지 않았다. 에라이, 나는 그림이나 그려야겠다 생각이 들어서 그때부터 글은 절대로 쓰지 말자 싶었다. 괜한 글을 남겨서 나중에 누군가에게 책잡힐까봐 두렵기도 했다.

페미니스트는 말싸움을 엄청 잘해야 해서 각종 말싸움에 대비해보기도 했는데, 이게 결국 '대응'하는 말하기를 하게 되어서 매우 피로했고, 또 무엇보다 그런 논리적 말하기는 생각보다 세상에 먹혀들지 않는다는 것을 금방 알게 되어 그에 대한 관심이 어느 시점엔가 뚝 떨어져버렸다.

나는 대학 시절, 논리로 한 사람을 이기면 그가 나와 같은 입장이 될 거라고 진심으로 믿어 의심치 않았다. 그런데 인간은 그보다 훨씬 복잡했고 마음처럼 움직이는 것도 아니었다. 그리고 누군가가 언행일치를 너무 잘해서 롤모델로 삼으려고 보면, 꼭 그 사람의 이면을 발견하고 깊은 실망감에 빠지게 되었고, 정말 만년에 한 번 그런 사람을 발견했다 싶어 다가가보면, 와 정말 보는 것만으로도 숨이 막혀서 나는 절대로 저렇게 살 수 없다는 것만 확인하게 되었다. 결론은 나는 '활동가'도 '학자'도 아니었다는 것이다. 나는 그것을 깨닫고 무릎을 탁 쳤다.

대학 시절 내내 교수들, 복학생들과 싸우고 일상에서도 자꾸 부대끼니 활동가가 된 부분이 있었지만, 나는 사실 내가 생각한 것보다 훨씬 더 예술가적인 사람이었던 것이다. 그 시절 내가 경험하고 체화한 페미니즘과 소수자성에 대한 감수성은 여전히 나의 기저에 중요한 요소이지만, 나는 그와 더불어, 혹은 훨씬 더 뿌리깊이 예술가로 태어나고 생겨먹은 인간이었다.

그것을 인정하자 자연스럽게 나사 풀린 인간이 되었고, 주변에도 진지한 인간들은 떠나가고 어느 정도 나사 풀린 인간들이 곁에 남아 내 얘기를 듣고 웃어주고 그렇게 흘러가게 되었던 것 같다. 그리고 이러고 나니 무엇보다도 마음이 훨씬 편해졌다. 그냥 다 뭐 어때 싶은 마음이 들었다. 아무렇게나 말하고 뒤죽박죽 섞어 말하고 이 얘기 저 얘기 붙여서 말하고 말도 안 되는 얘기 하고 그런 거 너무 재밌다. 실제로 우리 사는 것도 다 이렇게 엉망이다.

나는 악보를 보고 악기를 연주하기 전에 눈으로 미리 몇 마디를 앞서가듯이, 순간순간 상황을 보고 조금씩 앞을 내다보면서 말을 만들어내는 것이 특히 재밌다. 물론 이렇게 하는 것은 '즉흥'의 영역이라 웃김 실패의 확률도 엄청 큰데, 그만큼 성공했을 때의 희열도 엄청나서 아드레날린 분출이 어마어마하다. 활화산 같은 아드레날린 속에서 긴장도 높은 웃김 도박이 시작되는 것이다.

당연히 판돈이 높을수록 미쳐버리는 것이라서, 위험한 농담이 세상 최고일 수밖에 없다. 물론 이것도 선이 있기 때문에, 때맞춰 꼬리를 잘 내리는 것도 아주 중요한 능력이다. 물론 사람들은 백만 번 웃겨도 딱 한 번 잘못해서 안 웃긴 걸 뭐라 하려고 드는데, 굴하면 안 된다. 걔네도 나중에 웃겨주길 기다리고 있다고 믿고 계속 기술을 연마해야 한다. '연마'라고 하니 대단한 연구를 하는 것 같지만 그렇지는 않고, 또 그렇게 안 하는 게 핵심이다.

그냥 아무렇게나 재밌게 살고 싶을 뿐이다.

이반
지하의
말

“유머러스하다…… 제가 웃긴가요?”

전혀 아닙니다. 단 한 번도 웃기려고 한 적 없습니다. 한 번도 즐긴 적 없습니다. 만약에 이런 저에게 조금이나마 세상을 기쁘게 하는 능력이 있다면, 그런 작은 불씨라는 것이 있다면, 그것의 중심에는 고통과 억압이 있다, 라고 말하고 싶습니다. 고통 없는 웃음은 없는 겁니다.

집안이 화목하면 웃길 필요가 없지. 나와서 광대 짓을 왜 하냐? 내가 뭘 해도 엄마 아빠가 웃어주는디? 우린 눈치 보고 애를 쓰는 거지……

유머러스해지고 싶다, 그러면 어린 시절부터 큰 고통을 겪으면서 사춘기 때 크게 방황하고, 그러면서 내 살길 찾아서 단절도 경험해보고, 다양한 (성적) 경험과…… 차별과 억압을 통해서 어떻게든 웃을 일을 만들기 위해서…… 그렇게 살아온 사람이 있다고 합니다.

들은 얘기예요.

_〈월간 이반지하〉 5호

베그노스의 추억

3인의 친구들과 함께 차를 타고 멀리 갔다가 돌아오는 길이었다. 우리는 저녁으로 뭘 먹으면 좋을까 두런두런 대화를 나누고 있었다. 나는 이제 제법 성장하여 차를 가진 친구도 있다는 것이 괜히 우쭐했다. 내게 자가용을 얻어타는 일은 언제나 긍휼히 여겨지는 느낌이 있어, 그저 감사하고 또 감사한 마음이었다. 거의 지면에서 수직에 가까운 자세로 뒷좌석에 앉아 있었지만, 나는 그저 행복했다.

그래서였을까, 저녁을 뭘 먹을지에 대한 논의를 조금은 주도하고 싶은 마음이 들었던 것은. 맛집에 빠삭한 친구들 사이에서 뭐라도 의견을 내고 싶어, 집에 가는 길에 들를 만한 맛집을 핸드폰으로 검색하기 시작했다. 많은 사람들이 알고 있겠지만, 맛집을 찾는다는 것은 정말 쉽지 않은 임무다. 단순히 어떤 집이 맛이 있느냐 없느냐를 떠나서, 지금 그곳에 갈 멤버들의 인원수와 이후 동선, 입맛과 위생 성향, 이전 식사 메뉴까지를 고려해야 하는 니미 중노동인 것이다.

누군가는 아 그냥 다 같이 얘기를 잘 나누면 되는 것이 아니냐는 순진한 이야기를 할지도 모르겠다. 그러나 나는 그런 방법보다는 아래와 같은 철학을 바탕으로 사고와 행동을 전개해나갔다.

우리 모두는 결국 개인의 집합이며, 개개인은 같고도 다르다. 그러므로 나라는 개인이 자신의 내면에 깊이깊이 진심으로 몰입해낼 수 있다면, 그것은 어느덧 보편에 닿기 마련이라는 것을 나는 오랜 세월, 대략적으로 10년 이상 믿어왔다. 그래서 나는 그 순간 나 자신에게 집중했다. 지금 나의 기분, 배고픔의 의미, 내장의 느낌 등……

마침내 나는 전골이나 탕류의 따끈하게 속을 덥히면서 씻어내릴 무언가를 먹자고 제안했다. 대다수의 코리안에게 먹힐 메뉴여서가 아니라, 우리가 차에 타기 전 마지막으로 먹은 메뉴가 버터가 충분히 들어간 스콘이었기에 이르게 된 제법 합리적인 안案이었다. 멤버들은 긍정적으로 동요했다. 그렇게 내가 모두를 설득했다고 확신했던 바로 그 시점, 근처 전골집을 핸드폰에 검색해보려던 찰나,

별안간 옆자리의 1인이 외쳤다.

"베그노스, 베그노스로 가자!"

그러자 앞좌석 레즈비언1이 발작처럼 외쳤다.

"안 돼! 그러면 나 너무 추억여행이야!"

기묘한 침묵이 잠시 뒤를 이었다.

그렇다.

무릇 레즈비언이라면 뼈아픈 사랑 이야기 하나쯤은 품고 살게 마련이다. 그래서 긴 설명 없이도 나는 이 모든 게 뭔 맥락인지 바로 알아차릴 수 있었다.

레즈비언1은 한 여자를 사랑했다. 그녀도 이 레즈비언을 사랑했다. 그들의 사랑은 예뻤지만 못나기도 해서, 결국 이별을 택할 수밖에 없었다. 이별의 생채기는 사람마다 다르게 남는다. 레즈비언1에게 그것은 사랑했던 그녀와 함께 갔던 레스토랑이었다.

무릇 레즈비언이라면 뼈아픈 사랑 이야기 하나쯤은 품고 살게 마련이다.

이탈리안 레스토랑 베그노스—

이국적인 이름만큼이나 현지화에 성공한 뜨끈한 한뚝배기 크림파스타와 리조또류의 메뉴가 어마무시하게 맛있는 그곳. 그곳에서 둘은, 둘만의 오붓한 시간을 추억이란 이름으로 쌓아갔던 것이다.

허지만,

하늘도 무심하시지.

이들이 하는 짓은 동성애였던 것이다.

하늘이 가끔 오케이하는 이 사랑을,

하늘이 쉽게 허락할 리 만무했다.

사랑했다.

하지만 헤어져야 했다.

그리고 둘이 함께 공유했던 그곳은,

버려진다,

잊혀진다,

세월은 흐른다.

그리고 그 레즈비언은 오늘,
친구들과 함께 탄 차의 조수석에서
맡은 바 충실히 내비를 읽어주다가,
베그노스—라는 익숙하지만 뼈아픈 그 레스토랑의 이름을 다시 듣게 된 것이다.

나는 말을 아끼고자 했다. 하지만 동시에 평소처럼 나불댔다.
"그냥…… 우리가 다 같이 가서 '새로운 추억' 쌓으면 안 돼? 그냥 가자, 베그노스. 오늘 우리랑 처음 가는 거로 하는 거야, 어때?"
내가 한 말이었지만, 제법 낭만적이고도 배려가 담뿍 담긴 여성적 일갈이었다. 레즈비언과 그 친구들은 다시 한번 서로의 간을 보며 긍정적으로 동요하는 듯했다. 그러다 이내 모두의 마음이 한곳으로 모아졌다.
"그래, 그러자! 우리, 베그노스로 가자!"

차는 달렸다.
하나는 운전을 했고, 레즈비언은 내비를 읽었고, 또다른 하나는 내비 읽기에 참견했다. 오직 나만이 창밖을 보며 이 순간을 직립된 척추로 만끽했다.

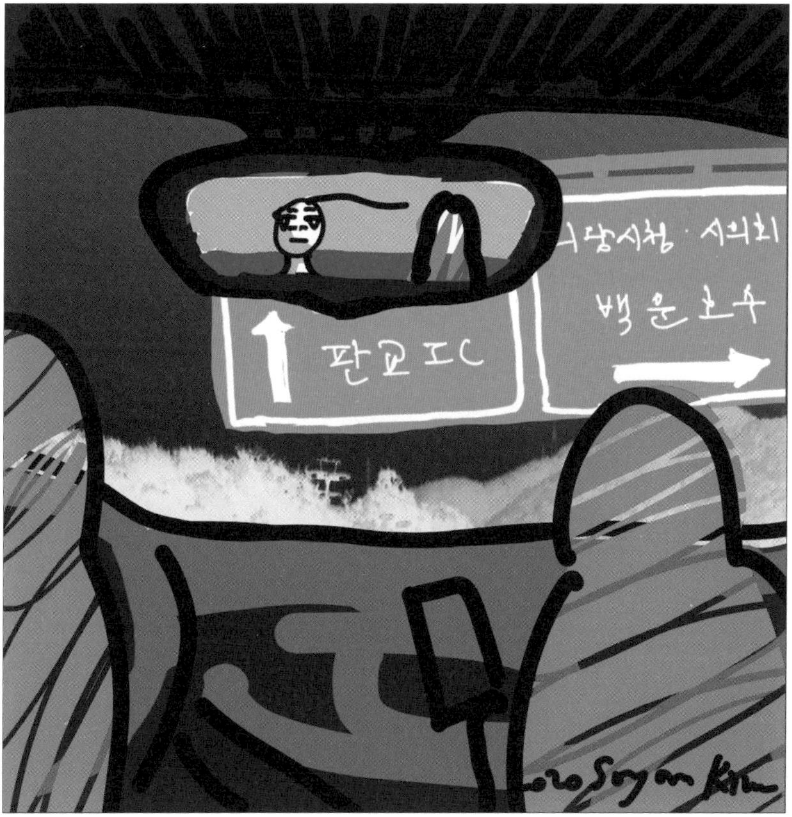

허지만, 하늘도 무심하시지.
이들이 하는 짓은 동성애였던 것이다.
하늘이 가끔 오케이하는 이 사랑을,
하늘이 쉽게 허락할 리 만무했다.

얼마나 시간이 지났을까.

무심코 창밖을 보던 내 눈은 어느새 전면 유리로 옮겨갔고, 차는 곧 커다란 녹색 도로표지판 밑을 약속처럼 지나갔다.

이반
지하의
말

엄마가 순결에 대해
이렇게 묻잖아요.

"우리 딸은 하느님 앞에
부끄러움 없겠지?"

그럼 이렇게 한 번만
돌려주란 말이에요.

"엄마는? 엄마는 어때?"

여기까지 가줘야 돼요.

_〈월간 이반지하〉 7호

도래한 시대 도래미

저녁에 운동을 마치고 그간 신세를 졌던 친구에게 차를 한 잔 샀다. 친구와 최근 나의 집필활동에 대해 얘기하며, 나는 에세이 쓰는 게 제일 편하다고 했다. 그리고 집에 와서 글을 쓰려니 어느새 에세이를 쓰는 게 불편해졌다. 꼭 오늘 뭘 써야 하는 건 아닌데 갑자기 뭐라도 쓰고 자야 할 것 같은 기분에 휩싸였다. 가볍게 일상을 나누며 그 안에 어느덧 깨달음이 있는 좋은 글을 지금부터 써보려고 한다. 크게 속도감 있는 전개를 취하지 않을 것이므로 긴장 없이 즐겨주기 바란다. 나는 불편하게 쓰되, 당신들은 즐기라.

오늘로 나는 약 2주째 낮밤이 바뀐 생활을 하고 있는 중이다. 새벽 4시쯤 잠이 들어 오후 12시쯤 황망히 일어난다. 사실 그것이 어떤 지장을 초래하지는 않는다. 그냥 정오에 일어났으니 어리벙벙하게 앉아 있다가 아침 먹고 할 거 하고 볼일 보고 운동도 하고 씻고 등등 넘어가서, 새벽 3시쯤부터 잘 준비하고 자면 된다. 하지만 문제가 되는 지점은 햇빛이다. 정신병자에게 햇빛은 아주 중요한 요소이기 때문이다. 아니 사실, 인간 모두에게 소중하다. 미안. 아무튼 그래서 햇빛 받을 시간이 없거나 줄어드는 것은 좀 문제가 된다. 물론 이런 얘기를 하면 누군가는 말할 것이다. 하루만 딱 참고 일찍 일어나서 잠을 참고 남들 자는 시간에 자면 수면 시간이 딱 맞춰지지 않냐고. 진짜 아무것도 모르고 하는 소리다. 왜냐면 미안하지만 나는 지금 코로나 시대에 살고 있기 때문이다.

올해 대부분을 마스크와 자기 단속을 하며 살아왔던 나는 이제 뭔가를 참는 것이 아주 힘들어졌다. 잠이 오는데 그걸 참는 것도 화가 나고, 뭘 먹고 싶을 때 못 먹는 것도 화가, 아 그냥 막 난다. 원래 그렇지 않냐고 묻는다면 그건 그렇다고 하겠지만, 그러니까 내가 하고 싶은 말이 뭐냐면, 역치가 낮아졌다는 것이다. 코로나 상황으로 인해 기본 스트레스와 불안이 높아진 상태이다보니, 속이 금방 울화와 짜증으로 차오르는 상황이 된 것이다.

그래서 자꾸만 뭘 참기가 힘들어진다.

그래서 수면 조절 따위를 할 수 없는 것이다.

게다가 밤이 되면 꼭 커피가 먹고 싶다! 전 같으면 이것도 내일 아침에 먹자~ 하면서 잘 넘겼는데, 요새는 그러려고 하면 갑자기 짜증이 팍 난다! 내가 왜! 내가 왜 참아야 해! 하면서 확 여봐란듯이 먹어버리고 마는 것이다. 일탈이, 일탈이 결핍된다!

근데 이 코로나 상황이 참기 힘든 핵심적인 이유는 뭐냐면, 모든 사람들의 상황 해석과 그에 따른 행동지침이 다른 데에 있다. 이것은 수년 전 내가 잠시 절에서 생활했을 때의 상황과 비슷하다. 절에서도 속세처럼 각종 단속을 받게 되는데, 그럴 때마다 듣는 말은 바로 "절에서는 그러면 안 돼"이다. 이 말은 약간 만능 문장처럼 모든 사람들이 각자 다르게 활용한다는 점이 백미다. 그래서 서로는 서로를 단속하고 무한히 배려하다가 결국 사람들은 돌아버리는데, 지금 코로나 상황도 좀 그렇다. 각자의 '안 돼'가 많은데 그게 또 각각의 맥락으로는 합당해서 어쩌란 말이냐 분통이 터진다! 존나 통제! 근데 통제 없이는 유지될 수 없는 작금의 시대가 도래하고 말았고, 나는 그저 산다. 살아야 한다.

그 말인즉슨, 억지 휴식 없이는 버틸 수 없는 시대가 오고 말았다는 이야기다. 앞에 뭐든 쓰고 '~시대'라고 붙이면 꽤 있어 보이는 게 사실이다. 동시대에 살고 있는 주제에 시대를 꿰뚫는 척할 수 있기 때문이다. 하지만 사실 시대는 동시대의 누구도 뚫을 수 없다는 것이 우리네가 맞이해야만 하는 뼈아픈 진실임을 인식하도록 하자. 부디 시대를 꿰뚫지 말자.

그러므로 어허 조금씩들 물러나서 억지 휴식을 취하는 것이 무엇보다 중요한 오늘날이라고 할 수 있겠다. 일과 일 사이에 일어나는 휴식이 그냥 휴식이라면, 억지 휴식이란 굳이 뭘 만들어내서 휴식을 취한다 이 말이다. 집이 아닌 장소를 예약해서 낯선 곳에 굳이 굳이 가서 쉰다거나, 일처럼 휴식 스케줄을 미리미리 만들어놓는 일을 (내가) 지칭하는 말이다. 그런 짓 없이는, 이 통제와 '조심조심'적 일상을 영위하기가 너무나 힘들다. 한강에 가서 강을 보며 마스크를 벗고 앉아 있는 것 정도로는 더이상 쉬는 것 같지가 않아져버렸다.

그럼 이제 우리의 선택은?

무로 돌아가자.

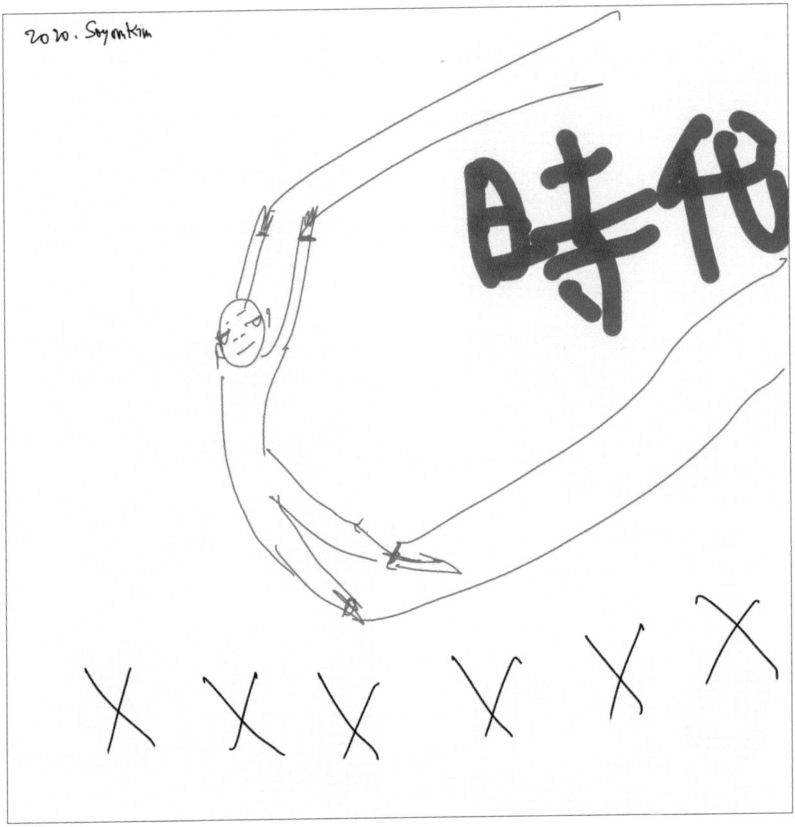

사실 시대는 동시대의 누구도 뚫을 수 없다는 것이 우리네가 맞이해야만 하는
뼈아픈 진실임을 인식하도록 하자. 부디 시대를 꿰뚫지 말자.

처음으로 돌아가자.

우리가 났던 그 자리,

태초의 그곳으로 돌아가자.

그곳은 보통 어머니 자궁이다. 어머니 자궁은 깊고 어둡고 암도 잘 생긴다. 결국 그곳에도 암 정도는 있다는 것을 알 수 있다. 그러므로 우리는 돌아갈 수 없다. 결국 이 자리이다. 너와 내가 있는 바로 이곳. 한발 한발 내딛는 하루하루가 하루하루뿐일지라도, 절대로 '하루하루'함을 잊지 말자. 즉, 하루가 힘들 땐 하루라는 말을 두 번 반복하자. 하루하루. 조금은 귀엽다.

이반 지하의 말

> **'저는 언제쯤 마음이 편해질 수 있을까요?'**
>
> **그런 때는 오지 않습니다.**
>
> **그런데 이게 니만 그런 게 아닙니다.**
>
> **전 인류가 불편한 마음으로 평생을 살다가 흙으로 돌아가는 겁니다.**
>
> **마음이 편한 상태라는 것은 없습니다. 그저 지금 짧은 행복들을 누리는 것뿐입니다.**

_〈월간 이반지하〉 8호

눈 후 산책

생각해보면 그렇게 밖에 안 나가면서 살고 있지는 않다. 집에서 일하고 있어서 집밖으로 한 발자국도 나가지 않는 날도 있긴 하지만, 실제로 핸드폰의 걸음 수 기록을 보면 못해도 이삼일에 한 번씩은 가까운 곳이라도 나갔다 들어온다. 그런데도 나는 걷는 것에 대해 괜히 절박해한다. 그냥 나가자! 볼일을 보고 오자! 같은 느낌이 아니라 '혹시 다리가 걷는 법을 잊어버리지는 않을까' 하는 두려운 마음으로 걷는 일을 챙긴다. 매우 오버라는 생각이 들지만, 자꾸 그런 상상이 든다. 뭐 평생 오버한다는 말을 듣고 살았으니 이거라고 별 수 있나 싶긴 하다.

집에 있는 날도 웬만하면 운동을 하려고 노력한다. 막춤이든 케틀벨이든 맨몸운동이든 몸을 움직이는 것에 신경을 쓰는 편이다. 몸이 굳으면 기분도 쉽게 굳어버리기 때문에, 몸보다 기분을 위해 하는 일이다. 그럼에도 이런 노력과 별개로, 다리가 땅을 딛고 걷는 법을 잊을 것만 같은 노파심에, 걷지 않은 날에는 '아, 오늘은 걷지 않았다'라고 꼭 라벨을 붙여놓듯이 나도 모르게 머릿속으로 체크하게 된다. 이런 마음은 어디서 오는 걸까.

어제는 집에 있으면서 내내 산책을 좀 다녀오자고 생각은 실컷 했는데, 어영부영 이것저것을 하다가 집밖을 나서지도 못했다. 그랬더니 세상에, 밤사이 기온이 영하 17도까지 떨어졌고, 서울 전체에 눈이 가득 쌓여버렸다. 배달앱들도 오늘은 안전을 위해 모두 멈췄다. 눈이 좋고 싫고를 떠나서, 어쨌든 하룻밤 사이에 산책 난이도가 한 뼘 이상 올라가버린 것이다.

그래도 오늘은 반드시 걸어야 한다고 아침에 일어나자마자 마음을 여러 번 다잡았기에, 패딩에 패딩을 걸치고 패딩이 되어 패딩을 신은 채 완연한 패션이 되어 밖으로 나아갔다. 아침까지 눈이 계속 내렸는지, 다행히도 길은 아직 빙판보다는 눈길에 가까운 쪽이었다. 그래서 조심스럽게 내딛은 첫발 이후부터는 꽤 담대한 걸음으로 성큼성큼 산책을 할 수 있었다. 아직 밟으면 뽀득하는 소리가 나는 거리 거리였다. 비록 강한 바람이 불 때마다 어딘가에 쌓인 눈더미가 날아와 뺨을 세차게 때리곤 했지만, 사람한테 맞는 게 아니라서 그런지 뺨을 맞았다고 딱히 더 불쾌하진 않았다. 그냥 맞는 순간 따갑고 차가웠고, 나는 눈을 읏 하며 감았다가 떴다.

크고 작은 이벤트가 사라진 요즘, 함박눈이라는 이벤트를 어젯밤 많은 사람들이 즐겼다는 걸 SNS를 통해 보았다. 그리고 그 흔적은 우리 동네 이곳저곳에도 남아, 내가 발견토록 해주었다. 눈이라는 게 환경이 많이 받쳐줘야 하는 까다로운 만들기 재료인 덕분에, 거친 개성의 즉흥성이 느껴지는 눈사람들을 여기저기서 많이 볼 수 있었고, 아직 제설 작업이 꼼꼼히 되지 않은 동네 공원에서는 엄마로 추정되는 큰 검은 패딩과 아이들로 추정되는 작고 검은 패딩들이 이제 막 나와 눈으로 뭔가를 빚고 있는 모습도 볼 수 있었다.

그곳에는 최근 목격하기 힘들었던 '흥분' 같은 것이 있었다. 우리가 으레 모른 척하려고 해도 연말연시면 어느 정도 전달받아서 느끼게 되는, 그 대代를 거듭한 특유의 흥분 말이다. 그것이 올해는 함박눈이라는 통제 불가능한 기상 이벤트를

거친 개성의 즉흥성이 느껴지는 눈사람들을 여기저기서 많이 볼 수 있었고, 아직 제설 작업이 꼼꼼히 되지 않은 동네 공원에서는 엄마로 추정되는 큰 검은 패딩과 아이들로 추정되는 작고 검은 패딩들이 이제 막 나와 눈으로 뭔가를 빚고 있는 모습도 볼 수 있었다.
그곳에는 최근 목격하기 힘들었던 '흥분' 같은 것이 있었다.

통해서야 겨우 스며나와 나에게도 전해지고 있었다. 바로 지금이 새해라는 느낌이 들었다.

그리고 너무 멀리 산책을 나왔다고 생각했다. 오늘은 맑고 쨍하고 하얀 순백색의 영하 13도였다. 패션이 가려주지 못한 무릎이 아려오기 시작했다. 사람들의 고생스러운 눈 비질 소리가 그때서야 비염이 막아버린 귀를 뚫고 여기저기서 들려오는 듯도 했다. 맞다. 지금도, 이 순간도 매우 새해다.

얼른 집으로 돌아가서 새해를 피해야겠다.

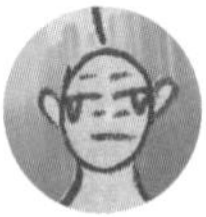

이반
지하의
말

“세월은 무섭지. 세월 그 새끼가 무섭지.”
그런데 저는 나이 얘기는 이젠 그만해도 되지 않을까 싶어요. 옛날에는 이런 얘길 들으면, 어차피 나이 먹은 사람들이 자기 위로하려고 하는 말이지, 이렇게 생각했거든요? 근데 진짜 별 의미 없는 것 같아요. 특히 전염병의 시대를 살다보니깐 내가 젊든 늙든 당장 내일의 일을 알 수가 없잖아요.

내가 내일 죽을 거야? 그럼 나는 지금 존나 늙은 거지.

그런데 50년 후에 죽을 거야? 그럼 나는 존나 쌩쌩하지.

그런데 언제 죽을지 알 수 있다? 없다!

만약 젊고 늙은 게 그렇게 중요하다면, 일단 내 남은 삶에선 오늘이 제일 젊잖아요? 오늘 해라!

그러니깐 마음 가는 대로들 살어. 왜냐하면 내 맘이 뭔지 아는 것도 너무 힘들기 때문에.

_〈월간 이반지하〉 8호

독수리 육체정신

리디셀렉트에서 연재 제안이 왔다. 최근 네이버에 웹소설을 쓰고 있어서, 어디선가 그것과 관련한 연재 제안이 올 거라고 생각했는데, 뜬금없이 에세이를 써달라는 이야기였다. 하지만 그 요청은 꽤나 타당하기도 했던 것이, 나는 〈영혼의 노숙자〉라는 팟캐스트에서 한 달에 한 번 '월간 이반지하'라는 제목으로 고민상담을 하고 있었기 때문에 아마 비슷한 톤의 상담코너 같은 것을 연재해주길 바란 것 같았다. 하지만 나는 뭔가 다른 걸 하고 싶어서 이래저래 제안을 했다. 상담은 이미 하고 있는 것이기도 했고, 지금 팟캐스트에서 하고 있는 식으로 상담을 '글'로 하게 되면 금방 좆되겠다는 생각이 들었기 때문이었다. 어쨌든 연재를 해야 돈이 벌릴 테니까 하긴 할 거고, 잘할 자신도 있었다. 왜냐면 나는 웬만해서는 다 잘할 수 있는 사람이 되었기 때문이다.

내가 생각 못한 것은 생각보다 내가 바쁘다는 사실이었다. 팟캐스트에서 인기가 수직상승하면서 월 1회를 넘어 거의 2회를 평균적으로 출연하고 있었고, 개인 유튜브 방송도 어쩌다 국가적 위기에 항거하기 위해 시작하여 월 2회를 꾸준히 하고 있었고, 또 거의 매일 쓰기를 요구받는 웹소설 연재까지 하고 있고, 자잘한 그노무 예술 프로젝트도 있었고…… 그리고 이번 달은 예전에 일하던 편의점 사장님의 부탁으로 노동 일정도 며칠 잡혀 있었다. 리디셀렉트 피디님은 온라인 미팅을 하고 며칠 뒤 친절하게 목차를 좀 짜보셨냐고 물었지만, 나는 사실 이제 그림도 집필도 해야 하니 마땅히 있어야 할 아이패드 프로와 펜슬을 검색해보았을 뿐이었다. 하지만 주말에 할 거라며 일단 한 3일 정도를 벌어놓고 지금 이렇게 모니터 앞에 경건하게 앉았다.

어떤 글을 써야 적당히 공감대를 이끌어내면서 통렬하고 시대를 반영하며 그와 동시에 나다움을 뽐낼 수 있을까. 꼭 그런 글을 써야 한다기보다, 그래야 리디셀렉트도 좋아할 것 같고 나도 좀 어떻게 살아보고 지금의 명성을 이어도 가보고 할 것 같다. 분명 세상 모든 것이 소재이고 내 인생은 나만 살아봤으니 쓸 거 너무 많다고 생각했는데, 어디서부터 시작하는 게 맞을지 조금 혼란스럽다. 많이는 아니고 조금 그렇다. 하지만 알고 있다. 이런 혼란은 그냥 사실 부딪치면 된다. 그냥 앉아서 뭐라도 치기 시작하면 뭐든 나오게 되어 있다.

키보드를 누르다보니 내가 독수리타법을 쓰는 것이 새삼 느껴진다. 게임을 통해서 자판을 안 보고 모니터를 보며 타자치기를 익히라는 얘기를 숱하게 들었지만, 나는 이상한 오기로 꾸준히 내 타법을 갈고닦는 것으로 그것을 대신했다. 나는 모든 사람들이 사용하는 타법을 쓰기가 싫었고, 원하는 것이 결국 '빠르고 정확하게' 타자를 치는 것이라면, 나는 내 방식으로 그 결과를 내주마, 하는 마음으로 이 타법을 지금까지 고수해온 것이다. 이제는 제법 모니터를 거의 안 보고 독수리 타자를 칠 수 있을 정도가 되긴 했지만, 중간 중간 후회도 하고 이제 와서 정통 타법을 익히려고 게임에 기웃기웃하기도 한다. 하지만 과연 고칠 수 있을까. 존나 이렇게 살아와버렸는데.

나는 태어날 때부터 컴퓨터 세대가 아니어서 중학교 때쯤부터 보고서 같은 것을 수기가 아닌 프린트물로 내라는 말을 들었던 것 같다. 그때 특히 국사 선생이 수기 보고서를 받아주지 않는 사람이어서, 매일 아침 자습 시간에 그가 받아주지도 않을 보고서를 손으로 급하게 써내려갔던 기억이 있다. 반에서 누군가 한 명은 꼭 A4용지를 몇 장 갖고 있었기 때문에 그걸 빌려서 면피라도 하려고 최대한 깔끔하게 써내려 애썼다. 당연히 선생은 보고서를 받지 않았고, 나는 숙제를 안 한 애들 중 하나로 분류되었다.

그 사람은 당시 선생 중에서도 진짜 아프게 때리기로 유명한 사람이었다. 나는 그깟 프린트를 안 했다고 이렇게까지 하나 하는 마음에 일부러 아주 뻔뻔하고 당당하게 매를 맞으러 복도로 나갔다. 선생은 손끝을 잡아 손바닥을 쫙 펴 매를 때리면서 내 얼굴에서 눈을 떼지 않았다. 존나 고통을 찾고 있었을 것이었지만, 나도 그만큼 고통을 감춰서 그에게 성취감을 절대로 주지 않겠다는 오기가 있었다.

지금 생각하면 모든 것이 미친 상황이었지만, 나는 아직도 그날의 복도를 생생히 기억하고 있다. 선생의 난닝구가 비치는 흰색 반팔셔츠, 몽둥이는 방망이 깎는 노인이 만든 듯한 매끄러운 나무작대기, 나는 미국 드라마 틴에이저처럼 눈을 굴리면서 분명히 뭔가에 저항하고 있었다. 무슨 폭력이나 비합리에 대한 저항 같은 대단한 게 아니라, 그냥 당신이 원하는

무슨 폭력이나 비합리에 대한 저항 같은 대단한 게 아니라,
그냥 당신이 원하는 것을 나는 절대로 주지 않겠다는
뚝심 같은 것이 나에게는 있었다.

것을 나는 절대로 주지 않겠다는 뚝심 같은 것이 나에게는 있었다. 나는 절대로 찡그리지도 울지도 않았고, 그때부터 신체의 고통과 정신을 조금 떨어뜨리는 방법을 익힌 것도 같다. 살면서 신체와 정신을 너무 일체시키면 안 되는 순간들이 오면 그때 그 복도가 생각나곤 한다. 물론 그렇게까지 생각나는 건 아닌데, 안 그러면 지금 글이 안 되니까 그렇게 써본다.

이반 지하의 말

"나도 나 자신이 싫지, 그런데 나는 또 나잖아. 나를 견뎌야 되는 거지. 이 삶을 살아야 하잖아. 너는 니로 태어난 이상 너를 견뎌야 돼. 이런 너를 견디는 것이 너의 길이다!

잘못은 누구나 저지를 수 있어요. 관계의 다이내믹 속에서 누구나 당연히 잘못할 수 있죠. 다 다른 존재니까. 근데 나를 견뎌야 합니다. 항상 착한 일만 하지 않는 나 자신도 견뎌야 그것이 정말 '으른'으로서 성숙해지는 것입니다."

_〈월간 이반지하〉 9호

시, 시, 시작

20××년의 일이다. 나는 당시 온몸이 아팠고, 온 얼굴이 여드름과 염증투성이였다. 나는 추상적 건강과 대체의학, 유사과학에 미쳐 있었다. 강박적인 비건 생식을 했으나 잠은 자지 못했고, 비타민으로 알파벳 도장 깨기를 하듯 여기저기를 기웃거렸다. 하지만 몸이 뭔지, 건강이 뭔지, 좋아진다는 게 뭔지조차도 막연해하며 별소리를 다 듣고 별짓을 다 하고 다녔다.

그래도 지금 생각나는 그때 잘한 몇 안 되는 일 중 하나는 등산 모임에 나갔던 것이다. 어떤 단체의 소모임 격으로 만들어진 등산 모임의 이름은 '오투O_2'였다. 산소를 먹겠다, 이 말이다. 한 달에 한 번, 일요일에 하는 그 산행은 지리산 등산학

교를 나오신 지도자 격의 회원님이 계시긴 했지만, 기본적으로 참석자 관리가 굉장히 엄격한 모임은 아니었다. 느슨하게 나올 수도 안 나올 수도 있는 모임이었다.

나는 산에 가는 것을 꽤 좋아했다. 모임에 함께 나오던 친구가 등산용 겨울 장갑을 줬고, 등산복은 정말 최저가 중에 그나마 품질이 좋은 것을 내가 골라냈다 믿으며 샀고, 그 와중에 발은 소중하지—하면서 고급 등산화를 할부로 샀다. 그저 건강하고 싶었다. 이름이 조금 부끄러운 모임이었지만, 이름 따라 좋은 공기를 쐬면 온몸의 염증과 고통이 조금이라도 좋아지지 않을까 생각했음을 고백한다.

나는 한동안 그 모임을 따라 꽤 열심히 산을 다녔고, 또 좀 지나서 그만두었다. 어쩌다 시작했고, 어쩌다 그만 나가게 되었다. 뭔가 이유가 있었을 건데 지금은 기억나지 않는다.

글을 쓰고 있는 지금, 사실 여차저차 그 모임과 관련된 많은 것을 아차차 잊었음을 깨닫는다. 하지만 아직도 선명한 기억과 느낌 하나가 있다. 바로 오투 회원들과 함께 산중턱에서 했던 백일장. 정확하게는, 그때 그곳에서 내가 썼던 그 모든 위대한 시詩를 기억하고 있다. 오투 회원들 4~5명과 함께 화창한 날씨에 등산을 시작하여 결국 추워서 내려왔던 그 산중턱, 그 백일장에서, 미친듯이 치솟아오르는 아트에 취해 나는 정말 많은 시를 썼다.

오늘은
투데이

오늘이 지나면
투모로우

오늘밤
투나잇

아마 그 순간 나는 굉장히 나 자신이었던 것 같다. '생긴 대로 살자'고 했을 때, 바로 그 나 자신의 생겨먹음에 완전히 납작 엎드린 그 순간. 어떤 반항도 부정도 없이 오롯이 나 자신의 난 자리를 그저 받아들이는 것. 그 생에 대한 체념과 복종, 그리고 놓여남.

나는 그날 아마, 다시 태어나지는 않았다. 몸이 기적처럼 낫지도 않았다. 정신과 마음은 해가 다르게 병들어 오늘날에 이르렀다. 그러나 적어도 지금 이 글을 쓰고 있는 이 순간의

아마 그 순간 나는 굉장히 나 자신이었던 것 같다.
'생긴 대로 살자'고 했을 때,
바로 그 나 자신의 생겨먹음에 완전히 납작 엎드린 그 순간.
어떤 반항도 부정도 없이 오롯이 나 자신의 난 자리를 그저 받아들이는 것.

나에게는, 당신네들에게는 없는 나의 시가 있다 이 말이다.

이반 지하의 말

“억지로 영감 주려고 하지 마. 내 영감 내가 만들어.”

_〈월간 이반지하〉 1호

플라타너스

통창 밖으로 플라타너스가 보인다. 한 사람씩만 들어와 띄엄띄엄 최대 4명이 앉도록 조정된 커피숍에 와, 지금 막 음료 한 잔을 마시고 마스크를 다시 쓴 참이다. 반팔을 입으면 서늘하고 긴팔을 입으면 덥다. 모자를 쓰면 햇빛이 가려지지만 마스크도 모자라 플러스 알파로 머리까지 완전히 덮여 아주 답답하다. 하지만 집에 올 때는 비가 와도 정수리가 안 젖어서 괜히 우쭐하다.

플라타너스.

이 말은 소리를 내었을 때 그 진가가 있다. 입술을 붙였다가 터뜨리듯이 '프'를 발음하고 'ㄹ'이 받아줬다가 '타'에서 한 번 더 터지되 앞서와는 달리 혀와 입천장이 'ㅏ'와 만나 소리를 싹 열어주고, 마지막 '너스'는 점잖은 마무리 같은 역할인데 특히 'ㅅㅡ'가 마지막에 온다는 점이 좀 아스라하다 할 수 있겠다.

마스크를 껴서 좋은 점은 아무도 몰래 혼자 플라타너스를 발음해보며 그 경쾌함과 다채로움을 즐길 수 있다는 것이다. 다섯 글자나 있는 덕에 앞 문단처럼 발음하기가 조금 질리면, 일단 '플'을 찍고 '라타—'까지 내려주고, '넛쓰—'를 뒤에 강하게 붙여 특정 지역색을 약간 도드라지게 해주는 것도 괜찮다.

도시의 플라타너스는 사이사이 전봇대를 끼고 전깃줄도 품는 넉넉함을 가지고 있다. 그래서 약간의 전자음을 넣어주는 것도 어울리지 않을까 싶은 생각이 든다. 그렇다면 '플' 부분은 아무래도 약간 '쁠'에 가까운 소리로 만들어 '쁠라'를 한 음절로 만들어 3회 정도 랙 걸린 듯이 발음해주면 좋겠다. '쁠라쁠라쁠라—' 그리고 못 이기는 척 '타너스' 역시 '따너써—'로 해주는 게 구색이 맞다. 뭔 말인지 다들 알 것이다.

지금 막 플라타너스 아래 시멘트 보도 위로 전동킥보드를 탄, '겉보기에' 남성이 연보라색 티셔츠를 입고 지나간다.

이렇게 들어가버리면, 플라타너스는 밝은 멜로디에 고개를 좌우로 약간 까닥거리며 부르는 곡에 어울리는 무엇이 된다. 하지만 이럴 거라면, 아까 당신은 전동킥보드를 타서는 안 됐다. 이런 음악에 전동킥보드는 너무 빠르고 자동적이랄까. 그래도 이런 엇나가는 부분들을 재주껏 맛있게 잘 버무려낸다면 옛 인디밴드의 모던록 정도로 만들 수도 있을 것 같긴 하다.

겨울이 되면 저 많은 플라타너스의 잎이 다 떨어진다는 것이 믿기지가 않는다. 사실은 작년 겨울에 이미 다 떨어진 꼴을 질리도록 봤다. 하지만 새삼 저 푸른 다량의 잎을 보고 있자니 잎이 한 장도 떨어질 것 같지 않다. 하긴 생각해보니 떨어지지 않을 수도 있다. 올해 들어 작년 같지 않음이 어디 한둘이었는가.

지금은 집에 돌아왔기에 나는 플라타너스를 보고 있지 않다. 하지만 다시 플라타너스를 생각한다. 언제나 자신의 사방이 노출되지만 뿌리만은 시멘트로까지 확실히 박혀 있는 플라타너스의 마음은 어떤 것일까.

당신은 알까요—
지금 막 플라타너스 밑을 지났다는걸—

아니,

플라타너스, 자네도 날 보고 있었다.

나도 자네처럼 사방을 무방비하게 노출한 채.

하지만 나는 뿌리박히지 못했음을 보았는가.

그러므로 너와 나는 너와 나임.

이미 네가 몇 번째 플라타너스였는지도

나는 잊었노라.

나는 그저 노래하리.

이반 지하의 말

"저는 삶의 가변성, 랜덤성에 완전히 지쳐버렸습니다. 예를 들어 코로나 사태 같은 것도 우리가 전혀 예상한 바가 아니지 않습니까. 아무도 상상하지 못한 미래를 우리가 살고 있잖아요. 저는 노후뿐만 아니라 미래라는 것이 과연 대비할 수 있는 것인가에 대해 진지하게 회의적인 생각을 갖고 있기 때문에, 순간의 유희를 중시하고 있습니다.

영속적인 것은 없고, 저는 제가 통제할 수 있는 게 많지 않다고 생각합니다.

요즘 코로나 록다운으로 힘든 시기에 자기계발하는 사람들 있거든요. 지금이 기회다! 취업 대비 공부하고…… 적당히 해. 이미 황인종으로 태어났으면 끝이야. 이미 경쟁에서 한참 뒤처졌으니까 우린 그냥 재밌게 살았으면 좋겠습니다."

_〈월간 이반지하〉 2호

존나

"그 말은 정말 하지 마……"

나는 스무 살이었고 나이가 열 살쯤 위인 동기였던 그는 미간을 가슴 아프게 찡그리며 말했다. 그와 나는 이제 갓 대학에 입학해 첫 학기를 함께 보내고 있었고, 함께 입학했다는 것 외에는 딱히 다른 관계성을 갖고 있지 않았다. 그 정도 사이였던 그를, 내가 진심으로 걱정하게 만든 것이었다. 왜냐면 내가 "존나"라고 말했기 때문이었다.

그 순간의 그는 시스젠더 헤테로 남성 1로서 웬만한 여성 및 유사 여성들을 평가할 생득적 권리를 자연스럽게 행사하고 있었다. 이때의 평가라는 것은 사랑해줄까 말까, 사귀어줄까 말까에 기반한 것이다. 쉽게 말해서 "남자들은 레깅스 입은 여자 싫어해" 같은 거다. 이런 말의 화자는 보통 귀한 정보를 나눠주는 듯한 태도를 보인다. "있잖아" "비밀인데" "너한테만 알려주는 건데" 뭐 그런 거. 그리고 이 정보는 너무 중요하고 대단한 것이라서 이 정보를 듣는 순간 바로 고쳐야 한다는 전제도 깔려 있다.

그날 나의 존나가 그를 그렇게 만든 것이었다. 그는 존나라고 말하는 유사 여성인 내가 행여나 어디서 여자 취급을 못 받을까봐, 사랑받지 못할까봐, 귀한 미간을 찡그려가며 애원하듯 충고했다. 애원하는 충고는 정말 어지간한 사랑 없이는 할 수 없는 것이라서, 나는 그 갑작스러운 진심과 숭고한 오지랖에 잠시 정지되었다. 하지만 그 말의 절댓값이 너무 커서 나도 모르게 고개를 바로 끄덕였다. 나는 존나라는 말을 쓰고 싶었지만, 사랑받고 싶기도 했을지 모른다. 혹은 그가 너무 진지를 빨길래 조금 민망했던 것도 같다.

지금 생각해보면, 그는 내가 남자에게 안 팔릴까봐 진심으로 걱정했던 마지막 사람인지도 모르겠다. 그는 분명 그때보다 늙었겠으나, 내 머릿속의 그는 그저 젊었으되 노안이었던 그 얼굴 그대로인 채로 나의 존나에 발작한다. 발작이란 말은 좀 심했다. 요동 정도 친다. 그리고 나는 그런 요동에 좀 익숙하다. 그 이전에 나를 걱정한 남자들은 꽤 많았고, 아, 여자들도 많이 있었다. 그들은 주로 나의 행동거지, 말투, 언어, 옷가지 등 여러 가지를 걱정했는데, 그중에 특히 많은 심려를 끼쳤던 부분은 내가 '웃기는 여자'가 되면 어떡하나 하는 것이었다. 웃기는 여자는 동성들이나 남녀 모두가 무리지어 있을 때는 인기를 얻지만, 결국 제일 중요한 우리 남성들에게는 그렇지 않다는 것이었다. 왜냐면 이들은 웃긴 여자를 여자로 보지 않기 때문이다. 어릴 때는 남자에게 여자로 안 보인다는 것은 인간으로서 가치가 없다는 말로 들려서, 웃김을 거침없이 펼치고 나면 뒷맛이 씁쓸한 적이 많았다.

'결국 또 웃기고 말았어' '나는 선택받지 못할 거야' 같은 생각 때문에 웃길 수 있는 순간에 일부러 나 자신을 억제해본 적도 있었다. 물론 내가 웃기는 것이 '매력적'이라고 말하는 애도 있었는데, 그 말 뒤에는 꼭 내 웃김을 '받아주는' 남자를 만나면 진심으로 꼭! 감사하라고, 그런 남자는 아주 드물고 아주 큰 사람, 너무나 너그러운 현자 중의 현자일 거라는 말이 따라붙었다.

아주 나중이 되어서야 그들에게 매력적으로 보이는 것이 존나 좆같은 일일 수 있다는 것을 알게 되었다.

이반
지하의
말

“우리 남성 친구들은 어떤 말을 해도 평생 누군가가 받아주고 들어줬거든요? 그래서 설득력이 약합니다. 최선을 다하지 않아요. 그냥 아무 말이나 뱉어도 다 들어줬거든요. 그런데 우리 여성 친구들은 어떻습니까. 목숨걸고 말을 해왔죠. 두드리고 두드리고 또 두드리고. 여성 친구들 언어 능력이 왜 발달하겠어요? 안 들어주니까. 그래서 여성 친구들 이야기가 조금 더 논리정연한 경향이 있죠.”

_〈월간 이반지하〉 5호

춤이여 땐스여라

오늘도 한마디 쓰게 뱉고 자려고 아이패드 프로 4세대를 열어본다. 오늘은 좀 내밀한 이야기를 해볼까 한다.

어제는 유튜브 라이브 방송을 했다. 나는 2020년 대서大暑부터 24절기마다 내가 만든 이반지하 엔터테인먼트 채널에서 라이브 방송을 하고 있다. 24절기를 한 바퀴 찍는 것을 목표로 삼기는 했지만, 어제는 아 그만할까 하는 생각이 들었다. 24절기 방송이라고 하면, 어쨌든 대강 한 달에 두 번이 되는데 이게 다른 스케줄까지 겹치니 너무 자주 대중과 소통하는 것 같은 기분이 들었기 때문이다.

근데 항상 라이브 방송을 할 때마다 꼭 뭘 준비 안 한 것 같을 때, 근데 그걸 적극적으로 인정하고 맞닥뜨릴 때 이상하게 허벌 잘되는 경우가 있다. 그건 내가 즉흥인간이기 때문일 것이다. 물론 무대에 따라서 차근히 준비할 부분도 있지만, 결국 그것의 완성은 해당 무대에서의 완전한 몰입이다. 아니 거짓말이고, 사실은 불완전한 몰입이다! 많이들 헷갈리겠지.

그 불완전한 몰입의 순간은 참으로 이상한 데가 있다. 조금 환상을 갖도록 말하자면, 이성과 비이성, 의식과 무의식이 비벼지는데, 아니 뭐 이런 어려운 얘기는 아마 해도 다들 잘 모를 것이지만, 대충 그런 것이다. 뭐라고 딱 집어 말할 수 없는, 그러나 물리적으로 내 몸 움직임 하나하나를 외적 내적 시선과 감각으로 보끼는('보고 느끼는'의 줄임말) 그런 감각이다, 이 말이다.

나는 우울증 걸음마 시절 발레를 시작했는데, 발레는 클래식답게 대칭과 균형, 또 그 안에서의 각종 이율배반과 모순에서 오는 억압과 자유의 쾌감이 큰 운동이었다. 6년 정도 목숨처럼 발레를 한 후, 여러 인연과 우연, 사랑과 진심, 육지와 바다 같은 것들 때문에 아프리카 댄스를 배우기 시작했다. 아프리카 댄스라는 말은 아시아 댄스 같은 말이어서 여러모로 논쟁이 있다고는 하는데, 그것은 다른 지면에서 다른 사람이

다루는 것으로 하겠다.

처음 아프리카 댄스를 배울 때는 수업 중간 중간에 좀 화가 났다. 아마 티가 났을 것이다. 아무리 취미로 했어도 발레를 했으니까 안무를 외우거나 하는 건 어떻게 할 수 있었는데, 이 춤은 뭔가 어디서부터 손대야 할지 모르겠다는 느낌으로 답 없이 어려웠다. 소위 말하는 '삘'을 맞춰가는 춤인 건데, 난 생처음 라이브 음악에 춤을 춰야 했고, 선생이 툭하면 라이브 젬베 연주 비트를 빠르게 빠르게 끌어올렸다. 그래서 할 때마다 숨이 막힐 정도로 헉헉대면서 우왕좌왕했다.

그러다 어쨌든 쪼끔은 나댈 수 있겠다 싶어졌을 무렵, 아프리카 베냉에서 새로 선생이 오셔가지고 아 또 이번엔 그렇게 '힙'하다는 아프로팝Afro-pop 댄스 수업을 시작했는데, 이게 또 다시 니미 시작이었다. 그래도 나는 또 꾸역꾸역 살으려고 나갔고, 몇 번 아마추어 댄스팀으로 무대도 하는 등 제법 어엿한 '어엿함'이 생겼다.

그러던 중에 지금 이 얘기를 하려고 앞에 발레부터 끌어온 것인데, 이제 진한 교훈이 있는 일화가 시작된다 이 말씀이다.

발레를 시작했을 때, 거울을 마주한다는 것은 내 머리부터 발끝을 통째로 정면승부에 걸어야 한다는 면에서 큰 도전이었다. 그것은 그냥 인정할 수밖에 없는 것을 정면으로 맞닥뜨리는 일이었다. 하지만 꾸역꾸역 그것에 익숙해졌을 무렵, 나는 동작을 정확히 체크하면서 움직이기 위해 내 쪽에서 먼저 거울을 찾는 족속이 되어 있었다. 거울이 잘 보이는 자리를 찾아 이 정도면 얍체 같지 않을 거야, 라는 생각으로 자리를 선점하려 애쓰던 시절이 있었다.

당연히 아프리카 댄스를 배울 때도 거울은 나에게 중요했다. '삘'을 모른다면 우선 모양을 그대로 따라 하는 게 중요하며, 아니 뭣보다 거울로 선생을 조금이라도 더 봐야 뭐라도 배워먹을 것이 아닌가! 그런데 자꾸 베냉에서 온 D선생은 툭하면 거울을 무시하고 부분동작 연습을 시켰고 나는 그게 너어무 답답했다. 아니 우리는 자기처럼 프로도 아니고 그냥 생존하려고 여기 와서 하는 건데, 거울이라도 있어야 지금 오른발인지 왼발인지, 왼손 다음에 오른 골반인지, 왼 골반이 오른 골반 뒤에 오고 있는지를 보고 따라 하는데! 아, 나중에는 못 참고 건의도 막 하고 그랬다.

그런데 그렇게 건의하면, 당연히 그 선생이 "아 맞다, 암쏘리, 니네는 아마추어인데 미안해—" 이렇게 나올 줄 알았는데, 굉장히 난감한 표정을 지으면서 "노" 그게 아니라고 했다. 아니, 아니긴 뭐가 아닌지 바로 알고 싶었으나 그는 그저 불어만 했다. 아니 영어도 물론 쫌 했는데 약간 퉁 치자면 그랬다 이 말이다. 몇 번의 노력이 들어간 대화 끝에 나는 비로소 선생의 말을 이해하게 되었는데, 특별히 우리 독자들을 위해 이곳에 요약을 해주고저 한다.

우선 베냉에서는 이렇게 거울과 바닥이 제대로 갖춰진 환경에서 춤을 추는 것이 드물고, 또 그렇게 거울에 의존해 춤을 춰버릇하면, 정작 그 춤을 출 때 가장 중요한 부분을 놓친다는 것이다. 그러니까 결국 '본질'에 대한 이야기인데, 본질 얘기 하는 사람은 일단 의심하는 편이라 좀 찜찜했으나, 요는 춤의 본질이라는 것에 대해 D선생과 나는 다른 개념과 이해, 응용을 가지고 있었다는 말이다. 겨우 거울을 얼마나 볼 거냐라는 단순한 질문일 수도 있지만, 나는 그 부분에서 약간 충격을 받았다. 거울을 보지 않을 때 출 수 있는 춤이 분명 있을 것 같았다. 그리고 왠지 베냉 사람 말이 맞는 것 같았다. 한국인이 한국 얘기하는 건 틀릴 것 같은데, 베냉 사람이 베냉 얘기하면 괜히 맞는 말 할 것 같다.

내가 나의 즉흥 에너지를 적극 활용할 때 나는 그런 감각을 느낀다. 앞에 거울이 있는 건 아니지만, 나는 이 순간에는 손이 올라가고 다음 순간에는 무슨 동작이 따라오고 하는 것들이 매우 빠르게 머릿속에서 회전한다. 이것은 굉장히 공

거울에 의존해 춤을 춰버릇하면, 정작 그 춤을 출 때 가장 중요한 부분을 놓친다는 것이다.
거울을 보지 않을 때 출 수 있는 춤이 분명 있을 것 같았다.

감각적이고, 눈앞에 거울이나 홀로그램 같은 것을 보는 느낌과도 유사하다. 그와 동시에 그 순간의 '삘'도 탈 수 있다.

그렇다. 하지만, 니네는 이렇게 말해도 모르겠지.

그렇겠지.

이반 지하의 말

"그래, 그렇겠지. 그럴 거야."

_〈이반지하 최초마지막단독인권콘서트〉

커터의 사정

아침에 일어나 영화 〈미드소마〉를 보고 있었다. 고어gore적인 부분이 있을 거라 예상은 했지만, 그럼에도 억 했다. 서너 번의 억 후에 화면이 멈췄다. 와, 진짜 편집을 지랄맞게도 했다 생각했다. 안 그래도 영화가 부분부분 슬로모션까지 쓰면서 제발 세세히 이 고어의 세포 한 겹까지 봐라 하는 느낌이었는데, 이제 아예 대놓고 멈추려나보다 해서 아오, 정말 이럴 일인가 싶었다. 하지만 예술일 수 있는 정지된 시간은 생각보다 길었고, 그제야 나는 인터넷이 끊긴 것을 깨닫게 되었다. 바로 인터넷 장비를 껐다 켜고, 신경질적으로 침대에 팍 몸을 던졌다. 그리고 그대로 잠이 들었다.

집주인 친구의 전화를 받고 깼다. 누가 인터넷선을 고의로 잘랐다는 것이었다. 공사하다가 빠진 게 아니냐 물으니, 딱 잘린 흔적이 있다고 했다. 그리고 그것은 위층에 살고 있는지도 몰랐던 한 할머니의 소행이라고 했다. 몇 년 전에도 가위를 들고 다니며 선을 끊은 적이 있었다는 것이다.

나는 빡이 쳤다. 전화번호를 달라 했다. 그러자 집주인 친구는 갑자기 사람 좋은 소리로, "아휴, 그냥 노인이 그런 거니까 아가씨가 저기 해"라고 했다. 저기 해, 라니. 코로나의 한복판에서 월세를 저기 해주지 않은 당신은 나에게 불쌍한 할머니 친구를 저기 해주라고 하고 있었다. 그럼 집주인 자기가 저기 해주든가 소리가 차올랐지만, 뒷일을 생각하며 물러났다. '저기 해'에 꽂혀 '아가씨'에는 일말의 저항심도 올라오지 않았다. 부동산 앞에 젠더트러블은 간데없었다.

집에 오니 이 모든 상황에 끓듯이 화가 났다. 할 일이 엄청 많은 날이었다. 물론 그런 날 치고 영화도 보고 낮잠도 잔 것은 사실이다. 허지만 인터넷이, 인터넷이 있어야 했다. 오프라인으로 처리할 수 있는 업무를 우선 한다—같은 선택도 할 수 있었겠지만, 아니 우선은 인터넷은 되는 상태여야 일을 할 수 있었다. 이건 진짜 각종 소프트웨어를 구독제로 만든 새

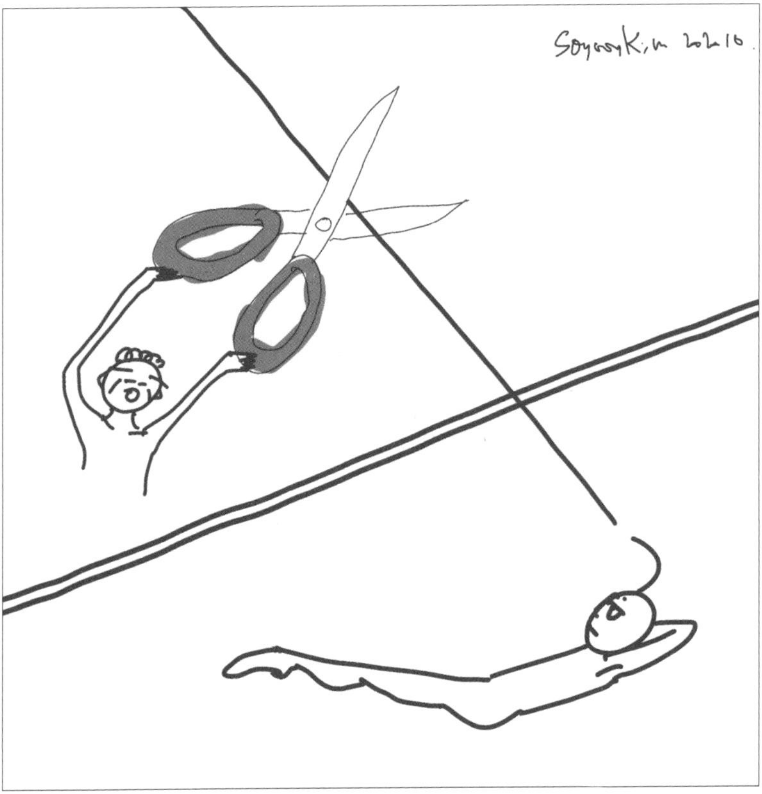

집주인 친구는 갑자기 사람 좋은 소리로,
“아휴, 그냥 노인이 그런 거니까 아가씨가 저기 해”라고 했다.
저기 해, 라니.
코로나의 한복판에서 월세를 저기 해주지 않은 당신은
나에게 불쌍한 할머니 친구를 저기 해주라고 하고 있었다.

끼들이 만든 밀실 같은 것이었다.

그리고 세상 노인들에게 다 화가 났다. 아니 지금 이러면 어쩌자는 이야기인가. 인터넷 회사는 여기가 한국이라는 사실이 무색하게도 이틀 밤을 잔 후에나 기사님을 배정할 수 있다고 했다. 짜증 파도가 높게 일었다.

아니 지금 나보고 뭐, 책이라도 읽으란 거야? 그래서 나는 책을 읽었다. 저번 달에 사고 바로 팔아야지 생각한 괴기소설을 읽기 시작했다. 밥도 먹었다. 저녁이 되니까 마음이 조금 가라앉았다. 조금 그랬다. 곧 인터넷 기사님 출장비를 결국 못 받아낼 것 같은 예감에 급분노가 치솟았다. 책을 내려놓고, 냉장고에 냉장된 음식쓰레기를 골라내어 봉투에 넣고 고이 묶어 버리러 나섰다.

쓰레기를 버리며 하늘과 우리집 건물로 이어지는 벽을 보니, 새삼 뭔지 모를 전선이 엄청나게 많다는 것을 확인할 수 있었다. 가닥가닥 서로 얽히다 오르다 내리다 둥글다 했고, 그게 끊어진 그 선인지는 모르겠지만, 선 몇 개는 과연 날카롭게 가위 같은 것으로 잘려 축 처져 있었다.

그렇게 집에 돌아온 나는 천장을 보며 지금, 위층 할머니 친구의 선택에 대해 생각한다. 그가 잘라버린 몇 개 되지도 않는 선 중에 나의 인터넷선이 있었다. 왜 그 많은 것 중 나의 인터넷이었을까. 나의 인터넷은 어쩐지 손이 가는 묘한 끌림이 있는 선이었을까, 아니면 하나씩 당겨봤을 때 요놈이다 싶은, 그런 정확한 타깃으로 지정되어 잘려버렸을까. 불어오는 바람에 나의 인터넷이 살랑살랑 말을 걸었던 것은 아닐까.

할머니, 당신의 선택은.

나는 아마도 랜덤으로 여겨지고 말 이런 선택들 속에 감춰진 내적 알고리즘이 궁금해진다. 사람들은 '치매'라고 하겠으나 당신의 선택은 분명 당신만의 얼척없는 맥락이 있었을 것이다.

비슷한 연배일 텐데도 집주인 친구는 꼬박꼬박 그를 '할머니'라고 지칭했다.

치매 할머니.

세상엔 치매나 광狂이라고 퉁 치고 넘어가기엔 아까운 이야기도 분명 있다. 위층 커터cutter(자르는 자)는 자식들도 연락이 안 된다는 것으로 보아, 나에게 어떤 보상을 해주지는 않을 것 같다. 나의 인터넷은 이번에 복구되어도 언제 또 어느 틈엔가 커팅을 당할지 알 수 없다.

갑자기 화초 가꾸기를 좋아하는 집주인 친구가 자른 것은 아닌가 하는 합리적 의심이 든다.

그래, 뭐 결국 범인은 나중에 밝혀졌다.

하지만 언제나 진실은 어둡고 희미하며 영문을 알 수 없는 법이다. 집주인 친구들에 대한 보편적 편견에 기대어 상상으로라도 그를 심하게 몰아세우거나 원망해서는 안 될 일이다.

이반 지하의 말

“다 각색이고 거짓말입니다. 집주인 따봉!”

튀김이 튀김

튀김은 완벽하다. 많이 먹으면 안 된다는 전제부터가 완벽하다. 과정이자 완성된 결과물의 이름이 '튀김'이라는 것, 곧바로 본론으로 직진하는 그 태도 자체가 튀김이 어떤 존재인가를 여실히 드러낸다.

우선 뭐든지 송두리째 집어삼킬 듯한, 어떤 존재도 용납 못 하겠다는 듯이 펄펄 끓는 기름이 있다. 하지만 엄밀히 말하면 '펄펄'이라는 것은 앞으로의 일을 알고 있는 자들의 묘사이다. 끓는 기름 자체는 약간의 연기만 나는 아주 점잖은 상태이기 때문이다. 밀도 높게 꽁꽁 범상치 않은 기운을 풍기는 높은 온도의 기름이 견딜 수 없는 것은 다름 아닌 침범. 그걸 알면서도 밀가루옷을 입은 덩어리는 슬그머니 그 속으로 뛰어든다. 곧바로 세상 아무것도 남기지 않을 것처럼 둘의 발광이 시작된다. 용서를 감히 바라지도 못할 분노 같은 기포가 끓어오르고, 재수없으면 사방으로 매우 튄다.

기세, 그 맹렬한 기세가 너무도 짜릿하다. 보고 있는 나의 오감마저 송두리째 타오를 것만 같다. 세상을 깡그리 태워낼 것처럼 큰 소동이 일어나고 난 후, 쓰윽 하고 아무렇지 않은 척 건져낸다. 그게 너무 좋다. 완전한 죽음으로 타버릴 곳에 던져져서 와라라라락 타오르고, 그 결과물이 되어 건져진다, 라는 것이.

하지만 그 과정에서 아차 하면 나도 크게 다칠 수 있다. 저 타오르는 기름은 얼마나 뜨거울 것인가. 저것이 엎어진다면, 내 손에 조금이라도 닿는다면, 튀는 방울 하나를 맞기만 해도 오두방정을 떨게 따가운데! 매번 각종 위험한 상상을 하며 튀김에 임한다. 그런 아슬아슬함이 튀김을 더 튀김이도록 만드는 것이다.

에어프라이어가 생기고 나서, 튀김스러운 것은 웬만하면 에어프라이어에 맡기게 되었는데, 그 과정에서 청소나 잡스러운 일거리들이 줄어든 것은 너무나 만족스럽지만(에어프라이어 내부 청소는 논외로 한다), 튀김 특유의 극단적인 무대를

용서를 감히 바라지도 못할 분노 같은 기포가 끓어오르고,
재수없으면 사방으로 매우 튄다.
기세, 그 맹렬한 기세가 너무도 짜릿하다.

즐기는 것은 완전히 잃어버리게 되었다. 모두들 에어프라이어가 튀김을 가장 못한다는 것을 알고 있으면서, 달리기의 중도포기나 조퇴가 주는 달콤함까지 셈에 넣어서, '경제적' '효과적'이라고 말하며 에어프라이어를 사용한다. 물론 나도 매우 그렇다.

그래서 나는 전 같은 것을 팬에 부칠 때, 그간의 타협을 속죄하듯, 튀김할 때만큼은 아니어도 좀 넉넉하게 기름을 두르곤 한다. 또 우리집 팬은 무쇠팬이니까 기름을 잘 먹여야 해~ 하는 핑계를 대며 더욱 그렇게 한다. 그러면 얼추 부침인 척 튀김이 시작된다.

마치 아무 일도 일어나지 않을 것처럼
고요히 기름이 끓다가,
밀가루가 들어가는 순간!
귀청이 나갈 것 같은 그,
대단한 폭포수 같은 그 소리,
그것이 시작된다!

물론 팬을 기준으로 천지사방은 난장판이 된다. 하지만 약간 나 몰라라 한다. 치우는 것은 내가 아닐 것처럼 그 순간을 즐겨본다. 미리 버려도 되는 티셔츠를 입고, 앞판을 들어올려 얼굴 눈 밑까지 가린다. 한 면이라도 막아보자는 심정으로 팬 가까이에서 튀는 기름방울들을 온몸으로 막아선 채, 이 모든 과정을 목격하려, 경험하려 한다.

그렇게 마침내 모든 것은 완성되어 접시로 옮겨진다.
그렇게 허겁지겁 먹을 것을 먹고 나면 한숨이 절로 난다.
번거로웠고 즐거웠다.

그곳에 분명 쾌락이 있었다. 그것을 기억해본다. 그렇게 '다시 여기서 만나자'라고 말하며, 남은 튀김 가루를 손가락으로 콕 찍어서 입에 넣는다. 조금이라도 그 여운을 즐기고저 한다. 쇼가 끝났다는 것은 이미 잘 알고 있다. 내 속도 충분히 느끼하고, 집도 충분히 엉망이 되었다. 모든 뒤처리를 얼마 동안이나 모른 척할 것이냐의 문제만 내 앞에 남아 있다.

어쩜, 이름도 튀김일까.
사방의 기름기를 모른 척하며, 나는 다시 한번 그 이름을 음미해본다. 'ㅌ'으로 시작되는 그 발음이 적당히 호전적인 느낌이다. 튀김, 이 시대 최고의 실내 피에로.

하지만 역시 남의 주방에서 남이 해줬어야 했을 일이다,

튀김이라는 놈은.

어디 튀김뿐이겠는가.

이반 지하의 말

“누구도 내 삶을 원하지 않았다.

그저 싸질러졌다. 던져졌다.

나도 내가 낯설다. 나도 내가 처음이다.”

_〈월간 이반지하〉 8호

맛깔 이야기보따리

이번주에 쓸 만한 맛깔나는 이야기가 없을까 다이어리를 열어보았다. 음…… 다시 닫았다. 너무 많은 이야기가 와글거려서 한숨이 팍 났다. 이것은 글이 되지 못할 이야기다. 아니 뭐 된다면 될 수도 있는데, 자세히 풀기엔 손이 너무 많이 간다. 왜냐면 이야기가 너무 와글거리기 때문이다. 한두 개 정도 일이 있었으면 그것은 글이 될 수가 있는데, 이렇게 와글거려버리면 쓰는 입장에서는 쓰기도 전에 질려버린다. 그래도 눈을 감고, 글로 만들어보자고 생각한다. 어떻게든 이야기 살림을 꾸려가보자고 얼렐레 나 자신을 달래본다.

경찰서에 갔다. 나는 다 큰 어른이 되었기 때문에 변호사와 함께 갈 수 있었다. 변호사와 함께 경찰서에 가는 경험은 꽤나 든든했다. 변호사님이 경찰서 건물로 들어가서 수사관님을 만나기까지의 낯선 절차에 대해 미리 귀띔도 해주었다. 신분증 어쩌고들을 보여주고 열감지 센서 앞에 변호사님과 같이 줄을 섰다. 그런데 우리 앞에 선 아저씨가 열감지 센서 앞에 설 때마다 계속 오류 메시지가 나오며 체온 측정이 되지 않았다. 머쓱해진 아저씨는 먼저 하라고 자리를 비켜주며, 자기가 술을 먹어서 체온이 좀 올라간 것뿐이라며 너스레를 떨었다. 나는 그 순간이 무척 경찰서적으로 느껴졌다. 그의 터질 것 같은 붉은 얼굴과 술에 취한 채 경찰서에 캐주얼하게 들러주는 모양새 같은 것에서 뭔가 이異 세계적 바이브가 느껴졌던 것이다.

담당수사관님이 있는 곳으로 엘리베이터를 타고 슝 올라갔다. 슝— 하고 빨리 올라갔거나, 그렇게 고층이었냐 하면 전혀 그렇지 않았다. 그냥 나의 잘못된 인식과 조작된 기억일 뿐이다. 경찰서 엘리베이터를 떠올렸어야 했는데 드라마 〈펜트하우스〉에서 최고층으로 엘리베이터가 슝— 올라가는 장면이 겹쳐서 그랬다.

아무튼 다시 경찰서—

나는 자꾸만 변호사를 믿고 설치고 싶었다. 조금 신이 나 있었던 것이다. 그래서는 안 됐는데, 마스크 속에서 자꾸 웃음이 났다. 나는 내 인터뷰에 '정신병'이라고 댓글을 단 애들에게 작은 편지 하나를 띄우러 왔기 때문이다. 이게 뭐가 그렇게 좋냐 하면, 이게 잘못이라고 말할 수 있는 위치에 있다는 게 너무 좋았다. 누군가를 심판할 수 있다는 것이 이렇게 달콤한 것이었다. 왜 그렇게 부모들이 자식들 법관 만들려고 하는지 알 것도 같았다. 물론 내가 이걸 심판할 건 아니지만, 아 그냥 이런 일로, 다른 사람도 아닌 내가, 경찰에 기댈 수 있다는 게 잘 믿어지지가 않아서 자꾸만 속에서 밝은 긍정 에너지가 뿜어져나왔다. 이래서 정신병이라는 댓글이 달린 걸까 싶기도 했다.

성소수 어쩌고라서 그랬을까, 수사관님은 민감한 문제이니 방으로 들어가서 얘기하자고 했다. 역시 성소수는 손대면 톡 하고 터져버릴지도 모르니까 항상 조심해야 하는 게 맞다. 고마운 분—

경찰서에 갔던 다음날에는 일하던 편의점 사장님께 커밍아웃을 했다. 별건 아니고 그냥 내가 이반지하라고 했다. 사

경찰서에 갔다.
그래서는 안 됐는데, 마스크 속에서 자꾸 웃음이 났다.
나는 내 인터뷰에 '정신병'이라고 댓글을 단 애들에게
작은 편지 하나를 띄우러 왔기 때문이다.

실 내가 나라고 하는 게 다인데, 사람들 말로는 이런 게 커밍아웃이라길래 나도 커밍아웃이라고 말해봤다. 빛을 보지 못한 화가 알바생인 나는 그동안 연재했던 에세이 중 하나를 프린트해서 클리어파일에 곱게 끼고, 내 얼굴 나온 잡지도 한 권 챙겨서, 헤헤 사장님 나 사실 이런 사람 까꿍~ 했다.

주변 사람 다수가 성소수와 유사 성소수로 물든 지 오래라, 이런 이벤트는 참으로 오랜만이었다. 다시 말하면, 내가 나를 열어 꺼내 보여줄 만큼 누군가를 신뢰하게 된 경험이 아주 오랜만이었다고도 할 수 있겠다. 물론 사장님으로부터 연락이 끊기거나 어색해질 수 있다. 하지만 나도 내가 뭔지 영원히 모를 것 같은데 커밍아웃 뭐 그런 거 한 거라서, 연락이 끊기거나 하면 꽤나 억울한 감정이 들 것 같다.

이런 것들 말고는 이번 주 별일 없었다. 〈월간 이반지하〉 온라인 공개방송을 했고, 유튜브 24절기 라이브 '청명' 특집 했고, 드랙쇼 〈남장신사〉 보러 다녀오고 그랬다. 〈그것이 알고 싶다〉도 보고 〈펜트하우스〉 마지막 방송도 챙겨보았다. 뭐 그 정도. 참으로 알차고 와글거리고 그런 한 주였다.

이반 지하의 말

"나는 니네가 좀더 대담한 정신병자였으면 좋겠어."

_〈월간 이반지하〉 7호

PART 5

예술가 이반지하

가난하고 행복하냐?

방방방글라데시 영화제

나는 해외영화제에서 내 작품을 상영하기로 결정하면, 그 핑계로 외국에 가곤 했다. 그것을 굳이 '핑계'라고 말하는 이유는 언제나 절대로 그런 여행 경비를 감당할 여유가 없었기 때문이다. 그리고 몇몇 영화제에 참석해보니, 그것이 엄청난 단편영화 상영 경쟁률을 뚫고 뽑히는 영광인 것과는 별개로, 대단한 네트워크를 갖게 된다거나 뭐가 어케 대단히 되는 것은 또 아님을 알게 되었기에, 더더욱 영화제 상영을 이유로 떠나는 해외여행은 스스로 조금 핑계의 영역이라고 생각하게 되었다. 하지만 핑계만큼 솔직한 영역이 세상 또 어디에 있겠는가. 내 작품이 뽑혔고 상영도 된다는데, 그 현장을 느끼고 싶지 않을 리가 없다. 그래서 나는 2014년부터 미래의 나에게 재정을 맡기며, 할부로 외국에 나다니기 시작했다.

그날 밤은 방글라데시 다카에서 열리는 다카 국제 독립 단편영화제International Short and Independent Film Festival, Dhaka에 가려고 인천공항에 가는 길이었다. 이때까지도 숙소를 영화제에서 제공하는 건지, 가서 어떤 행사가 있는지 등등에 대해 영화제 쪽 최종 답장이 없어서 마음이 초조했다. 어쨌든 일단 간다, 라는 마음이었지만, 방글라데시는 방글라데시라서 영화제 쪽에서 뭘 안 해주면 혼자 위험하진 않을지 걱정이 많이 되었다.

비행기를 타기 직전까지 메일함을 새로고침하다가 마침내 답장을 받았다. 다 준비되어 있으니 걱정 말고 오라고, 영화제 스태프가 공항에 마중도 나갈 거라고. 나는 안도했다. 그리고 주변에서 모두 가지 말라고 했던 브라질 리우데자네이루에 이어, 또다시 왜 가냐는 소리를 들으며 다카행 비행기를 탔다. 아니 그건 거짓말이라서 직항은 없었고, 방콕 공항 벤치에서 자고 비행기를 한번 더 타고 다카에 도착했다.

어둑한 분위기에 모든 사람이 나를 쳐다보는 공항, 피곤에 절여진 내가 한 걸음을 내딛자 "소우유운킴?" 하고 부르는 이가 있었다. 그는 무려 한국말을 했고, 공항에 밴을 끌고 나를 모시러 온 것이었다. 영화제 스태프라고 자신을 소개한 그는 무려 한국의 공장에서 일한 적이 있는 방글라데시 사람이었다. 한국 이주노동자였다는 그의 말에 나는 머리 뒤쪽이 바짝 서는 듯한 써늘함을 느끼며, 얼른 그의 손가락 개수부터 살폈다. 다행히 그의 한국인 사장은 그를 학대하거나 돈을 떼먹지도 않았다고 해서, 나는 매우 안도했다.

당시 방글라데시 다카는 IS의 테러로 경계가 삼엄한 상태였다. 엄밀히 말하면 정말 IS 소행인지 명백히 밝혀진 상황은 아니었지만, 전 세계적인 테러 공포가 어마어마한 시기에 이제 좀 국제적으로 이미지 쇄신을 해보려는 나라에서 테러가 일어나니, 정부와 관련 부처들이 추가적인 참사를 막아보려 아주 엄격하게 안보에 힘을 싣고 있는 상황이었다. 그리고 이런 분위기는 영화제라고 예외는 아니었다. 문화부 장관이 직접 영화제에 참석하는 감독 및 심사위원들이 절대로 혼자 다니지 못하도록 만전을 기하라는 말을 관계자에게 몇 번이나 전했다고 했다.

내가 다녀본 영미유럽권 영화제들은 있어 보이긴 했지만, 막상 가면 감독이라고 뭘 되게 챙겨주거나 잘해주지는 않았다. 기본적으로 자기네가 초청하지 않아도 감독들이 먼저 오겠다고 하는 경우가 많아서일지도 모르겠고, 워낙 영화제라는 행사가 많고 흔해서 그런지도 모르겠다. 물론 내가 모든 영화제를 가본 것은 아니니까 안 그런 데도 있긴 하겠지만, 나의 경험은 그랬다. 기념품 굿즈 잘 챙겨주고 영화도 실컷 보게 해주지만, 스타 감독이 아닐 경우 감독들끼리도 친해지는 게 쉬운 분위기는 아니었다.

방글라데시에 갔던 2016년의 나는, 감독으로 영화제에 가는 것이 설레지만 또 그만큼 외로운 일이라는 것을 잘 알고 있는 상태였다. 그래서 비행기를 타기 전에 방글라데시 『론리 플래닛』을 겨우 구해서, 영화제에는 며칠만 참가하고 나머지 일정은 방글라데시 남부로 내려가 맹그로브숲 관광을 할 계획을 갖고 있었다. 영화제는 살짝 분위기만 보고, 나는 자연과 함께하리라는 생각이었다.

하지만 다카에 도착해서 영화제 밴에 타자마자, 나는 그 계획대로 무엇도 되지 않을 것이라는 통보를 받았다. 일단 테러 경계령 때문에 외국인 대상 범죄에 온 신경을 곤두세우고 있는 방글라데시 정부가 감독과 심사위원들이 개인행동을 하지 못하도록 봉고차 하나에 모두를 태워, 스태프들 없이는 개인행동을 일절 못하게 했다. 그리고 내가 하려던 맹그로브숲 관광은 4인이 함께 팀을 이뤄서 배를 타고 나가야 하는 건데, 스케줄을 맞추기도 어렵고 현지 인터넷 상황상 예약에도 난관이 많았으며, 무엇보다 여자 혼자 거기에 가는 사람은 아무도 없어 예약을 받아주지도 않았다.

공항에서부터 숙소까지 나를 태워준 영화제 스태프는 절대로! 혼자 밖에 나가지 말라고 당부에 당부를 거듭했다. 나한테 무슨 일이 생기면 정말로 영화제의 존립이 흔들린다며, 자기가 다시 밴으로 데리러 올 때까지 숙소에서 쉬고 룸서비스나 시켜먹고 있으라고 했다. 나는 여기까지 와서 거리를 걷지 못하는 것이 너무 속상했지만, 그의 절실한 부탁을 모른척할 수도 없어서 시키는 대로 숙소에 있다가 몇 시간 후 다시 밴을 타고 영화제 현장으로 갔다.

첫날 저녁에 독일, 러시아, 스리랑카, 중국, 이란, 인도네시아, 태국, 인도 등 여러 나라에서 온 감독, 심사위원들과 인사를 나눴고, 그날부터 우리는 일주일 동안 봉고차 하나를 타고 영화제 내내 함께했다. 당연히 우리 모두는 영화제측의 이런 일방적이고 폭력적인 스케줄과 대처에 항의했지만, 결국 그 봉고차에 함께 갇혀 있었던 덕분에, 매 끼니를 같이 먹고 이리저리 함께 공식적으로 끌려다니며 엄청나게 친해졌다.

이건 최악이라고 울부짖던 한 독일 심사위원은, 며칠 후 20년 동안 다녀본 영화제 중 제일 즐거웠던 영화제라고 인정했다. 그리고 우리 모두 수긍했다. 정말 말도 안 되는 상황이었고, 말도 안 되게 재밌었다. 도로 사정이 엄청나게 안 좋은 다카에서 차가 막히면 이란 감독이 음악을 틀어달라고 했고, 나는 안전벨트를 뽑으면서 춤을 췄다. 영화나 예술 얘기는 일절 하지 않고 각종 잡다하고 쓸데없는 농지거리를 내내 주고받으면서, 영화제가 원하는 자리마다 우르르 몰려가서 사진 찍히고, 좋은 식당에 가서 깨끗하고 맛있는 음식만 먹으면서 다녔다.

나는 당시 한국에서 호텔 조식뷔페에서 일하다가 어렵게 양해를 구하고 이 여행을 온 것이었다. 그래서 이때 다카에서 받았던 그 모든 융숭한 대접이 더 생경했고 매번 탄식이 나올 지경이었다. 매일 새벽같이 일어나 완벽하게 손질된 모습으로 손님들 비위를 맞추고 대접하던 내가 하루아침에 완벽히 뒤바뀐 입장에서 호텔에 머물고 있었다.

세수만 대충하고 조식뷔페에 아무렇게나 내려가서, 내가 너무 좋아하는 서남아시아풍의 볶음국수를 먹으며 여유 있게 아침을 시작했다. 방은 매일 청소되고 정돈되었으며, 무엇도 결정할 필요 없이, 그냥 놀다가 먹다가 수다떨다가 하면 하루가 완벽히 완성되었다. 인도에 가본 친구들이 방글라데시는 더할 거라며 각종 물갈이나 배탈을 걱정했지만, 나는 단 한 번도 질 나쁜 음식을 먹을 기회가 없어서 한국에서 항상 달고 살던 소화불량마저 완전히 잊고 지냈다.

오히려 이렇게 가파른 삶의 낙차는 한국에 돌아오자마자 배달음식을 시켜먹고 장염으로 응급실에 가면서 여실히 확인받았다. 방글라데시에서의 2주 동안 어떤 부대낌도 보이지 않았던 나의 몸은, 한국에 돌아와서 먹은 한끼에 아주 심한 장염을 일으켜 내 장기의 솔직함을 투명하게 증명하였다.

나에게 방글라데시는 세상에서 제일 가난한데 행복한 그딴 곳이 아니다. 꼭 다시 가고 싶고, 꼭 다시 그 영화제 스태프들을 만나고 싶고, 꼭 다음에는 남부의 맹그로브숲을 가고 싶은, 그런 곳이다. 방글라데시에서 찍은 사진 속 나는 세상에 다시없을 환한 미소를 띠고 웃고 있다. 걱정하던 친구들은 내가 현지에서 카톡으로 보낸 사진을 보고는, 내가 항상 해외에 갈 때마다 했던 말들을 또 했다.

"절대로 돌아오지 마라. 너는 그냥 거기서 살아라."

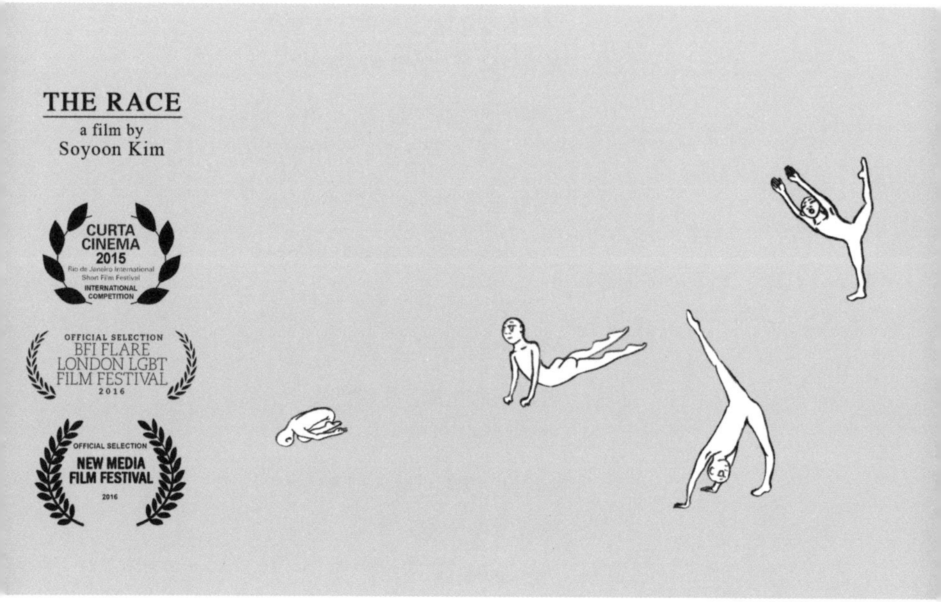

<The Race>, 실험애니메이션, 4분 25초, 2015

방글라데시 다카 국제 독립 단편영화제 상영작.
이외 국내외 영화제 다수 초청.

이반 지하의 말

“해외영화제 같은 데 갔을 때 일인데요.
처음엔 파티 같은 게 낯서니까
움츠러들었단 말이에요.

‘아, 내가 아시안이라고 이렇게
수줍어하고 춤 못 추고, 이런 거
전형적이지 않나. 재네가 나 너무
뻔하다고 생각하면 어떡하지?’

그때 거기 살고 있는 교포 친구에게
이 고민을 얘기했더니 그러더라고요.

“그렇게 생각하게 냅둬. 뭐, 어때?”

그게 제게 생각의 전환이 되었어요.

시발 뭐 으떠냐! 그렇게 자랐는데
어떡하냐? 됐어, 그냥.

파티 싫으면 조용히 집에서
넷플릭스나 봐.

뭘 하든 좋은 방법은 없으니까
마음대로 사시면 돼요.”

_〈월간 이반지하〉 4호

이반지하 엔터테인먼트

2019년 이반지하 최초마지막단독인권콘서트를 당시 매니저와 기획하면서 '이반지하 엔터테인먼트'를 설립했다. 어색하게 긴 사업자명이라고 생각했지만, 시간이 지날수록 이보다 걸맞은 이름은 없었음을 실감한다.

2019년 여름에 그전부터 알던 리타(이연숙)에게 이반지하의 디지털음원 작업을 같이 하자고 본격적으로 제안했다. 오랜 시간 미뤄온 작업이기도 했고, 여러 결정들을 함께 의논할 수 있고 일을 나눠 맡아줄 사람이 필요했다. 그는 내가 생각했을 때, 지금까지 만나온 사람들 중에서 이반지하와 이반지하를 둘러싼 사회를 가장 잘 이해하고 있는 사람이었다. 그래서 연숙이 그 순간에 내가 손을 뻗을 수 있는 관계망 안에 있었던 것이 지금도 무척 감사하다. 그가 없었으면, 나는 디지털음원을 낼 생각도, 또 그와 더불어 단독콘서트까지 할 엄두도 내지 못했을 것이다.

나는 2004년에 이반지하로 데뷔한 그 순간부터 그와 같은 사람을 만나고 싶었지만, 당시 주변엔 그런 사람이 존재하지 않았다. 연숙은 그때 중학생쯤이었을까. 그러니까 10년이 훌쩍 넘어서야 그런 사람을 만나게 될 것임을 그때 알았다면, 차라리 너무 아득해서 마음이 편했을까. 지금 내가 실행하지 못하는 어떤 일에 대해, 다음 세대의 누군가를 만나 실행하게 될 거란 생각을 쉽게 하는 사람은 아무도 없지 않을까. 나는 내 나이 또래, 혹은 내 윗세대의 누군가가 이반지하를 이해하고 확장시키는 일을 함께해주지 않을까 기대했지, 다음 세대의 누군가가 약속처럼 와줄 것이라고는 전혀 상상하지 못했다.

그리고 이런 감각은 2019년 이반지하 콘서트 이후 이반지하를 성장시킨 팬들에 대해서도 마찬가지이다. 이반지하로 데뷔했을 때는 '나이 먹는 나'를 상상하지 못했고, 나의 팬들이 당시 기준 미래 세대에도 있을 것이라고 생각하지 못했다. 그런 행운은 정말로 누구나가 누릴 수 있는 것이 아니라고 생각해서, 감히 상상도 하지 못했던 것 같다. 그래서 이 부분이 역으로 지금의 나에게 아주 강렬한 짜릿함을 선사한다.

이반지하는, 이반지하의 예술은 살아남은 것이다.

그 세월과 시대와 공간을 넘어서, 계속 확장해나가고 있는 것이다.

그 생각을 하면서 아주 깊이 숨을 들이쉬고 참았다가 뱉으며 온몸의 힘을 뺀다. 이것이 나의 프라이드이다. 내가 그런 사람이라는 것, 내가 그런 일을 해냈다는 것. 이것은 누구도 부정하거나 뺏어가지 못할 나의 프라이드.

이반 지하의 말

“그때까지 살아 있어야 한다.”

_〈월간 이반지하〉 11호

이반지하 최초마지막단독인권콘서트

콘서트는 리허설 한 번을 제대로 하지 못했다. 아니 연습부터가 그랬다. 따로 어디를 대관해서 연습할 예산이 있거나 작업실이 있는 것도 아니어서 MR를 틀어놓고 집에서 혹은 이불 속에서 노래를 불렀다. 그나마 〈우리 가족 LGBT〉나 〈비운의 비투비〉처럼 합창과 코러스가 들어가는 곡들은 한 번씩 맞춰볼 수나 있었지만, 공연의 대부분을 차지하는 나의 노래와 퍼포먼스는 즉흥에 가깝게 감으로 만들어나가야 하는 것이었다.

공연이 임박했을 즈음엔 10곡이 넘는 곡들의 공연 배경 영상을 직접 만드는 일부터 여러 스태프들과 제때 소통하는 일

등등 각종 사무에 치여, 그냥 나 자신의 깊은 곳 어딘가에 있는 무엇이 이 공연을 해내고 말 것이라는 흔들리지 않는 믿음만 꼭 붙들고 있었다.

나와 연숙은 정말로 모든 일을 둘이서 다 해내야 했고, 이미 둘 다 정신적 육체적으로 막바지에 와 있었기에, 공연 당일에는 각자가 자신의 역할을 해내는 것에만 집중하지 않았나 싶다. 서로를 완벽하게 신뢰한 채로 말이다. 당일 여러 일정이 밀리면서 리허설은 꼭 맞춰봐야 했던 몇 곡만 할 수 있었고, 나는 실수를 엄청 많이 해서 온몸의 피가 말라붙는 듯한 패닉에 빠질 뻔도 했지만, 이때도 마찬가지로 그냥 믿는 수밖에 없었고 그 믿음은 매우 옳았다.

콘서트가 시작되어 무대에 올랐을 때, 나는 완전히 그곳에 존재할 수 있었다. 그리고 놀랍게도, 조명 때문에 보이지 않을 거라고 생각했던 관객들의 얼굴이 하나하나 보였다. 몰랐겠지만, 나는 무대에서 나의 오랜 친구나 지인의 얼굴들을 다 볼 수 있었다. 그리고 입을 벌린 채 '이반지하'에게 완전히 넋이 나가버린 그들의 얼굴에서 극도의 쾌감을 느꼈다. 내가 뿜는 에너지가 이 공간을 압도하고 있음에, 그 순간에 내가 존재하고 있음에 황홀했다. 무대에서 가장 가까운 맨 앞줄을 채우고 있는 사람들이 얼마나 젊고 낯선 얼굴인가를 깨달았을 때도 새로운 짜릿함을 느꼈다. 이반지하의 단독콘서트를 보러 온 것은 이반지하가 데뷔했던 초창기 시절의 그 팬들뿐만이 아니었던 것이다. 관객석 앞쪽을 빼곡히 채운 그 팬들을 보면서, 나는 이반지하가 어떤 시간을 관통해냈음을 실감했다.

공연이 끝나고 나서 당시 한정발매했던 특별 CD와 화보집, 악보집을 예약자들에게 전달하고, 원하는 사람들에 한해 이반지하가 사인을 해주기로 계획되어 있었다. 그때 상황에 대해 내 친구 하나는 이런 얘기를 했다. 당연히 내 얼굴을 보고 인사라도 하고 가려고 기다렸는데, 내 사인을 받기 위해 줄을 서는 사람들을 보고 자기가 대단한 착각을 했단 걸 깨달았다고. 공연을 본 정말 많은 사람들이 사인을 받고 사진을 함께 찍기 위해 기다리고 있었다. 나는 그 모든 것에 익숙한 척했지만, 그런 것은 몽땅 다 처음이었다. 그리고 아마 그것은 그날 공연을 본 팬들 대부분도 그랬을 것이다.

국내산 '퀴어 싱어송라이터/퍼포머'의 공연을 보러 공개적으로 콘서트장 밖에 길게 줄을 서서 기다리고, 공연장 안에 있던 이반지하가 굳이 주차장에서 밴을 타고 나와서 줄서 있는 팬들 앞에 깔린 레드카펫으로 입장하는 퍼포먼스를 보고, 그의 사인을 받고 사진을 찍기 위해 공연이 끝나고도 기다리는 것, 10명의 부치 스태프들이 과묵하게 콘서트 전체의 보디가드처럼 공연 내내 상주하며 퀴어 스타를 보좌하는 모습. 나는 꼭 그런 경험을 만들어내고 싶었다. 그리고 만들어냈다.

모든 정리가 끝나고, 나와 연숙은 완전히 방전되었다. 10부치들과 뒤풀이를 하고 싶은 마음도 있었지만 예산은 마이너스의 마이너스라서, 도무지 현실적으로 그럴 수 있는 상황이 못 되었다. 나는 고마운 동네 친구의 도움으로 그의 차에 내 물건들을 싣고, 동네 술집으로 와서 그 친구와 짧게 술 한잔을 하고 집으로 돌아왔다. 그 이후엔 뭘 했던가. 잘 기억나지 않는다.

이반 지하의 말

“그건 니네가 시발 가난해서. 가난한 새끼들아!!”

_〈영혼의 노숙자〉 117화

무대 신체

어젯밤 자기 전에 멍하니 2020년 패션쇼를 봤다. 카메라에 모든 것이 담기지는 못했겠지만, 다양한 옷의 질감과 두께, 색과 빛의 조합, 그리고 거기에 더해지는 움직임의 변수, 최대한 걸맞게 세팅되었을 그 모든 조명과 무대와 관객 배치까지, 충분히 멍때리고 보기에 좋은 콘텐츠였다.

옷이 만들어진 그대로 조금의 구김마저 생기지 않게끔 최대한 반듯이 런웨이를 걷는 모델도 있고, 이리저리 신체의 굴곡을 써가며 옷을 효과적으로 흔들어주며 걷는 모델도 있고, 나는 니미 모르겠고 그냥 걷는다 하는 느낌의 모델들도 있었다. 아마 각자의 스타일도 있을 것이고, 각 쇼마다 요구받은 느낌들도 있지 않았을까 싶다.

그 어우러짐은 굉장히 아름답고도 기묘하게 느껴졌다. 아마 그 아름다움과 기묘함의 경계가 더 아슬아슬하게 아름다운 정취를 뿜도록 하는지도 모르겠다 싶었다. 아무리 요새 패션계에 모델의 건강에 대한 지침이 있다고는 하지만, 여전히 그들은 뼈에 가까운 모습을 보여줄 때가 많다. 그래서 지금 내가 보는 것이 프로페셔널리즘인가 착취인가를 생각하지 않으며 보기는 어쨌든 쉽지 않다. 하지만 그 모습에서 특유의 아름다움을 느끼게 되는 것도 사실이다. 이건 뭘까.

모델들의 신체는 참 낯설다. 무대 위의 신체는 보통 낯설게 보인다. 신체의 주인들 역시 무대에서 자신의 신체를 다르게 바라보고 통제할 것이다. 그런데 가끔 모델들의 신체는 우리 사회가 상정하는 미, 그중에서도 가장 모순되고 존재하지 않을 법한 요소들을 한데 뭉쳐낸 '이상理想' 그 자체로 느껴지곤 한다. 다만 그 이상이 눈앞에 펼쳐졌을 때, 그것이 단순히 아름다움의 총합, 최강의 아름다움이 되는 것이 아니라 기묘함을 뿜게 된다는 점이 아이러니한 부분인 것이다.

움직일 것 같지 않은 조각이 신체로서 움직이고 있다.
금방 쓰러져야 할 신체가 파워풀하게 걷는다.

세상에 존재하지 않아야 할 상하체의 연결점이 존재한다.

그 연결점에 꼭 맞는 스커트가 있어 틈 없이 매끈하게 맞는다.

저쯤에서 끝나야 할 다리가 몇 뼘이나 더 이어진다.

왜 저렇게 화가 났을까 싶은 신체가 앞으로 돌진한다.

신체는 움직이는데 옷은 핀을 박은 듯 움직이지 않는다.

나는 갑자기 이반지하에 대해 생각한다. 무대 위 이반지하의 신체는 어떤 정서를 전달하고 있을까. 이반지하도 뭔가 말도 안 되는 아름다움을 무대 위에서 뿜고 있길 바란다. 그것이 세상이 말하는 온갖 추함과 아귀가 맞지 않음투성이여도 그것의 총합은 분명 어떤 아름다움이 될 수 있도록 나는…… 애쓸까, 말까.

이반 지하의 말

"그럼 어떻게, 빛을 막아?
빛이 나는데?
내가 어떻게 막, 숨기고 살어?"

_〈월간 이반지하〉 5호

데이에게

2014년에 처음 'MIX 뉴욕 퀴어 실험영화제MIX NYC:(The) New York Queer Experimental Film Festival'에 작품 상영을 하러 뉴욕에 갔다. 한동안 나는 해외 퀴어들의 서울 구경 가이드를 자주 담당했고, 그때 알게 된 친구들 몇 명이 마침 뉴욕에 살고 있었다. 영화제 개막 파티날 1.5~2세대 교포 퀴어 애덜과 음식을 나눠먹으며, 나는 턱밑까지 차오른 '데이They'의 변화에 대한 울분을 토해냈다.

They는 당시 현대 영어에서 다른 의미가 되려 하고 있었다. 그he/그녀she로 나누지 않고서는 인간 한 명을 이해할 수 없었던 영미권 친구들이 마침내 성별적 함의를 뺀 단어를 골랐는데, 그게 하필 They였다. 그동안 그저 '그들'이었던 They는, 이제 '그들'일 수도 있고 '걔'일 수도 있게 된다는 것이었다. 퀴어 세상은 열렸으나, 식민지 영어 사용자로서의 억장은 무너지는 일이었다.

'걔'라는 말을 굳이 그[he]나 그녀[she]로 구분해서 머릿속 영어로 만드는 데 한세월을 보냈다. 또한, '1명'과 '2명~여러 명'을 무척 구분하는 영어의 세계관을 억지로 받아들이느라 또 한 세월을 보내기도 했다. 이렇게 내 머릿속에서 'I you she he' 'we they'가 각자의 감옥에 자리잡은 것이 어제 같은데, 이제 와서 They가 분신술을 쓰듯 동시에 다른 의미로 두 감옥에 존재하겠노라고 선언한 것이었다. 'I they you she he' 'we they' 요로코롬.

울분이 치밀었다. 아니 갑자기 이러면 어쩌는가! 그렇게 일방적으로 막 바꿔버리면, 나는 또 그에 맞게 세계관을 수정해서 동사까지도 척척 변형시켜줘야 하지 않는가! 치매 예방도 정도껏이다! 이제는 'They is' 이런 걸 못 본 척 넘겨야 한다는 이야기였다! 젠더는 변해도, 영어가 변한다는 얘기는 그 누구도 해준 적이 없었다.

나는 뉴욕에 거주하는 일부 한인 퀴어들에게 항의했다.

"이제 와서 니네가(물론 얘네는 그 니네도 아닐 수 있다), 니네가 우리한테 어떻게 이래?”

개네는 약간 쭈뼛대며, 그래 sure sure, 너에겐 새로운 인칭 대명사 룰이 힘든 부분이 있겠지(공감 리틀빗little bit), 근데 영어가 원래 성별 꼭 구분하면서 그/그녀를 써온 게 구렸으니, 어쨌든 앞으로는 They로 가는 게 인권이요, 퀴어고 젠더이며 성해방이란다 뭐 그런 얘기(대충 영어로 씨불).

아니, 알아, 알지!
나도 그런 거, 젠더 인권 막 그런 거 되게 알지!

그. 러. 나,
내가 영문도 모른 채
They 다음은 are라고 외움당했던,
그 피지배의 세월은 어떻게 책임을 질 것인가?

그he/그녀she 구분이 너무 어이없어서 기를 쓰고 이거 안 쓰는 문장을 만들어보려던 세월도 있었고, '문화 이해 먼저, 나중에 언어 마스터' 하려고 지배국가의 마음으로 영어를 흡수하고자 음으로 양으로 애쓰던 세월도 또 한세월이었다. 이제 겨우 쬐끔 놈들의 문법을 입에 붙여, 그 콩고물로 뭘 해먹으

아니, 알아, 알지!
나도 그런 거, 젠더 인권 막 그런 거 되게 알지!
그. 러. 나,
내가 영문도 모른 채
They 다음은 are라고 외움당했던,
그 피지배의 세월은 어떻게 책임을 질 것인가?

려는데 어떻게 그렇게 니네 맘대로 막 They를 'I you she he' 감옥에 들이밀 수가 있냐 이 말이다.

[They 〉〉〉 I! you! she! he!]

(They의 감옥 입장에 놀란 단수 인칭대명사들)

이제 또 그렇게 안 쓰면 안 세련이고, 퀴어 무식이 취급할 거 뻔하지! 나도 막 사람 인원수 세고, 어지자지 구분해가면서 문장 만드는 그런 촌스러운 사람 아니었는데, 이렇게 온 세상을 오염시켜놓고 이제 와서 지네만 쏙 해방으로 가겠다니, 너무도 얄밉고 얄밉다!

친구들은 나의 하소연에 곧 머리를 절레절레 흔들며 진저리를 쳤고, 나는 니네도 똑같애! 하는 마음으로 피부 깊숙이 묻어두었던, 자발적 언어 식민이의 아픔을 혼자 속으로 삭였다.

하지만 바야흐로 2020년 하고도 12월.

국내에서는 글렀으니 영미권에서 성공하여 역수입되리라는 포부를 안고 만들었던, 영어가 푸짐한 나의 홈페이지를 수정하며, 나는 나를 지칭하던 He/She를 They로 고치고야 말았다. 잘돼보려고 선택했으나 동시에 떨칠 수 없었던 자발적 피지배인의 뼈아픈 패배감이 치고 올라왔다. 몇 년을 버텨온 일이었다. '성해방 vs. 얄미움'이라는 이성과 비이성의 혹독한 싸움이었다.

하지만 이것이 지금의 최선이라는 사실에, 이성과 비이성을 구분하는 덧없음에, 나는 익숙하게 꿇어온 무릎을 다시 한번 꿇는다.

작금의 상황에서 나를 적절히 지칭해줄 영단어나 대명사 같은 것을 찾기는 언제나 그랬듯 불가능해 보인다. 한동안 겨우 잔머리를 쓴 것이 나를 지칭할 때 그he나 그녀she를 병기하거나, 일부러 여기선 그he 그다음 문장부터는 그녀she를 쓰는 정도였던 것이다(교란 리틀빗little bit). 그러나 이제, 그 와중에 골라야 한다면, They가 나의 대명사 됨을, 그 어쩔 수 없음을 받아들이기로 한다.

나는 굳이 엘리엇 페이지의 트랜스젠더 커밍아웃을 기점으로 이런 결정을 내린다. They에게, 다시 한번 영미권의 결정과 흐름에 새하얀 백기를 든다. 오냐, 네놈들을 또다시 받아들이노라. 이해하고 또 이해하노라. 익숙하게 어색한 발음을 해보며, They 됨의 숙명에 승복한다.

이렇게 오늘에서야 They에게 속 깊은 이야기를 전해본다. 타이핑한 디지털 편지를 띄우며, 때맞춘 화해를 얍실히 청해본다. 네가 미웠던 것이 아니다. 그저 내가 K-코리안이었다. 물론 Q-성해방이기도 하다.

이반 지하의 말

“울지 말고. 좋은 세상 올 거야, 인마.”

_〈이반지하 최초마지막단독인권콘서트〉

영원히 열화되는 삶에 대하여

나에게 맞는 때가 올까, 그런 생각을 한 적이 많았다. 내가 말하는 맞는 때라는 것은, 내가 원하는 기술과 자본과 환경과 인력을 충분히 동원해 내가 추구하는 미를 구현할 순간을 과연 내가 맞을 수 있을까, 라는 의문이다. 1인 다역으로 하는 일들을 여러 번이라고 하기에도 모자랄 만큼 많이 치르고 살다보니 이런 생각이 자꾸 든다. 나의 때가 오지 않을 것이라는 아픔. '때를 잘 만났다'라는 말이 있다 해도 그것은 비아냥이기도 하고 감탄이기도 해서, 그런 것이 과연 내게 있을까라는 생각만으로 이 막연함은 더욱 하염없어진다.

내가 구상하는 이상은 언제나 현실에 의해 열화될 것이다.

퀴어예술이 이성애 사회에서 열화되듯이, 여성의 예술이 남성 사회에서 열화되듯이, 원래 언어의 번역의 번역의 번역이 유통될 때마다 열화는 거듭되어 거친 픽셀을 남길 것이며, 그것은 그 픽셀임에 또 꼬투리가 잡혀 폄하되고 열화될 것이다. 그리고 그렇게 열화된 픽셀 현실은 미래가 되어, 또 한번 더 열화된 과거로서 잊혀지거나 열화된 채로 소비될 것이다.

그런 생각을 하면 막연한 아픔이 온다. 미래, 현실, 과거 이런 말들의 막연함만큼 두루뭉술한, 붕 떠 있는 듯한 아픔이다. 뭐 그런 생각을 해 같은 소리를 들을 만한 이야기이기에, 현재를 나누고 있는 이들에게 말하기도 좀 그렇다. 할 수는 있겠지만, 그냥 뭐 안타까움 정도를 함께 공유할 것이다. 그리고 만남이 끝나면 다시 그 아픔은 딱 내 것이 된다.

못다 이룬 꿈 같은 지랄 맞은 말이 또 있을까. 존나 못다 이루다니.

이반 지하의 말

> **‘선line이란 게 뭐지?’ 사람들이 뭐가 과하다고 하는지 파악하려고 내가 내 것을 들여다보면, 나는 모르겠는 거예요. 내가 뭔가를 이게 과하다고 생각하면, 사회는 또다른 입장이고. 그래서 이건 영원히 맞힐 수 없는 과녁과도 같다. 영원히 불통.**
>
> **나는, 영원히 빗나가는 화살인겨.**
>
> _〈월간 이반지하〉 6호

가는 예술이, 오는 예술이

지금으로부터 10년 전, 나는 에드바르 뭉크에 푹 빠져 있었다. 결핵과 폐렴 등의 질환으로 가족을 잃고, 스스로도 약한 몸으로 태어나 평생 질병과 고통, 불안과 죽음을 곁에 두고 살았다고 알려진 그의 심란한 그림이 나한테 주는 울림이 있었다. 나는 학술가나 역사가 타입이 아니라서 뭘 좋아할 때 객관적 사실이나 맥락보다 내 맘대로 느끼는 감정에 더 치중하기 때문에, 지금도 뭉크에 대해서는 그렇게 내 맘대로 만들어낸 개인적인 의미들로 유대를 느끼고 있다.

최근 몇몇 매체에서 스페인독감 얘기를 들었다. 1918년 제1차세계대전이 끝나기 10개월 전 발발했던 스페인독감 팬데믹이 지금의 코로나 팬데믹이 있기 전 마지막 팬데믹이었다는 것. 1918년과 2020년, 그러니까 이제는 2021년, 이 100년에 가까운 수명 같은 시간보다, 나는 '스페인독감'이라는 말에 갑자기 길을 걷다가 돌아보듯 동요했다. 스페인독감은 뭉크의 병이었기 때문이다.

정확히 말하면, 에드바르 뭉크는 스페인독감에 감염되었다가 회복한 사람이었다. 에곤 실레 부부를 비롯해 당시 많은 유명 무명의 예술가들이 스페인독감으로 사망했던 것에 비하면, 그는 살아남았다는 것만으로도 운이 좋은 편이었는지도 모르겠다. 뭉크는 스페인독감에 걸린 자신의 자화상과 독감에서 회복된 후의 자화상을 몇 개 남겼다. 그래서 내가 '스페인독감'이라는 말을 기억하고 있었던 것이다. 그리고 나는 10년 전의 내가 그게 무슨 말인지 전혀 알지 못한 채 그의 자화상을 보고 있었다는 것을 지금 깨닫는다. 웬만한 바이러스 질환은 현대 의학이 정복해주었다 대충 믿었고 '바이러스' 하면 제일 먼저 떠오르는 것도 감기 정도였기에, 나는 스페인독감을 앓았다는 의미를 제대로 이해하지 못하고 있었다, 는 사실조차 모르고 있었던 것이다.

3년 전 나는 당시 유행하던 심한 독감을 앓았다. 약 한 달간 배달음식-끝없는 잠-화장실만 반복했는데, 그에 대한 세세한 기억은 아예 남아 있지 않을 정도로 많이 아팠다. 이때 쌓였던 카드빚만이 흔적처럼 남겨졌을 때, 어렴풋이 '독감'이란 이런 것이구나 생각했다. 이후 떨어진 체력을 회복하는 데에도 오랜 시간이 걸렸다. 그럼에도 불구하고 이때도 1919년 에드바르 뭉크가 자신의 자화상을 그냥 자화상이 아닌 〈스페인독감 이후의 자화상Self-portrait after the Spanish Flu〉이라고 굳이 이름 붙인 것에 대해 '아니 뭐 이렇게까지'라고 생각했던 것 같다. 〈노로바이러스 이후의 자화상〉 이런 정도로 치부했달까.

이때 뭉크가 앓았던 질병이 정말로 스페인독감이었는지는 불확실하다고 말하는 노르웨이 뭉크 박물관 관계자들도 있다는 카더라 통신. 워낙 뭉크 자체가 당시에 여러 의미에서 몸이 약해져 있었기 때문에, '스페인독감 이후'라는 식의 명명은 단순히 자신의 병명을 적었다기보다 당시의 시대상을 반영한 것이 아니냐는 의견도 있다. 주변에 많은 젊은 예술가들이 죽거나 후유증을 깊게 앓았고 세계대전까지 치르고 난 다음이니 '스페인독감'이라는 말을 당시 상황에 대한 상징적인 의미로 썼을 법도 하다. 이제 나도 팬데믹이 뭔지 조금은 알겠어서 그럴 만도 했겠다고, 약 100년쯤 늦었지만 100년이 넘어가지는 않은 공감이 갔다.

지금 시기를 보낸 후 나의 모습은, 나의 그림은 얼마나 달라질까 생각해봤다. 내가 그것을 돌아보고 눈치챌 수 있을 만큼 훗날까지 살아낼 수 있을까 하는 답 없는 생각도 해봤다.

그저께 유튜브 생방송 쇼를 하며 새해를 맞았기 때문이다.

어제 아주 오랜만에 팟캐스트 녹음을 했기 때문이다.

지금 매주 나오는 에세이를 쓰고 그림을 그리고 있기 때문이다.

지금 시대에 나는 무엇을 하고 있나, 무엇을 해야 하나 생각했기 때문이다.

하지만 어떤 시대적 부름도 시대에 가려 결국 잘 안 들리기 마련이라, 어떻게 대충 잘 적당히 알아서 맘대로 나는 가려 하오.

이반 지하의 말

"정부는 예술가 잘되는 꼴을 못 봐요.

근데 뭔가 위기가 오잖아?

아이디어 내라고 요구하지. 참~신하고 재치 있는 아이디어!"

_〈월간 이반지하〉 4호

어떤 시대적 부름도 시대에 가려 결국 잘 안 들리기 마련이라,
어떻게 대충 잘 적당히 알아서 맘대로 나는 가려 하오.

중닭의 아름다움

식물을 집에 들이기 시작하면서 어떤 포부 같은 것이 있었다. 인터넷에 존재하는 그들처럼, 보란듯이 잘 키워보겠노라는. 물도 정확하게 주고 햇빛도 식물등도 쬐어주고, 예쁜 모양으로 잘 자랄 수 있도록 적당히 잘라주기도 하면서 말이다. 기타 등등은 다 필요한 것으로 밝혀졌지만, 마지막 부분은 아직까지 안 하고 있다. 왜냐면 이들은 놀랍게도 모두, 중닭의 아름다움을 가지고 있기 때문이다.

식물에게 마음을 주고 키우다보니, 이들은 식물원에서 데려올 때처럼 완벽하게, 허투루 자란 곳 하나 없이 그렇게 평생을 사는 것이 아님을 알게 되었다. 그러니까 어떤 종류의 식물인지 알아볼 수 있는 정도의 기본 생장 이후부터의 생은, 어중간하고 뭐라 이름 붙이기 애매한, 그 못난 중닭의 연속인 것이다.

생각지도 못한 곳에서 튀어나오기 시작하는 잎과 줄기들을 보면서 무엇이 곁가지인지 고민하다 말다 했다. 전체 화분의 균형감을 생각하면서, 매일 가장 예쁜 단면을 찾아 입체인 화분을 빙글빙글 돌려보기도 했다. 하지만 결국 깨닫고만 것은 그냥 이 불완전함 자체가 너무나 완전한 아름다움 그 자체라서, 도저히 이대로 전체를 인정하지 않을 수 없다는 것이었다.

화분을 약 30도씩 돌려보면서 어떻게 놓아야 가장 시각적 쾌감이 있는가를 혼자 조율하다보면, 다시 말해 화분을 멀리서 봤다가 가까이 다가가서 조금 돌리고 또 나와서 보고를 무한히 반복하다보면, 결국은 그냥 항복이다! 지금 맞는 각도를 찾았다 싶더라도 내일이면 뭔가 또 미세하게 균형이 깨져 있다. 그래서 또다시 돌리고 돌리다보면, 아! 내가 지금 하는 일은 영원히 맞출 수 없는 것을 맞추려고 하는 무모함과 무용함.

클래식 발레에 미쳐 있던 시절에, 대부분의 아마추어 발레인들이 그렇듯 나 역시 한 발 끝으로 균형을 잡고 턴을 도는 것이 어려웠다. 언제나 동작을 모양으로 먼저 따라 하려고 했지만, 근육도 부족했고 각 근육을 쓰는 방향도 타이밍에 맞춰 잡기가 어려웠다. 그래도 아주 가끔은 균형 비슷한 것을 잡을 수 있던 적이 있었는데, 이게 참 무엇보다 사람을 미치게 하는 부분이 뭐냐면, 분명 어제는 그 모양이 좀 됐는데 오늘은 죽어도 안 되는 일이 반복된다는 것이었다.

이건 물론 내가 프로 발레리나가 아니었기 때문이라고 단순하게 말할 수도 있겠지만, 나는 그것이 결국 내 몸이 매일 변하고 있기 때문이라고 생각했다. 왕성한 신체 격변기는 아닐지라도, 그게 성장이든 노화든 세포의 생성이든 사멸이든 분명 몸은 미세하게 매일 달라지는데, 내가 일주일에 몇 번 가지도 않는 발레 수업에 따라 그 아슬아슬한 이상적인 몸의 균형을 '완전함'이라 믿고 매번 그것만을 바라보려 하고 있던 것은 아니었을까.

나는 분명 완연한 중닭이었다. 그리고 발레를 했던 대부분의 시간 동안 그 중닭스러움이 싫었기에 중닭의 아름다움 역시도 보지 못했다. 중닭은 너무 과하거나 모자라서, 가려지지 않지만 필시 가려야만 하는 무엇이었다.

하지만 완전함에 도달하지 못한 불완전성의 다른 이름으

로서의 중닭이 아니라, 모든 측면에서 모든 것이 완성되는 순간 같은 것은 없으며 영원히 여기저기 삐걱거릴 것이라서, 그래서 이 시간 축에서 다시 오지 않을, 그 모든 나사 빠진 순간을 끌어안음이 중닭이라면, 그런 고유함과 아름다움의 다른 이름이 중닭이라면.

그 중닭의 아름다움을 인지한 상태에서, 그때부터 절대로 도달하지 못할 균형을 향한 몸부림은 비로소 의미가 생겼다고 나는 생각했다. 우연히 어떤 성장과 노화의 아귀가 들어맞아 몸이 클래식하게 써지는 날도 있었지만, 대부분은 불가능한 완전함을 위해 도전하고 완전히 실패하는 것, 그런데 그 실패가 실은 모두 각각의 클래식임을 받아들이는 부분 말이다.

나는 예술에서 중닭의 아름다움이 진하게 느껴질 때 완전히 매혹된다. 영원히 도달하거나 완성하지 못할 어떤 이상적인 아름다움이 있는데, 그 앞에서 못난이를 숨기지 않은 채 대놓고 '나는 그곳에 이르지 못했소! 나는 중닭이오!' 하고 튀어나온 그 아름다움은, 절대로 거부할 수 없는 무엇이 된다. 세상의 모든 아름다움이라는 말은 다 바로 이런 중닭 앞에 무릎을 꿇어야 한다. 그래서 우리는 식물 화분 돌리기를 지속하며 매번 가장 최고의 균형을 찾는 데 실패하고, 그 실

나는 예술에서 중닭의 아름다움이 진하게 느껴질 때 완전히 매혹된다.
영원히 도달하거나 완성하지 못할 어떤 이상적인 아름다움이 있는데,
그 앞에서 못난이를 숨기지 않은 채 대놓고
'나는 그곳에 이르지 못했소! 나는 중닭이오!'
하고 튀어나온 그 아름다움은, 절대로 거부할 수 없는 무엇이 된다.
세상의 모든 아름다움이라는 말은 다 바로 이런 중닭 앞에 무릎을 꿇어야 한다.

패에 대해 “아, 오늘도 역시”라고 말해야 하는 것이다. 그리고 우리 삶의 대부분에서 우리는 중닭일 것이므로, 다시 돌아올 수 없는 매 순간의 중닭스러움에 대해 약간의 위로와 그 고유의 아름다움에 대한 찬사를 남겨보는 것이다.

이반
지하의
말

“제가 예술업계에 있다보니까, 재능이란 말의 여러 가지 의미에 대해 생각하게 되는데, 재능이 곧 ‘퍼포먼스’만을 의미하는 건 아니에요. 특히 예술 분야에서는 사람들이 재능이나 천재성에 대해 더 환상을 갖고 있어요. 그런데 천재든 아니든 간에 일을 해서 일단 먹고살아야 하잖아요. 내가 작업물을 뽑어낼 채널이 있어야 하는 거고, 그럼 결국 그 채널을 운영하는 일반 사람들과 소통하고, 그들이 원하는 것을 적절히 해낼 줄 알아야 그게 직업으로서 유지가 되는 거거든요.

천재면 뭐해요? 진짜 천재는 사람들이 못 알아봐. 그래서 되게 슬퍼. 그리고 천재들은 비싸. 근데 보통의 중소기업들, 혹은 약간의 대기업들이 원하는 건 뭐냐면, 적당히 일 잘하고 소통 잘되는 사람입니다.

그리고, 그게 바로 너야. 사실은.”

_〈월간 이반지하〉 6호

짐승 같은 식물적인

집에 식물을 본격적으로 들이게 된 것은 코로나의 영향이 컸다. 비대면이라는 말이 점점 더 일상화될수록, 나는 즉물적인 것, 실존적인 것에 대한 그리움을 더 강렬하게 느꼈다. 만지고 비비고 냄새 맡고⋯⋯ 그런 직접적인 날것의 일들이 무척 고팠다. 그런 허기 속에 있던 작년 10월, 인터넷에서 본 선인장 가게에 기습방문하면서, 우리집의 모든 식물 상황은 시작되었다.

손바닥만한 작은 희귀식물 화분들을 한 번에 둘 넷씩 사들이면서, 지금은 12개 정도의 화분이 전자레인지 위를 빼곡히 채운 형국이 되었다. 딱히 전자파를 의식한 위치 배정은 아니었고, 그곳이 식물등 스탠드를 쬐게 하기 좋은 위치였기 때문이었다.

식물이 잘되는 집 같은 곳에 살아본 기억이 없어, 식물을 키운다는 것은 그냥 조금씩 죽음을 관망하는 것이라는 정도의 생각을 가지고 살아왔다. 그래서 이런 식의 급작스러운 식물 폭격은 나에게 꽤나 드라마틱한 변화였다. 운좋게도 잘 들인 필립스 식물등 하나가 모든 식물의 생장조건을 얼추 때려맞춰냈는지, 우리집은 생장이 터지는 집이 되었다. 혹은 내가 그런 생장을 들여다보는 인간이 되었기에, 생장은 폭발하고 말았던 것인지도 모른다. 어쨌든 식물들은 필시 성장해야 했고, 나는 보고 만져야 했으니, 서로의 필요와 욕구, 각자의 잇속이 잘 맞아떨어진 셈이라 할 수 있겠다.

세상 모든 것의 이름이 그러하듯, 이들도 선인장이라는 이름 하나로 묶이기엔 정말 다양한 종류가 '각자'라고 외치며 살아간다. 다만 이 선인장류의 재밌는 점은, 내가 살면서 익숙하게 봐온 형태와 자람이 아니기에, 어떻게 커나가게 되는지가 완전히 예측불허라는 것이다. 대강 식물인 이상 이렇게 되겠거니 생각했다가 뒤통수를 맞은 적이 지난 6개월 동안 한두 번이 아니었다. 내가 식물에 대해 갖고 있던 편견은 우리집 선인장과 유사 선인장들로 인해 모조리 박살났다.

정적이고 고요할 것이라 여겼던 이들의 삶의 모습은 생각보다 훨씬 과감하고 동물적이었다. 사나운 가시를 뾰족뾰족 세우는 애, 부드럽고 상냥한 가시만 드문드문 내미는 애, 모헤어 같은 털을 하고 매일 부숭부숭 커지는 애, 맨질맨질한 피부를 가져 만지기 딱 좋은 애 등등 도저히 분류할 수 없는 각양각색의 모습을 하고는, 매일 내 눈을 피해 훌쩍 맘대로 자신을 자라낸다.

나는 아침에 일어나자마자 환한 식물등 밑에 나보다 항상 먼저 일어나 있는 얘네를 멍하니 보고 있는데, 분명 꼼꼼히 담아내듯 눈으로 매일의 변화를 관찰하는데도, 항상 앗! 하면서 내가 놓친 순간을 찾아내곤 기겁한다. 갑자기 몸통을 쪼개서 새 몸통을 꺼내기 시작하거나, 맘대로 긴 몸에 마디를 만들어 머리를 묶은 듯 보이게 하기도 하고, 뜬금없이 꽃대가 올라와 본체와는 전혀 어울리지 않는 꽃을 피운다든지, 하여간 매우 가지가지를 하고 또 한다.

내가 얘네에게 막연히 기대하는 시나브로 무엇이 어떻게 되더라, 하는 점진적 성장 과정을 얘네는 너무 자주 배반한다. 정말로 분명 어제까지, 혹은 불과 몇 시간 전까지도 얘가 진짜 살아는 있나 싶을 정도로 뭣도 안 보여주다가, 느닷없이

정적이고 고요할 것이라 여겼던 이들의 삶의 모습은 생각보다 훨씬 과감하고 동물적이었다.
사나운 가시를 뾰족뾰족 세우는 애, 부드럽고 상냥한 가시만 드문드문 내미는 애,
모헤어 같은 털을 하고 매일 부숭부숭 커지는 애, 맨질맨질한 피부를 가져 만지기 딱 좋은 애 등등
도저히 분류할 수 없는 각양각색의 모습을 하고는,
매일 내 눈을 피해 훌쩍 맘대로 자신을 자라낸다.

얀마 이건 몰랐지? 같은 느낌으로 뭔가를 해 보인다. 나는 이 모든 드라마가 벌어지는 바로 그 순간을 보고 싶은데, 항상 뭔가가 벌어진 후에 발견만 하게 된다. 짐승처럼 어디 구석에서 기회를 엿보고 있다가, 내 눈이 딴 데를 보는 순간 일을 벌인다고밖에는 생각할 수 없을 정도이다.

이럴 때마다 드는 감정은 정말로 복잡하다. 아, 이러기 전에 낌새라도 좀 느끼게 해주지 하는 생각에 야속하기도 하고, 또 한편으로는 아니 그렇게 맨날 보는데도 어떻게 눈앞에서 놓치나 싶어 김소윤 너는 대체 뭘 보고 살고 있나 싶어지는 것이다.

아무튼 얘네는 큰다. 내가 어떤 마음이든 간에 그냥 자기들이 태어난 대로, 생겨먹은 대로 제 속도로 그렇게만 자란다. 가끔은 약간 나한테 엿먹어라 하는 느낌으로, 여봐란듯이 큰다는 느낌도 있다. 하지만 우리집 식물들은 자신들의 그런 생장에 어떤 미안함이나 송구함도 내비치지 않는다. 아마도 그게 매력포인트인 것 같다.

처음엔 기가 막히지만, 너무나 당당하고 아무렇지 않게 멋대로 다 깨부수면서 자라나는 것을 보면, 그들의 삶에서 나는 그냥 '보는 자'에 지나지 않았음을 알게 된다. 나는 애초에 그 생에 관여할 자격이 없었으며 그저 보는 것 정도나 겨우 껴들듯이 할 수 있는 것이다. 그들은 나에게 어떤 예고도 빚지지 않은 채, 어떤 껄끄러움도 없이 순정하게 지 할 일만 하고 사는 거다.

그러므로 나는 그들의 순간들을 필연적으로 놓치게 되어 있다. 겨우 따낸 보는 자의 위치에서도, 실상 모든 순간을 보고 소유할 수 없는 것이다. 같은 공간에서 같은 시간대를 살아간다는 환경적 세팅 이외에는 어떤 공유도 약속되지 않는다.

하지만 아침에 일어나면 눈을 둘 수 있는 그들이 그곳에 있다. 식물의 탈을 쓰고 짐승 같은 거친 성장을 하고 있는 그들의 에너지가 있다.

이반 지하의 말

"어디든 아름다움은 흔하지 않아요. 더러운 일상 속에서 찾아내는 게 아름다움이잖아요."

_〈월간 이반지하〉 6호

그림 짐짐

좀 충격을 받았다. '많이 놀랐다'고 쓰려다가, 그보다는 '충격'이라는 말이 지금을 묘사하는 데 훨씬 적절하다는 생각에 그렇게 썼다. 절대 팔리지 않을 그림이라고 생각한 것은 아니었다. 오히려 많은 사람들이 좋아해서 가격을 높게 매긴 그림에 가까웠다. 무엇보다 그 그림을 좋아하는 사람 중에 하나는 나였다. 그래서 그 그림은 안 팔려도 내가 집에 두고 보면 된다 생각했고, 가격도 그런 전제로 설정했다.

그런데 오늘 아침 아트 딜러에게서 연락이 온 것이다. 어제 유심히 그 그림을 보던 어떤 분이 오늘 친구와 함께 다시 한 번 전시장에 와서 결국 그림을 구매했다고. 분명 그 그림을 사랑해줄 사람이겠다는 생각이 들면서, 동시에 쿵 하고 가슴 한쪽이 허전해졌다. 영원히 그 그림을 안고 살 거였냐 물으면 그거야 당연히 아니겠고, 분명 그 그림의 자리가 비워져야 그만큼 새로운 작업들을 해나갈 수 있을 것인데, 일단은 그 빈 공간의 휑한 느낌이 너무 강렬해서.

우리집에서 나의 그림들은 사실상 짐이다. 공간상의 이유로도 보관상의 이유로도 좋아하는 그림들을 모두 걸어두거나 할 수 없기 때문에, 대부분 겹겹이 포장재에 싸여서 수납되어 있다. 그래서 당연히 때가 되면 이곳에는 새 공기가 들어와야 한다. 오히려 그 공기가 들어오지 못해서 괴로웠고 어쩔 줄 모르던 시간들이 너무 길다고 느껴왔다. 하지만 어쨌든 비워진다는 것은 그 자체로 개운함과 허전함의 양가적인 감정 속에 빠져들게 했고, 조금은 센티한 기분이 들게 했다.

작가로 사는 것은 평생을 희망고문에 시달리는 일이라는 생각을 많이 한다. 누구에게도 보이지 못하고 적체되어만 가는 그림들을 목도하는 시간들은, 또 그것이 이사를 할 때마다 정확한 비용으로 환산되어 청구되는 일은, 창작으로 생산된 것들을 계속 이고 갈 것인지 어떻게 처분할 것인지를 결정하는 것까지가 내 몫임을 끊임없이 인지하게 되는 이 직업은.

여전히 우리집 옷장과 천장 사이 공간, 침대 밑, 가구 사이 틈들은 말리고 쌓인 그림들로 가득하다. 10년 전의 내가, 아니 그만큼 가지 않아도 좋다, 그 그림을 그렸던 3년 전만 해도 나는 쌓여가는 그림 짐들에 깊이 절망했다. 분명 그때의 내가 지금의 내 센티함을 본다면, 이 배부름과 태평한 소리를 마주한다면.

지금 이 순간, 내가 바로 사람들이 말하는 예술한다는 애구나 싶다.

시트콤 〈으랏파파〉를 쓰고, 내가 만든 인물들이 세워지고 떠나가 각자의 춤을 추는 것을 경험했던 것이 문득 지금과 겹쳐진다. 그림을 파는 일도 결국 내가 떠나보낸 그림들이 새로운 공간에서 다시 태어나는 걸 보게 되는 일일까.

나는 내가 또 새로운 걸 만들어낼 것임을 알고 있다. 그리고 그런 믿음 없이는 그림 판매 같은 것은 할 수 없다. 그리고 내가 계속 작업을 하는 것이 내 작품을 사간 이들에게도 중요한 의미가 될 것임을 알고 있다. 하지만 멋진 말들을 늘어놓는 지금의 틈틈에, 다시 못 볼 것들과 이별하는 감정이 더 직접적이고 실제적으로 느껴진다.

오늘이 전시의 마지막날이기도 하지만, 나는 딜러에게 그

작가로 사는 것은 평생을 희망고문에 시달리는 일이라는 생각을 많이 한다.
누구에게도 보이지 못하고 적체되어만 가는 그림들을 목도하는 시간들은,
또 그것이 이사를 할 때마다 정확한 비용으로 환산되어 청구되는 일은,
창작으로 생산된 것들을 계속 이고 갈 것인지
어떻게 처분할 것인지를 결정하는 것까지가
내 몫임을 끊임없이 인지하게 되는 이 직업은.

림에 인사를 하러 가야겠다고 했다. 그리고 그 그림을 아는, 나만큼 그 그림을 좋아해준 주변인들에게도 문자메시지를 보냈다. 혹시 원하면 오늘 그 그림에게 인사를 해야 할 것 같다고. 앞으로도 운좋게 그 그림을 볼 기회가 있을지도 모르지만, 그것은 완전히 컬렉터의 선의에 달린 일이기에, 조금 신파적 이별이 될 것 같다는 생각을 한다.

그림들이 나간 자리는 금세 새로운 그림으로 채워질 것임을 알고 있다. 내가 그런 인간이라는 것을 살아보니 알게 되었다. 그래도 좋은 그림은 좋은 그림이고, 좋아하는 그림은 좋아하는 그림이라서 오늘 적절한 이별과 안녕을 고하고 오려 한다.

안녕, 너는 좋은 그림이었다.
그리고 너는 좋은 그림이 될 것이다.
나는 또 잘 그릴 거니까 걱정 마.

이반 지하의 말

“ 저는 기본적으로 '창작자라고 해서 미래 전망이 보이지 않는 것이 아니라 인간의 삶 자체가 그런 것이다'라는 생각을 갖고 있습니다. 우선은 좀 얇고 길게 하면 됩니다. 관계든 직업이든 뭐든 언제든 그만둘 수 있고 언제든 시작할 수 있다는 게 저의 기본적인 생각입니다. 창작자로 살다보면, 그게 마치 직업이라기보다는 소명이라든가 신화적인 의미를 부여하게 될 때가 있는데요. 저는 사실은 그런 순간에는 좀더 직업적으로 생각해보면 좋지 않나 생각이 들어요.

창작을 그만둔다는 게, 지금 여기 사연에서도 너무 비장하게 그러잖아요. "친구가 진지하게 그만둘 생각을 한다." 물론 당연히 하던 걸 그만두면 일반 직장이든 뭐든 걱정도 되고 큰 변화이긴 한데, 제 생각은 그래요. '그.럴. 수. 있.다'라는 거죠.

그림을 그리다 붓을 꺾었다? 아니에요. 그냥 회사 다니다 때려치운 거예요.

기억해야 할 건, 근데 언제든지 또 그걸 다시 할 수 있다는 거. 힘들면 좀 쉴 수도 있고, 딴 일 좀 할 수도 있고. 그게 무슨 순수함을

“ 더럽힌다든가 그런 게 아니라, 그냥 그럴 수 있다는 거죠.

사람들은 내가 나이가 너무 많아서, 너무 어려서, 또 여러 가지 상황이 안 좋아서 새로운 걸 시작하지 못하겠다, 혹은 하던 걸 못 그만두겠다, 이런 말들을 하죠. 근데 그런 완벽한 타이밍은 오지 않아요. 언제든 갈등도 있고 부딪치는 문제도 있고 그런 거죠. 창작이 힘들면 그냥 쉬면 되는 것 같아요.

일도 창작도 대단히 연속된 커리어를 쌓아야지만 의미가 있는 건 아니거든요. 한국 사회에서는 고정된 커리어나 소속을 갖고 있는 걸 당연히 여기다보니까, 초등학교 다니면 중학교 가고, 중학교 다니면 고등학교 가고, 이 선에 익숙해져서 그렇지, 사실 그런 계단은 환상에 가깝잖아요. 사실은 다 지그재그고, 커브고. 그래서 저는 그냥 그만둘 수도 있고 하고 싶을 때 또 하면 되고 그러면 좋겠어요. 내가 안 해도 된다고 생각하면 조금 마음이 편해지면서 상황이 객관화되는 게 있거든요.

죽을 때까지 해야 되는 일은 없어요. 죽을 것 같으면 안 해야 돼요.

한 사람의 창작 과정이나 삶에 대해서 이래라저래라 판단할 순 없어요. 그런데 저는 기본적으로 다 해도 된다는 얘기를 꼭 하고 싶어요. 그게 이 사회가 우리에게 안 주는 메시지인 거 같거든요.

그러니까 제 말은 우리네 인생은 다 더럽다. 그렇게 순수하지 않다.

한 가지 목표를 향해서 달려가가지고 거기에 깃발 꽂고 이런 게 아닌 것 같아요, 저는. 이것저것 두드려보고. ‘아, 이거 아닌가?’ 그럼 또 접었다가 딴 거 하고. 좀 ”

“ 치사하게 살아도 괜찮다 이 말이죠.

저는 존버의 시간도 고통이 담보되어야 하는 게 아니라는 얘길 하고 싶어요. 존버가 말 그대로 존나 버티는 건데 그 존나가 ‘존나’ 아니고 그냥 ‘재밌게’ 버틸 수도 있을 것 같거든요. 그러니까 그런 요소를 계속 찾아가는 것이 중요하지 않나 싶어요.

우리, 오염된 상태로 같이 살아가면 좋겠습니다.

순수하지 않게. 다 섞이고. 이랬다저랬다 하면서. ”

_〈월간 이반지하〉 2호

대본 리딩 빈둥지증후군

난생처음 시트콤 드라마 작가로서 대본 리딩에 참석했다. 나도 대본 리딩이 무엇인지는 유튜브를 통해 제법 감 정도는 잡고 있었다. 내가 완성한 대본을 실제 그 역할로 캐스팅된 배우들이 모두 모여 맞춰보는 자리, 바로 그것이라는 것쯤은 말이다.

사실 감독과 조감독, 배우들은 이미 몇 차례 따로 혹은 같이 대본 리딩을 한 사이였고, 나만 처음인 상황이었다.

내가 만든 가짜 인물들이 입체가 되는 순간을 상상하면 너무 가슴이 터질 것 같아서, 흥분에 잠이 오지 않던 밤들이 있었다. 그래서 나는 첫 대본 리딩부터 나도 끼면 안 되냐고 진상을 떨었다가 까이기도 했다. 아직 캐릭터를 만들어가는 중인데 '작가님'이 앞에 있으면 모두가 부담스럽다는 거였다. 맞다! 나는 '작가님'이었던 것이다. 나는 재빨리 상황을 인지하고 물러섰다.

그래서 그 이후 나는 내가 참여할 수 있는 마지막 대본 리딩, 바로 그날만을 기다렸던 것이다. 중간 중간 감독 및 조감독을 괴롭히며, 배우들 사진 찍은 거 없냐 뭔 얘기 나눴냐 등등 뭐라도 떡밥이 떨어지길 기다렸던 지난날…… 기금을 받아 제작하여 일정이 촉박했던 터라 이 기다림의 시간은 고작 일주일 정도였지만, 나는 그저 모든 것이 궁금하고 또 궁금했다.

그날은 사실 언제나처럼 가볍게 스치듯 정신병원을 들러주는 날이었지만, "오늘은 대본 리딩 날이다!"라고 나는 길에서, 마스크 속에서 외쳤다. 매우 위엄 있고 엄격한, 사람들이 말하는 '작가정신' 그 자체인 위대한 작가님으로서 자리를 빛내고 빛내리라.

드디어 해가 지고, 나는 셀카봉을 들고 대본 리딩 장소까지 가는 길을 녹화하기까지 했다. 핸드폰 카메라를 보며 걷다가 몇 번 죽을 뻔한 후, 약속장소인 한 강의실에 도착하니, 정말 TV에서 봤던 것처럼 스태프들이 코로나 시대에 맞게 사회적 거리두기를 지켜 널찍널찍 옛 게이바 같은 디귿자 형태로 앉아 있었고, 내 자리는 감독의 옆자리! 즉 왕의 자리! 모두가 나의 도착과 착석을 지켜보고 있었다.

셀카봉을 들고 배우, 감독, 조감독 등 모든 스태프들에게 깐죽대려고 했건만, 좌중의 공기는 결코 나에게 그런 것을 허락할 틈을 주지 않았다! 나는 '똥 싼 바지'를 입은 채 겨우 작가님으로서의 위엄을 지키며, 아직도 녹화중인 핸드폰과 셀카봉을 테이블에 조심히 세웠다. 혹여나 다른 사람들이 나오지 않게 렌즈도 내 쪽으로 고정했다. 서로에 대한 예의의 파도가 회장을 가득히 메우고 있었다. 나만 실례였다.

감독이 옆에 와 앉으며 작가님이 오셨으니 대본 리딩을 시작하겠다고 했다. 대본 파일을 보려고 아이패드를 가방에서 꺼내놓았는데, 조감독이 번듯하게 제본된 대본을 나에게 건네주었다. 나는 좁은 책상에서 소중한 아이패드를 실수로 떨어뜨리진 않을까 싶어 가방에 다시 넣으려 일어났고, 감독은 하던 말이나 하지 나보고 어딜 가냐고 물어, 좌중의 주의를 끌게 만들었다. 그렇게 나의 위엄은 흠집나기 시작하는 듯했다. 아이패드를 가방에 넣고 다시 자리에 앉자, 감독이 이번 작업에 대한 소회를 밝히며 자기소개를 시작했다. 나는 다시 한번 가방에 가서 내 펜을 가져와야 한다는 것을 직감적으로 깨닫고 초조해졌다. 조감독은 친절하게도 대본과 함께 모나미 볼펜을 주었지만, 나는 내 이름이 박힌 대본에 꼭 나의 파란색 외제 볼펜으로 메모를 하고 싶었다. 저 갱지에 푸르른 미끄러짐을 느끼고 싶었다. 내 소개도 하고 모두의 인사도 들으며 타이밍을 좀 쟀고, 겨우겨우 본격 첫 대사 전에 잽싸게 내 펜을 가져올 수 있었다.

그렇게 대망의 대본 리딩이 시작됐고, 또 끝도 났다. 나는 내가 쓴 대본에 취해 웃다가 울었다. 마스터피스였다. 나는 너무 잘 써줬으니 이제 연출놈들만 잘하면 된다는 생각이 들었고, 입 밖으로도 그 말을 내뱉었다.

행사가 끝나고 모두와 인사를 하고 집으로 돌아오는 길, 한참을 걸으며 나는 술기운에 취한 듯 혼자만의 아트와 외로움에 허덕였다. 이런 느낌은 정말로 예상치 못했던 것이었다. 너무도 헛헛했다. 나는 대본 리딩이 그냥 대본을 리딩하는 것이 아님을 그제야 깨닫고 있었다. 그 자리는 사실 이제 이 작품이 더이상 내 것이 아님을 확인하는 자리이기도 했던 것이다.

물론 코로나로 인해 서로 안전거리를 확보하며 도시락 식사를 하는 등, 배우나 다른 스태프분들과 살갑게 대화할 수 없었던 것에서 오는 아쉬움도 행사 이후 밀려와버린 외로움의 이유였을 것이다. 하지만 그보다 더 근본적인 의미에서, 나는 내가 이제 이 작업 전반에서 뒷방 노인네가 되었다는 것을 인정하지 않을 수 없었다. 이것은 좋고 나쁨 같은 게 아니라 그냥 사실이었다.

아무것도 없는 빈 문서에 내가 두드린 타자들이 이야기가, 또 인물이 되었고, 그 인물들은 입체가 되어, 이제 스스로 극을 만들고 있다는 것이 온몸으로 느껴졌다. 내가 만든 가짜 인물들은 이제 그저 감독 바라기가 되어 그래요, 나를 잊으시오…… 잊으시오……

정말 기묘한 외로움이었다. 존재하지 않던 것을 존재하게 만들자 존재는 더욱 존재하기 위해 떠나간다. 그리고 그 과정을 지켜봄과 더불어, 남겨진 자기 자신을 견디는 것까지가 만든 자의 몫이 된다. 그리고 이 감정은 치댈 곳조차 없었다. 감독이나 다른 스태프들에게 이런 나의 마음을 꺼내 보이며 질척대고 싶었지만, 이들의 머릿속은 온통 촬영과 각종 사무로 꽉 차 있는 것이 보이지 않아도 보였다.

지금 감정이 있는 자, 오직 나밖에 없다!

나만이 이토록 프로페셔널한 외로움을 절절히 느끼며, 내가 만든 존재들의 현현인 배우들을 하나하나 그리워한다!

보고 싶소……

보고 싶소……

정말 기묘한 외로움이었다.
존재하지 않던 것을 존재하게 만들자 존재는 더욱 존재하기 위해 떠나간다.
그리고 그 과정을 지켜봄과 더불어, 남겨진 자기 자신을 견디는 것까지가
만든 자의 몫이 된다.

촬영현장도 전봇대 뒤에서 엿보고 싶소……

이반 지하의 말

“그냥 나로 사는 건데, 퀴어로 산다는 건 원하든 원하지 않든 운동적 측면을 갖게 되더라고요. 그래도 저는 마음대로 살 거예요. 그게 포인트예요.

그냥 끝까지 재밌게 살고 싶어요.”

_〈으랏파파〉 인터뷰

글쓰기에 관하여

글쓰는 거 무척 즐겁다. 글을 계속 쓰고 싶다, 그런 생각을 했다. 그냥 키보드를 두드리고 있는 순간이 좋다. 생각이 글이 되는 느낌도 나쁘지 않다. 물론 이러다 내가 쓴 글에 발목 잡힐 날이 분명 오겠지만, 뭐 어떤가. 그때 발목은 이미 내 발목이 아닐 수도 있는데.

아주 어릴 때부터 너무 자주, 많은 것들이 감당할 수 없는 크기와 빈도로 부대꼈고, 불편했고, 분노가 되었다. 무엇보다 그걸 말하거나 나눌 곳이 없었다. 아무도 달래주지 않는 그 미친 마음을 달래는 방법은 주로 글을 쓰는 것이었다. 길을 걷다가도 글쓰고 싶은 충동이 일면 얼른 펜과 노트를 사서 아무데나 들어가 미친듯이 글을 썼다.

당연히 이때의 글은 토해냄이었다. 나는 손과 팔이 저려올 때까지, 속으로는 엄청나게 울면서, 빡빡하게 펜을 눌러 글을 쓰고 또 썼던 기억을 갖고 있다. 세상과 나 자신, 주변에 대한 저주 같은 것을 쓰고 또 썼고, 그렇게 하고 나면 속이 조금 풀렸다. 아니 속이 풀렸다기보다, 목구멍까지 차오른 끔찍한 10대의 한복판을 버틸 수 있는 약간의 숨구멍을 확보할 수 있었달까. 정말로 나는 그때 죽지 않기 위해 버티고 있었을 뿐이었다.

그 이후에도 스마트폰이 나오기 전까지는, 언제 글을 쓰고 싶은 충동이 일지 몰라서 항상 가방을 단출하게 갖고 다닐 수 없었다. 일단 그 충동이 일면 쓰지 않고는 도저히 마음을 잠재울 수가 없었기도 했고, 어떤 의미에서는 그 순간을 아마 그만큼 소중히 하고 있었던 것인지도 모르겠다.

물론 그림을 그리는 것 역시 비슷한 충동과 해방감에 연결된 활동이고 현재도 그러한데, 그 당시의 글쓰기는 뭔가 더 세상의 언어로 나를 설명해보려는, 살기 위해서 어떻게든 언어화해보려는 절박함을 좀더 갖고 있었던 것 같다. 그리고 그림은 미대입시생이 되면서 평가의 영역으로 빠르게 입성한 것에 반해, 글은 적어도 그보다는 나에게 좀 여지가 있는 일이었다.

대입 막판에 논술이 생겨서 글도 입시의 영역이 되긴 했지만, 미대에서는 그 점수가 크게 중요하진 않았다. 나는 당시 논술 첨삭을 받으면 보통 필력은 있으나 논점 이탈이라는 코멘트를 들었다. 그렇다. 나는 도저히 논술 시험의 논점이 뭔지 이해가 안 갔다. 어디까지 써야 논점이고 어디를 넘으면 논점이 아닌지 어려웠다.

대학에 들어와서는 페미니즘에 노출되면서, 글은 그림만큼 넉넉하지 못한 것 같다는 느낌을 받기 시작했다. 글은, 언어는, 이미 너무 침범되고 오염되어서 이미지만큼 얼버무림의 가능성이 희박하다고 생각했고 그 점이 싫었다. 이때의 얼버무림이라는 것은 아마도 추상성이나 상상의 영역일 것이다. 아무튼 그 당시 나에게 말과 글은 싸움의 도구였기 때문에, 그것에 대한 호감과 매력은 하루가 다르게 급락하고 있었다.

또 내가 미술가였기 때문에 '말만 잘한다'는 말을 듣는 게 점점 싫어지기도 했다. '말도 잘한다'가 아닌 '말만 잘한다' '입만 살았다'는 평가는 내가 미술가로서 모지라다는 말인 것 같았고, 실제 그런 말을 교수들이나 각종 권위자들에게 그런 뜻으로 많이 들었기 때문에 무척 위축되기도 했다. 지금 생각해보면 그 사람들이 그냥 날 못 이기겠으니까 그런 말을 한 건 아닐까 싶기도 하지만, 아무튼 그때의 나는 그런 말에 작아졌다. 말만 잘한다는 건, 참 점잖지 못하고 얕고 못마땅한 성정인 듯했다.

그러다보니 그냥 글도 말도 싫어졌다. 뭣보다 각종 각주를 달며 명확한 입장과 논지를 전개하는 글을 쓰고 말을 해야 꼬투리를 안 잡힐 것 같은데, 나는 그런 일들에 기가 질렸다. 아마 정확히는 도무지 나에게 맞지 않는 일이어서 참지 못했을 것이다. 나는 글을 써서 막 논쟁을 하고 지구 끝까지 토끼몰이를 당하고 그런 것들이 다 너무 싫었다. 그리고 싫은 것은 대부분 쫌 옳다. 그래서 나는 그런 글을 쓰지 않는 사람이 되었다. 쓸 수 없는 인간임을 어느 순간 깨달았다.

오랜 기간 동안 나에게 '글'이라는 것은 혼자 설 수 있는 매체가 아니었다. 나의 작품에 덧붙여지는 작은 설명이나 키워드 같은 것으로서, 다른 작품의 보조 매체로서만 글을 생각했다. 글 같은 그림을 그리지 않으려고 노력했던 시간이 있었고, 글이 그림을 넘는 작업은 촌스러운 것 같아서 최소한으로 하고 싶었던 때도 있었다.

그러다가 어라,

나는 에세이를 쓰는 사람이 되었다.

왜 이 생각을 못했을까. 바로 이거였다! 와씨, 에.세.이. 바로 당신이었다!

나의 글은 그냥 나의 글로서 서면 되었던 것이다. 도구도 기능도 없이 그냥 글이어도 되었던 것이다. 아, 그게 너무 좋다. 나는 요새 내가 내 글을 되찾은 느낌이 든다. 그리고 잃지 말자, 라고도 생각한다. 나에게 나의 글이 있다는 것을 기억하고자 한다. 나만 쓸 수 있는 글을 쓰자고 생각한다. 나에게 가장 편안하고 애쓰지 않아도 자연스럽게 튀어나오는, 학자도 연구자도 아닌 그냥 예술가의 글을 쓰고자 한다.

이렇게 다 내 맘이다!

이반 지하의 말

다 해도 됩니다.
페미니스트 종류 되게 많습니다.
슈퍼마켓 같은 거예요.
자유롭게 맘대로 사십시오.
하고 싶은 거 다 하고.
괜찮아, 별일 아냐.

_〈월간 이반지하〉 4호

그래서 어떻게 재밌게 읽으셨나 모르겠다. 이런 삶이 세상에 존재한다는 걸 다들 듣도 보도 못하셨을 건데, 입맛에 맞는 구석이 조금이라도 있으셨나 모르겠다. 솔직히 이런 얘기, 사실 다 거짓말 아니겠는가. 나한테 보이지 않았고 들리지도 않았던 얘기면 그게 거짓말이 아니고 뭐겠는가.

그래서 모두가 예상했다시피, 이 책에 쓰여 있는 글은 다 거짓말이다.

그리고 아시다시피 거짓말이라는 게 진짜 거짓말이다.

그래도 나는 세상에 기꺼이 거짓이 되어주려 한다. 진짜라고 말하는 것보다 네네 거짓 맞습니다, 라고 하는 게 속이 편하다. 거짓이 되면 좋은 면도 있다. 무슨 말을 해도 잘 믿어주지 않기 때문에 대충 살아도 괜찮다. 매번 증명해야 하고 설명해야 하는 것에 질리더라도, 그것대로 좀 재수없게 굴어도 괜찮은 면도 있다. 물론 다 내가 살려고 하는 생각이다.

당신의 삶은 나와 얼마나 같고 다를 것인가. 어찌됐든 부디 평범하고 정상적인 일상에 감사하며 범사에 범사하길 바란다. 근데 사실은 안 바란다. 아무것도 바라지 않는다. 나는 나대로 살아가느라 바쁘다. 당신도 바쁠 것 같다. 그러니까 가끔만 만나자. 다음에 또 만나자.

추천의 글

슬픔이 전설이 되기까지

이자람(공연예술인)

보라색 소팔이

재미있는 사람이 들어왔다고 했다. 사람들은 호기심 어린 시선으로 혹은 재미있는 사람에게 덩달아 친근하게 굴듯 그를 대했다. 후배였기에 혹은 재미있는 여성이라서 다들 쉽게 그를 대했다. 그러나 나는 왜인지 그가 조금 어려웠다. 마냥 재미있어 보이지 않았다. 유리 같은 느낌이었는데, 음 무언가 조금 슬퍼 보였다.

그는 곧 우리가 속한 노래패에서 성폭력과 오랜 시간 서로가 물려준 권력 체계, 그리고 그것을 전혀 들여다보려 하지 않으면서 사회 문제를 논하는 무지와 비겁함을 보아내고 이야기했다. 무지한 나는 그가 멋있었다. 허나 내가 무엇을 해야 하는지, 그냥 응원하면 되는 건지, 그 응원은 또 어떻게 하는 건지 알지 못했다. 무지해서 비겁한 나는 졸업반이라는 방패를 세워두고, 한발 뒤에서 다른 곳을 바라보느라 바쁜 척하며 흰자로 그를 곁눈질했다.

그후 그와 나는 서서히 더 많은 대화를 나누는 사이가 되었다.

집에 들어오면 채팅창을 켜고 쓸데없는 말부터 심각한 말들까지 주고받았다. 나는 나의 삶을 짊어지고 그는 그의 삶을 짊어지고 그렇게 대학 생활을 가로질렀다.

그는 미국 사회에 신선한 충격을 불러온 팝아트처럼 나를 비롯한 여러 사람의 뒤통수를 때리는 졸업작품을 보여주었다. 웃기고 귀엽고 괴기스러운 성기 자르기 대잔치였다. 그리고 그 작품으로 정말 많이 힘들어했다. 마땅한 명분이 없는 교수들은 여러 가지 방법으로 그를 괴롭혔다. 무지하고 비겁했던 나는 또 그저 그의 이야기를 듣기만, 바라보기만 했다.

그는 내게 책 한 권을 선물했다. 그 책은 내게 페미니즘을 처음으로 글로 알려주었다.

졸업 후 우리는 각자 삶의 멱살을 잡고 살며 간간이 서로의 안부를 나누었다.

한번은 내 첫 독립을 축하하는 날이었는지 기억이 가물가물하지만, 그가 내게 보라색 펜으로 그린 자화상을 주었고 나는 그것을 아끼는 사람들의 사진과 함께 부적처럼 냉장고에 붙여둔 채 살아갔다. 여전히 무지한 나는 아무 지식도 경험도 장착하지 않은 채 반은 누군가에게 나도 모르는 가해를 흩뿌리고 나머지 반은 그런 가해자들에게 피해자가 되어가며 삶을 걸어갔다. 사람을 모아 단체를 만들었고 그들과 공연을 했다. 어느 날 공연을 보러 온 그는 내게 조심스레 물어주었다.

"그 장면, 알고 싸워봤지만 못 이겨낸 거지? 불편해서 죽을 뻔했어."

참 다정하게도 물어주었다. 나는 화끈거렸다. 대충 그랬다고 얼버무렸다.

마치 가시 같은 것이 있었는데, 자세히 알고 싶지 않아서 대충 포장지로 둘러 묶었다가 손에 찔려 피가 난 기분이었다.

검고 하얀 김소윤

바삐 지내다가 정말 오랜만에 연락을 나눴다. 일본에서 사온 기타가 내게 별로 쓸 곳이 없다는 이야기를 듣고 적당한 값을 쳐서 기타를 사준 그가 그 기타로 간간이 공연을 한다고 했다.

신기했다. 아, 그는 공연을 하는 사람이었구나. 나는 어렴풋이 그가 보여주는 두세 개 정도의 면만 알 뿐이지 나머지 대여섯의 면은 볼 수 없었고 보지 못한다는 것을 느꼈다.

홍대 어귀에서 수년 만에 카페에 마주앉아 그를 보았을 때, 그의 색이 바뀌었다고 느꼈다. 그는 보라색을 버리고 하얗고 검게 앉아 있었다. 여전히 내 눈에 비친 그는 어딘가 좀 슬픈 사람이었다. 하지만 그날은 무언가 순결해 보였고, 그 에너지가 어디에서 기인한 것인지 궁금했다.

발레를 배우고 있다고 했다.

몸을 챙기고 있다고 했다.

나는 안도했다.

안녕을 바라는 지인이 몸을 챙긴다는 이야기는 늘 내게 안도감을 준다.

이반지하

SNS에서 이반지하에 대한 글을 보았다. 궁금했다. 뮤직앱으로 들어가 이반지하 앨범을 트는 순간, 잠시 혼란스러웠다.

예전에 다녔던 성당 수녀님 목소리가 헤비메탈 보컬로 내 귀에 찾아온 기분이었다.

이반지하의 사진들을 검색해서 찾아보았다. 내가 아는 사람이었고, 동시에 모르는 아티스트였다. 그가 무대에서 좆모자를 쓰고 노는 모습을 사진으로 본다. 교수들에 의해 갈 곳을 빼앗겼던 접시 위 좆들이 떠올랐다. 냉장고 문에 붙어 있던 보라색 그림, 그 방 한가운데 앉아 있는 소팔이 떠올랐다.

그 모든 것을 지나 하얗고 검게 자신을 태우더니 이반지하가 태어났구나.

이반지하의 인터뷰 영상을 찾았다. 깔깔거리며 그의 재담을 즐겼다.

미쳤네, 너무 웃기다. 이렇게 재미있는 사람이구나. 날카로운 말들을 웃음 위에 얹어서 사방에 날리는 사람이구나.

거대한 자신의 삶 언덕 위에 우뚝 서서 아래를 내려다보며 땀을 씻는 개운함이 느껴졌다.

아티스트 김소윤

그의 에세이들 사이로 입술 한쪽이 조금 더 올라간 채 따스하게 웃는 건지 비웃음인지 모르겠는 그의 표정들이 보인다. 보라색이었다가 하얗고 검게 타다가 총천연색 붓을 들고 살

색으로 서 있는 그를 본다. 유머가 맛있게 발라져 있는 문장들이 너울거린다. 책을 보다가 간혹 빵 터진다. 예전과 다르다.

슬픔이 눈에 띄지 않는다. 너무 좋구나.

불친절하고 웃기는 도구로 구석에 밀려난 마음들을 쓰담쓰담해준다.

기괴한 것 같지만 귀엽고, 거친 듯하지만 상당히 보드라운 것들을 만들어낸다.

어느새 마음을 맡기고 따라가도 되겠다 싶은 안도감이 쿠션처럼 등을 받쳐준다.

그가 또 알려준다. 내가 놓치는 것들, 실수할 뻔한 것들, 모르던 것들을.

참 고마운 아티스트가 우리에게 나타났다.

이웃집 퀴어 이반지하

1판 1쇄 2021년 7월 28일
1판 4쇄 2021년 12월 30일

지은이 이반지하

기획 · 책임편집 이연실 | 편집 이자영
디자인 고은이
마케팅 정민호 양서연 박지영 안남영
홍보 김희숙 함유지 이소정 이미희
제작 강신은 김동욱 임현식 | 제작처 한영문화사

펴낸곳 (주)문학동네 | 펴낸이 염현숙
출판등록 1993년 10월 22일 제406-2003-000045호
주소 10881 경기도 파주시 회동길 210
전자우편 editor@munhak.com
대표전화 031) 955-8888 | 팩스 031) 955-8855
문의전화 031) 955-2655(마케팅) 031) 955-2651(편집)
문학동네카페 http://cafe.naver.com/mhdn
트위터 @munhakdongne
북클럽문학동네 http://bookclubmunhak.com

ISBN 978-89-546-8130-8 03810

잘못된 책은 구입하신 서점에서 교환해드립니다.
기타 교환 문의: 031-955-2661, 3580

www.munhak.com